若的飞翔

著

四川文艺出版社

图书在版编目（CIP）数据

武若的飞翔 / 曾瓶著. —成都：四川文艺出版社，
2018.12
ISBN 978-7-5411-5254-2

Ⅰ．①武… Ⅱ．①曾… Ⅲ．中篇小说—小说集—
中国—当代②短篇小说—小说集—中国—当代
Ⅳ．①I247.7

中国版本图书馆 CIP 数据核字（2018）第 283287 号

WURUO DE FEIXIANG

武若的飞翔

曾 瓶 著

责任编辑 梁康伟
责任校对 段 敏
封面设计 叶 茂
版式设计 史小燕

出版发行 四川文艺出版社（成都市槐树街2号）
网　　址 www. scwys. com
电　　话 028-86259287（发行部）　　028-86259303（编辑部）
传　　真 028-86259306

邮购地址 成都市槐树街2号四川文艺出版社邮购部　610031
排　　版 四川胜翔数码印务设计有限公司
印　　刷 三河市华东印刷有限公司
成品尺寸 145 mm×210 mm　1/32
印　　张 9.5　　　　　　　字　数 190 千
版　　次 2018 年 12 月第一版　印　次 2018 年 12 月第一次印刷
书　　号 ISBN 978-7-5411-5254-2
定　　价 39.80 元

武若的飞翔

目录

武若的飞翔 1

怀念我的同事吴道清 16

母亲在乡下 31

小金的孩子要上学 47

百口莫辩 59

放声歌唱 76

勇往直前 134

终将过去 184

老汉和牛 255

武若的飞翔

那年冬天，很冷。我有了一次去德国的机会。

武若打来电话，说要在五味轩请我吃火锅，替我热和热和。

不到半小时，文晓晴的电话打过来，火气十分旺盛，秉承她一贯咄咄逼人的职业习惯，问我，武若要请你吃饭？我很不愉快，不就是请吃一顿火锅嘛！文武二人家庭经济不至于如此嘛！我没有好态度，问，吃火锅一事没有列入预算还是未经夫人签批？文晓晴不和我纠缠，直截了当，要我不要去吃武若的火锅！

我说你们两口子是唱哪一出啊，武若摆的是鸿门宴？现在，我倒很想吃吃他的火锅了！文晓晴在电话里很着急，恼怒的火星子恨不得通过电波窜过来。她向我下最后通牒，曾瓶，武若的那个火锅你千万不要去吃，求求你！

我在电话里嬉皮笑脸，如果是文武二人家庭原因，那顿火锅的钱款，可以由我支付。

文晓晴不给我好脸色，仿佛穿过电波就能够看到——曾瓶，这是钱的问题吗？

那是什么问题嘛？

我跟你说不清楚!

你必须给我说清楚!

武若要造飞机!

你说什么?

武若要造飞机!文晓晴在电话里嘤嘤嗡嗡地哭泣。

武若请我吃火锅另有图谋。我去德国的消息被他偶然截获。有了文晓晴的电话,我哪还敢吃他的火锅,心里却满含好奇,支支吾吾地谢绝他的火锅。武若不爽,不和我支支吾吾,是不是文晓晴找你了?我只好坦白。武若要我不要受她干扰。不受文晓晴干扰行吗?我断然拒绝了他的火锅。

我并没有躲过武若。他把我堵在家里。已经是晚上九点过,下着雪,很冷。武若敲我的家门。我窝在被窝里看电视,根本听不见。武若打我电话,很不高兴,要我赶快开门,他就在我家门口,根本不用躲他,这个时候,肯定在家。

武若到我家里来和请吃火锅目的一致。他拿出一张单子,还有一些图纸,这是他在屋子里关了三天三夜的成果,我哪里看得懂?武若说不需要看懂,只需要按着清单和图纸购买即可。武若要我在德国替他买一些制造飞机的零部件。他解释说,德国制造在世界数一数二,造飞机这种事情,来不得半点马虎,一定要把控好质量,否则,就是机毁人亡。

我从来没听说武若要造飞机。武若说他从小就想开着飞机到蓝天上飞翔。我告诉他,在沿海,有飞翔俱乐部,可以去那里过过瘾,花费时间和钱财也不是太多。武若现在的经济条件,应该没有问题。武若说他要开自己的飞机。我告诉他，现在，私人小飞机，坐两个人那种，花不了多少钱，买一架，文武二人，奋斗数年，应该不成问题。

武若说他要开自己造的飞机飞翔。

武若要造飞机始于他的一次疼痛，那疼痛有些奇怪，发病在夜深人静的时候。没发病一点儿情况都没有，发病的时候，时而像万千条蛇蝎在骨髓里啃咬，时而像数不清的狮子、老虎在骨头的缝隙里东奔西跑，追逐猎物。武若去医科大学附院检查，找我们高中同学王升，王升是神经医学方面的专家，带着武若在医院做了若干检查，没有查出结果。武若以为王升骗他，问王升，是否得了什么奇怪的癌症？还有一年时间没有？一定如实相告，他好做安排。王升抱歉地告诉他，是什么病，究竟有病没病，都没有搞清楚，谈何在世多少时间？王升写了一串电话号码，要他到北京或上海某医院做进一步检查。电话号码是王升大学同学的，他已经帮武若衔接好，赶紧去。

武若没有去，把自己关在家里，准备造飞机。

文晓晴自然不干，要武若马上去，钱款已经准备好，也不缺钱。武若不去，要文晓晴把那些钱款放好，他造飞机用。时间不多了，得抓紧为自己活一些时候。

文晓晴既气且怒，不便发作，怕对武若的病不好。说些什么胡话？时间长得很，你什么时候不是为自己活？这些年，我们开办律师事务所，为了谁？说着说着，不住擦拭眼泪。文晓晴打王升电话。王升很快赶过来。武若关在屋子里，任王升和文晓晴苦口婆心，就是不去医院做检查。武若在屋子里甩出话，去北京上海检查，如果查出癌症，等于判死刑，还不如不检查。

王升和文晓晴都说，如果是，早点医治嘛！

武若说，能治好？

文晓晴说，就是倾家荡产，都要治好！

武若不和文晓晴王升争辩。他在互联网上查找一些制造飞机的图纸。他的眼睛不离开互联网，告诉门外的文晓晴和王升，这次病痛，把他痛醒了，小时候，学过一篇课文，叫《丁丁的飞机》，不知道是否还有印象，反正他印象深刻，时常出现在梦境中，从那个时候开始，他就有一个梦想，造一架自己的飞机，在蓝天上飞翔。大学毕业，当了律师，找了不少钱，离造飞机开飞机却越来越远，现在时间不多了，律师不干了，得抓紧时间造飞机开飞机。

文晓晴问王升，武若这样的病，会不会转移到脑袋？她以为武若是脑袋出问题了。

武若和文晓晴毕业于西南某政法大学，有一男孩，正念高二；有一律师事务所，事务所聚集律师二十余人。武若是事务所主任，文晓晴是副主任。文武二人是我们高中同学中混得很有头脸的，时常组织一些活动，奉献一些钱款，并自称水城同学会秘书长、常务副秘书长。武若向文晓晴签发一法律文书，称自己另有要事，要文晓晴全权主持律师事务所工作。文晓晴哪要他的法律文书，扔得远远的。武若不管，他不再去律师事务所上班，集中精力造飞机。

武若要我在德国购买零部件的时候，已经在互联网、《航空模型教材》、《航空杂志》研究了一段时间的飞机。我自然没有也不会替他购买什么制造飞机的零部件，尽管他一定要往我钱包里塞一些不菲的欧元。我找借口推脱了。

武若再次请饭是他的飞机模型应邀参加美国佛罗里达州飞来者大会的时候。武若那个欣喜，恨不得马上在脚底下挖出一个隧道，钻到美国那边去。我对航展一无所知，但经验告诉我，武若那么快就能够造出前往美国参展的航模，似不可能，要不，那个航展，就有些不地道。武若像看穿了我的疑惑，告诉我，地道得很，美国第二大航展，有飞行表演和静态展，还可自驾前往并在自己的飞机旁野营。他参加的是静态展，下一次，他将驾驶自己的飞机前往，邀我同行。武若要我上网查看，一查就清楚是不是地道。我上网查找，确实如他所说。我纳闷，美国那个航展，让武若去展什么？武若说他将在聚会的时候让我们看他的参展航模。美国那个航展，审核严密，连他自己都没想到，过关斩将，获得参展资格，这更加坚定了他的信心。武若很陶醉。

放下武若的邀请电话不到二十分钟，文晓晴的电话打来。文晓晴直截了当，要我不要去参加武若的聚会。文晓晴火气旺盛，像要和我吵架，显然，他们两口子刚刚吵过，并且很激烈。文晓晴说武若的毛病转移到脑袋，现在是脑袋出毛病了。文晓晴那个架势，我一点儿也不敢调侃，只好一再向她保证，坚决不去，要她一百个放心。文晓晴很快在电话那端转变态度，由狂风怒号到淅淅沥沥，她说她是为武若好，正在把武若从悬崖边上往回拉，她要我一起使劲。

我最终违背诺言，参加了武若的饭局。那顿饭很特别，也很尴尬，只有三个人。我一点儿也不后悔前去参加。武若邀请了不少同学，同学们都像我，既接到武若的邀请，也接到文晓晴的电话，最终，他们和文晓晴一起使劲，准备把武若从悬崖边上拉回来，没有前来参加饭局。那天，武若不停地看表，显然，他希望能再有那么一些同学前来参加。我征询他的意见，是否由我给同学们再打打电话，催一催。武若用手止住，说没有必要，能够来，就来，来不了，就算了，不要勉强。武若问我，文晓晴没有给你打电话？我说，打了。武若说，没有给他们打？我说，估计应该打了。武若说，这就对了嘛！他像下了最大的决心，说到了七点，就不等了，就喝酒，吃饭！那天，直到饭局结束，也没有再来一位同学，就我们三人，望着一大桌的菜肴，都说，可惜了，太可惜了。

直到饭局结束，我也没有见到武若前往美国参展的模型。我自然要问。我违背对文晓晴的承诺前来参加饭局就是想一睹那个模型。一再催问，武若才极不情愿地告诉我，模型摔坏了，不过，他有信心，在前往美国参展前，肯定修复好，要我大可放心。武若掏出手机，要我看照片。我吃惊并迟疑，这是武若的飞机模型？会不会是从网上粘贴复制来的？武若像被老师表扬的学生，笑得甜蜜，还有些羞涩，信誓旦旦地保证，绝对是他的自主知识产权，不然，美国怎么会让他前往参展？参展回来，就把模型赶快变成现实，他已经紧锣密鼓开展工作，到时，他将邀请我乘坐他的飞机，到美国去，到全世界去。

直到这时候，坐在武若旁边的那个女子，也就是饭局上的第三个人，才开口说话。她一说话就有杀伤力。她说，模型是文晓晴摔坏的。武若止住她进一步说话的冲动，劝慰说，兰芷，我们不谈那个不愉快的事情，摔坏了把它修好不就行了？时间应该来得及。这个时候，我才知道那个不算年轻并且有些好看的女子叫兰芷。兰芷不管武若的劝慰，说这是残暴，是扼杀！原来，在武若前来主持饭局的数小时前，文武二人爆发激烈冲突，具体情况我没有在场，无从知晓，但可以推测，两人发生"文攻武斗"，肢体接触，文晓晴将武若准备送往美国的模型摔打在地。

武若向我介绍，那个叫兰芷的女子是他的助理，简称兰助。

武若在网上成立了一个名叫"梦在蓝天"的飞机制造协会。一位叫兰芷的女子，很快在网上和他联系，说她也从小就想造飞机、开飞机，问需不需要助理，如果需要，她前来帮忙，不需要工资，就因为儿时的一些梦幻，好玩。武若不敢搭理，以为不是骗子就是疯子，招惹不得。不几天，那女子，竟找到武若制造飞机的地方。还没有轮到武若吃惊，她倒先吃惊起来，说看不出你还玩真的，真的要造飞机啊！那女子要做武若的助理，和武若一起造飞机。兰芷系省级机关一处长，在处长岗位工作数年，已作为副厅级后备干部培养。她跑来和武若一起造飞机，很快被单位知晓。单位领导要她立即改正。武若也劝她悬崖勒马。兰芷不想改正，向单位发出辞职信，说她不喜欢当处长，喜欢造飞机。单位很快满足她的要求，一时间，在单位造成不小轰动。

武若最终没有去美国参加航展。我就想，武若是什么天才，竟造出了前往美国参加航展的飞机。武若信誓旦旦，他的飞机一点儿问题都没有，美国那边的参展通知能够说明问题吧？他把那个通知拍了照，发在微信上，还问我，需不需要翻译成中文？武若去不去美国参加航展和我一点儿关系都没有，可能我是唯一参加了那天饭局的同学，他就反复向我解释为什么签证没有办下来。武若一点儿也没有责怪文晓晴摔坏了他的航模，在准备前往参展的前一月，武若修复完好，多次打电话，要我去看。武若和文晓晴为造飞机已经闹得烽烟四起，最近又新添一个兰助，我哪里敢去，一不小心，文晓晴就把那个航模砸在我脑袋上了。武若解释，没有完成签证是我们国家和美国规范不同，不是美国那边拒签，是我们国家把他拦在国门之内。我始终没有搞清楚。文晓晴的电话给了我答案。她像有特异功能，似乎时时刻刻都知道什么时候武若和我通了电话，并且连内容也知道得八九不离十，我甚至怀疑她是否监听了我的电话。文晓晴解释的原因是，武若和兰助去大使馆办签证，把航模都带去了，准备在那里给人家表演飞翔，人家以为这两人头脑有问题，因此拒签。文晓晴的答案让我将信将疑，她咒骂的成分应该多一些。

武若热衷造飞机，这让他和文晓晴的婚姻遭遇了不小危机，偏偏又参进来一个兰助，就像无数理不出头绪的线疙瘩，越聚越大，越缠越死。

武若对没能前往美国参展没有半点儿垂头丧气。他说，不去就不去，我又不是为美国人造飞机，我是为自己造飞机。相反，他还有些意气风发。他说他的任务，是抓紧时间，把飞机造出来，驾驶飞机飞向蓝天。武若已经租了一家倒闭企业的三间厂房，他从奥地利购进的航空专用发动机已经运到。租赁的厂房坐落在郊区，我去看过，我实在怀疑他是否签了合同缴了租金，那样的地方，几间废弃厂房，能够找得到主人？武若说，他是干什么的，是律师，得依法办事，早已签订合同缴纳租金。我实在不相信武若能够在这样的地方造出飞机。在他的厂房，我竟然看见了手钻、台钻、电焊机和砂轮机。我笑，就用这样的工具造飞机？武若要我观看他从四面八方购进来的零部件，包括螺旋桨、机轮、飞行仪表。他拿出一颗螺丝，说一颗就要500多元。并不是所有的部件都能买到，买来的部件也不是每一件都能用上，他还得敲打锻铸。武若的飞机飞行高度5000米，时速200公里，能够连续飞行600公里。在那长长的机翼上，已经大大地喷上了三个大字："文武号"。

应该说，武若对文晓晴相当珍重，不然，他的飞机为什么叫"文武号"，并且还把"文"排在前面呢？武若说，军功章有文晓晴一半，并且她那一半更大，因此，他毫不犹豫地把文晓晴排在前面，并表示，当他飞向蓝天的时候，坐在旁边的，肯定是文晓晴。

文晓晴对武若的良苦用心一点儿也不领情，她根本不会去乘坐武若的飞机，波音、空客，哪一架航班不比武若的安全舒适？她完全用不着拿生命去和武若开玩笑。文晓晴义正词严地交涉，武若的飞机命名为鸡号狗号和她半点儿关系都没有，但不得把她牵扯进去，她强烈要求把那个"文"字涂掉，并且越快越好，至于武若要取名为武兰号兰武号她一点儿也不管，两个孤男寡女混在一起，是造飞机吗？造人倒大有可能。

　　武若解释，兰助就是他造飞机的助理，除了造飞机，他们之间什么也没有，就连所用钱款，都为 AA 制，可以用蓝天白云做证。

　　文晓晴不依，造人也是 AA 制，并且是绝对 AA 制，在那个方面，谁会提供得多一些，少一些？

　　武若大呼冤枉。他很快把"文武号"改成"武若号"，并没有如文晓晴所言，改为什么武兰号或兰武号。

　　过了一段时间，再次接到武若电话，还是邀请我到五味轩吃火锅。鉴于武若那个家庭的特殊性，想都没想，我就拒绝了，我怕文晓晴的电话很快又打过来。这次，文晓晴的电话没有打过来。武若说不吃火锅也可以，这一次，曾瓶，你无论如何要帮我。

　　武若很快出现在我面前。

　　飞机已经造好，武若准备试飞。

　　我谢绝他的好意，我坚决不坐他的飞机，他邀请文晓晴或兰芷好了。文晓晴怎么会坐武若的飞机？倒是兰芷，对武若的飞机满怀信心，一再表示，试飞的时候，她坐在武若旁边，要死一起死。武若坚决不要兰芷上他的飞机，有什么三长两短，他一个人扛着。兰芷不依，连飞机都不让上，还是什么助理？

武若不是让我坐他的飞机。试飞不是武若想飞就能够飞的。私人飞机想升空，需要飞机试航许可证，需要飞行驾照，需要申请飞行空域。显然，武若找过，跑过，并且碰壁。他抱怨，为什么要搞得那么复杂？不就是一个试飞嘛！

没等武若开口，我主动坦白。我估计武若已经多次摸排过我的社会关系。我是有一个朋友，并且关系不错，但我们是写文章而结识的那种关系，跟社会上那些关系很不同，他在民航部门任职，副局长，分管什么需要问一问，平时确实没有注意这些，但是，就算他愿意帮忙，他能否帮助武若弄到试航许可证我一点儿把握也没有。

武若用手止住我的坦白，他说他就是由着性子造一架自己的飞机，自己开开玩玩，不是售卖给某航空公司，用得着如此折腾和兴师动众？那还有什么意思？他根本不需要那些许可证、驾驶证，也不需要什么飞行空域，有什么事情他顶着。

武若要我去找我的表弟唐凯。唐凯是某郊区初中的校长，该学校有一条四百米环形跑道。学校离武若制造飞机的地方不足两公里。武若想借用唐凯的四百米跑道进行试飞，到时邀请相关同学现场助兴，并且还可替唐凯学校师生免费普及航空知识。

我猛然惊醒，说不定当初武若选择那个废弃厂房，就考虑到了唐凯那条四百米跑道。

我迟疑，唐凯会答应？

武若说，你说都不说人家怎会答应？再说，事情到了如此时候，你曾瓶不帮我谁帮？

我被武若扭送到唐凯处。武若还给唐凯带了两条中华香烟、一件泸州老窖。唐凯开始很热情，敬烟上茶的，忙得不亦乐乎。等说明来意，唐凯那个吃惊的样子，不亚于突然知道什么地方出现了恐怖袭击。唐凯问我，不是开玩笑吧？武若说飞机就在不远处，邀请唐校长前往参观，方便的时候，他可以免费为学校师生上一堂航空知识普及课。唐凯说，这个事情太大，得向上级请示。武若赶紧拦住，害怕他马上就要掏出手机打电话似的。武若说，一请示，就干不成了。唐凯哭丧着脸，不请示，出了事情，哪个负得起责哟？武若说，出不了事，还有十来天，学校不是放暑假了嘛！唐凯的头摇晃得更加厉害，坚决不同意，对我说，哥，不是不帮忙，出了事情，连吃饭的家伙都砸了。武若气得脸红筋胀，说话有了口吃，他一急起来，就是这个样子。武若说，他可以写承诺书，如果他从飞机上摔下来，死了，与唐凯和学校，任何关系都没有。唐凯说，不是武若摔下来，比如，飞机摔在了教学楼上、宿舍楼上呢？武若口气很冲，你们怎么是这个样子！会吗？唐凯也很冲，你要我们什么样子？怎么不会？

不到一月，武若给我打电话，要我不要找唐凯了，他已经找到试飞的地方。武若很欣喜，像发现了新大陆，他说这次试飞肯定成功，要不了三五月，我就可以乘坐他的飞机，翱翔蓝天了。我怎么会再去找唐凯？从唐凯办公室出来，电话就追上来了。唐凯对我有气，要我赶紧去把烟酒拿回来。他指责说，哥，你怎把这种人这种事给我介绍啊？我能够去拿烟酒吗？我很不爽，没好气地说，不答应就不答应嘛，好大一个事情嘛！唐凯在电话里很不高兴，还不小？出了事，会进监狱！我也很不高兴，不是还没有出事嘛！把电话关了。

武若准备到大戈壁去试飞。那里，连人都没有，想怎么飞就怎么飞，一点儿隐患都没有，用不着求谁找人。到大戈壁去试飞，也是从互联网上找到的灵感，好多私人制造飞机的，限于这样那样的规定，就到大戈壁去飞，那里一马平川，无拘无束。水城到大戈壁，刚好铁路有站点。武若和兰助已经开始把组装好的飞机拆分打包，到大戈壁那边，再重新组装。武若要我注意收看他的微信，他在大戈壁的试飞，将微信直播。

武若和兰助前往大戈壁试飞前夕被一件事情叫停。

文晓晴向法院提起离婚诉讼。

开始，文晓晴并没有打算把事情弄到法院，她向武若提出协议离婚，武若的脑壳被飞机塞满了，哪里还装得下她文晓晴？武若不愿意。他说他和文晓晴感情一直存在，一点儿也没有破裂，他造飞机只是干自己喜欢干的事情，不影响婚姻。文晓晴不喜欢，他不勉强，可以和平共处相安无事。至于兰芷，就是他造飞机的助理，人家处长都不当了，是要活出另一种人生，千万不要想歪了。文晓晴说她让出位置，就是要让武若和兰芷活出另一种人生。武若解释，文晓晴理解有误，他和兰芷的另一种人生，是造飞机开飞机，与婚姻、感情无关。他和兰芷，除了飞机，其他什么也没有。文晓晴不依不饶，一对孤男寡女，整天纠缠在一起，和感情无关？不信。

文晓晴一向法院提出离婚诉讼申请，武若当即答应协议离婚，要她赶紧把申请撤回，到法庭上剑拔弩张，用不着，有话好说。财产分割，武若没要房产。他和文晓晴在水城有三套住宅，一套两千余平米的办公房。武若要了他一直开着的那辆越野车，他说，造飞机，跑这跑那，用得着。武若要现金，他说造飞机得花钱。武若究竟分割了多少钱款我们无从知晓。武若说房产于他没有什么用处，旷野山冈是他最好的住宿之地。

武若协议离婚第二天，即和兰助携带部分飞机零部件乘火车前往大戈壁试飞。

火车快要出发时，武若给我打电话。他再次提醒我，要我注意收看他的微信，他将通过微信播放他的试飞。

我的微信从此 24 小时开着。我始终没有看到武若试飞的微信。武若在火车站和我通话是我们之间最后一次联系，从此，没有他的音讯。陆陆续续，有消息传来，真真假假，无法核实。有的说武若和兰芷在大戈壁试飞成功，飞机飞上蓝天，还飞行了不短时间，返回时出了故障，机毁人亡；有的说武若在大戈壁某个飞沙走石的夜晚，那个莫名其妙的疼痛突然发作，兰芷什么办法也没有，眼睁睁地看着武若躺在她怀里死去，飞机至今还停放在大戈壁某地；还有的说武若和兰芷还在为试飞做准备，他们隐居在大戈壁的某一处绿洲，折腾着他们的飞机。

很久很久没有武若的音讯了。我有些想念他。打他的手机，手机早已停机。找文晓晴，文晓晴说不知道，现在她和武若半毛钱的关系也没有了。文晓晴和武若离婚半年不到，和事务所某律师结婚，文晓晴竟怀上孩子，挺着一个大肚子，十分显眼。我们几个同学准备结伴去寻找武若，顺便也到大西北看看戈壁。真要准备前行，竟茫然，往什么地方去啊？西北大戈壁，好大的地方啊！

寻找武若的还不只我们这些同学。某厅也在紧急寻找。某厅发生腐败大案，兰芷的分管副厅长、两位副处长均涉案，尽管她已经辞职，很多事项需要找她核查。他们找兰芷，也查找武若，并找到了我。我也很想知道武若的情况，问他们，他们也不清楚。

武若的儿子，现在在北航航空科学与工程学院飞行器设计与工程专业读大一。我不知道他选择此专业是否和武若造飞机有关。武若的儿子告诉我，某一天，他驾驶着飞机，会在大西北大戈壁的某一地方，见到父亲。

怀念我的同事吴道清

我到荔城县政府办公室工作，开始是满怀希望的。

拿到那张薄薄的调动通知，我的手颤抖了很久，害怕那张通知突然从我手上飞走了。周围的人恭维我说，不得了，给县长当秘书，要不了三两年，肯定就是局长县长了。我也是这么想的，但不敢表露，一脸谦逊地对那些恭维我的人说，不是县长，是副县长。我去跟随的那位领导，确实不是县长，是副县长。恭维的人不依不饶，说，副县长还不是县长？副县长确实也是县长。我跟随的那位副县长，不是一般的副县长，是常务副县长，都说，换届就是县长。据说，王县长之所以选中我，是因为我们毕业于同一所大学，专业都是汉语言文学，尽管隔着十余年的时光，学校的教学楼我们可能先后用过，寝室我们可能先后用过，说不定当初他在教学楼里刻苦用功的那个座位，我也曾坐过。有了这样的条件和渊源，我满怀憧憬。我毫不客气地将我的好事写了一封五页信件，挂号寄给我远在省城的同学、曾经的女朋友小李。小李很快回信，很委婉地告诉我，之所以和我断绝恋爱关系，是她的父母不愿她到县城工作，如果将来我能到省城工作，完全可能重修和好，反正她至今未要男朋友，方便的时候，她将亲赴荔城看我。收到小李信件后的好几个晚上，我浮想联翩，憧憬着能和她走进婚姻的殿堂。

可惜好景不长。跟随王县长不到三个月，我生病了，甲型肝炎，马上住进医院。等我从医院出来，已被分到秘书股工作。秘书股就两个人，一个吴道清，还有一个就是我。

我极不愿去秘书股。秘书股是书面说法，其实就是县政府办公室的收发室，干的全是收收发发的营生，一想到将要干这样的营生，我从头顶凉到脚底。我去找主任，王县长说过的，一旦我病治好了，回来还给他当秘书。主任一副好面孔，微笑着对我说，小曾，你是很不错的，你先把工作干起走，你的情况我们会考虑。找的次数多了，主任的好面孔就没有了，对我说，王县长已经有秘书了，我把他换下来？你住院两个月，王县长总不能不配秘书吧？

我到秘书股工作的时候，吴道清快五十了。不要找了！一只手搭在我的肩膀上，脸上满是微笑。跟随王县长时，我没有认真看过吴道清一眼，谁会有工夫去看干收收发发的他呢？我们都看领导。吴道清身高一米五多一点，他的手搭在我肩膀上，还得使劲踮踮脚尖，样子有些别扭。他脑门前的头发全脱落了，顶上却还有一些，可能用了定型发胶，让那少得可怜的头发，非常领导式地屹立在那里。

我没好气地说，我晓得！我没把话说穿说透，我找主任用得着你吴道清来干涉？吴道清尽管快五十了，在这里干了二十多年，还是和我一样工作员一个，我的事情他凭什么管？

吴道清似乎没有看出我的不快，一副老前辈的口吻，劝解道，小曾，好好干，秘书股照样可以干出大事情嘛，你年轻，文凭硬，好好工作，秘书股也可以飞出局长县长嘛！

我没好气地说，是吗？

吴道清说，是啊！

我忍无可忍，说，那你为什么没有当上局长、县长呢？

吴道清仍然微笑着，说，现在没当上，条件不够嘛，努力工作，条件够了，组织上会考虑的。

我很想说，你就慢慢创造条件吧，都快五十的人了。我话还没有说出来，吴道清邀请我下班后到百花亭的张三牛肉馆吃牛肉面，他要传授我一些工作方法。吴道清始终微笑着，说，小曾，本来，向你传授工作方法，是该你办招待你请客的，但是，你一个刚刚参加工作的大学生，有什么钱呢？只好我老吴请客了。

我拒绝了吴道清的牛肉面，我做梦都在想着如何离开秘书股，那些给我介绍的女朋友们，如果知道我在县政府办公室干的是收收发发的营生，她们还有和我见面的兴趣吗？小李还会从省城来看我吗？

吴道清毫不吝啬地向我传授做好秘书股工作的方法，一点儿也没有因为我拒绝他的牛肉面而不快。吴道清向我传授的第一点工作方法是提前半小时上班，推迟半小时下班。他坐在那把磨得破旧的藤椅上，扳着手指头，给我算着一笔账，一天提前半小时上班，推迟半小时下班，一年就多干两个月，六年就多干一年，干到退休，可以把工作时间增加十年了。

我没好气地说，我为什么要这样干？

吴道清急了，显然他没有这么想过，脸红筋胀地对我说，为什么不这样干？我一进秘书股就这样干！

我更加没有好气色，你这样干我就要这样干么？

吴道清一脸神秘，那神秘里，有一些稚气，有不少渴望。吴道清说，你不是要进步吗？

我更加觉得好笑，说，要进步就得提前上班推迟下班？

吴道清非常严肃地对我说，小曾，你要注意你的思想你的言行啊，你的一言一行一举一动，组织上看得清清楚楚啊！

我一点儿也没有和他谈话的兴致。

吴道清这样向我传授，也确实是这样做的。我是一点儿提前上班的劲头都没有。我有意去看看他是不是说一套做一套。当我提前半小时、四十分钟来到办公室，吴道清已经在那里打开水，拖地，抹窗子桌椅板凳。他见我来，笑眯眯地招呼我，小曾，快些干起来哈！

时间久了，我问他，用得着如此紧锣密鼓？我计算过，打开水，扫地，拖地，抹窗子桌椅板凳，三十分钟足够，完全可以在上班进行。秘书股的工作时间，一大半，看报喝茶。

吴道清语重心长地劝告我，小曾啊，你的一言一行一举一动组织上看得清清楚楚啊！你要注意啊！

吴道清向我传授的第二点工作方法是教我如何让信封变废为宝二次利用。县政府办公室来往信件多，我和吴道清干的就是拆信封封信封写信封送信封的工作。吴道清向我示范，遇上那些用订书钉订的信封，就非常小心地把订书钉取下来。遇上那些用糨糊、胶水糊的信封，就用小刀，慢慢地，轻轻地刮，尤其是那些糊得扎实的，吴道清如排雷般仔细，一个信封往往要拆好几分钟，一旦实施成功，他会欣喜地猛拍大腿，为顺利完好地拆开一个信封而喝彩。吴道清把那些拆好的信封一一翻过来，用胶水糨糊糊好，再次在县委县政府机关之间流通。

我对吴道清如此做法大不以为然，一个信封多少钱嘛，用得着如此郑重其事？

吴道清恼了，恨铁不成钢的样子，逼问我，小曾，在秘书股，不干这些你要干什么？看小说吗？

我到秘书股没多久，喜欢上了金庸的小说，常常抱着金庸的小说整夜整夜地看，以致上班时常哈欠连天，忍不住，还把金庸的小说拿出来阅读。吴道清冲过来，把我的书迅猛地塞进办公室的抽屉，"砰"的一声关上。吴道清严肃地告诫我，小曾，不能这样！你的一言一行一举一动组织上看得清清楚楚！你还年轻！

我再不敢把金庸的小说带到办公室了，但我无论如何也没有兴趣学习吴道清变废为宝的技术。吴道清一边让信封变废为宝，一边对我满怀期待，说，小曾，试试？习惯了，还丢不掉呢！

吴道清看我大不以为然的样子，就坐在那把破旧的藤椅上，端出一副长者的架势，开始扳着指头和我算账，一天重新利用多少信封，一个月可以利用多少，一年呢？十年呢？干到退休呢？

我毫不客气地对他说，谁会和你算这些账啊？主任吗？县长吗？

吴道清笑笑，说，我会算啊！你会算啊！

县政府办公室年年都要召开年终总结会总结工作。我们都知道，真正总结的是主任们，像我们这些工作人员，总结什么呢？多是三两分钟完事。偏偏吴道清总结工作需要三四十分钟，和主任的时间差不多了。吴道清把他每天提前上班多少时间下班推迟多少时间一年相当于多工作了多少时间全总结进去了，还有变废为宝的信封也总结进去了，一天变废为宝五十个，一年是多少个？四十年是多少个？他还把我为数不多的一些提前上班推迟下班信封变废为宝也总结进去了。第一年，听到他总结我还有些欣喜，第二年，当他把我总结进去的时候，我猛然站起来，断然地对他说，老吴，你总结你的，不要把我扯进去！参加会议的人员哄堂大笑，笑的当然不是我，是吴道清。吴道清一脸无辜的样子，茫然地望着大家，说，我总结小曾的情况，有出入吗？大家继续哄堂大笑，仿佛看一场闹剧。我更加气恼，说，老吴，你是你，我是我！吴道清更加茫然，说，我总结的情况，你的是你的，我的是我的，没有什么不对啊！大家又是更加开怀地哄堂大笑，就连一向严肃的主任，也忍不住笑起来。

年终总结，吴道清被评为先进。他对我说，他从到县政府办公室工作，年年都是先进。我对吴道清是否评为先进没有一点儿兴趣，我纳闷的是，政府办的秘书股长为什么一直由副主任兼着，既然吴道清先进了那么多年，说什么也该进步进步啊！吴道清以为我怀疑他年年都是先进有假，第二天，居然把那些评为先进的奖状、证书，拿到办公室让我过目。

吴道清鼓励我，说，小曾，这些，以后，你也会有的。

我没好气地说，我拿这些有什么用？

吴道清微笑着，信心百倍的样子，说，有用的，有用的，好好干，小曾，以后，你还要当局长、县长啊！

我在秘书股收收发发，能当局长吗？偏偏吴道清时常鼓励我。时间久了，才知道，他不是鼓励我，他是自己在鼓励自己。

吴道清要我赶快去拿几个文凭。我已经大学毕业，还要去读研究生吗？

吴道清摇着头，摆着手，说，不是的，不是的。

我茫然。

吴道清说，小曾，以后，你要当局长、县长啊！小说不要看了，那是没用的，赶紧去党校拿几个党政干部管理、行政管理、经济、法律方面的文凭。

我不去党校拿文凭，我喜欢读小说写小说。

吴道清恨铁不成钢的样子，说，小曾，以后，会有用的！小曾，以后，你会后悔的！

吴道清告诉我，党校开办党政干部管理专业函授学习，他就参加了。吴道清初始学历初中。他先后取得党校一个党政干部管理专业专科函授毕业证、一个行政管理专业专科函授毕业证、一个经济专业专科函授毕业证、一个党政干部管理专业本科函授毕业证，正在读党校行政管理专业本科函授。吴道清一副颇知内幕的样子，告诉我，党校文凭，组织部门更加看重。吴道清告诫我，要提拔进步，得把条件创造好！

吴道清向我传授的第三点工作方法是主动值班。县政府办公室有值班制度。节假日，尤其是春节，大家总有这样那样的安排，比如，走亲戚啊，上坟啊，忙孩子大人的事什么的。值班的事，常常弄得领导和同志们很不愉快。不知什么时候，吴道清主动站出来，说节假日领导和同志们都休息吧，大家平时很辛苦，值班他承包了。以致我进县政府办公室的时候，根本不知节假日有值班一说，是吴道清早将值班承包了。

吴道清非常关心我照顾我，说如果我愿意，他愿意将值班的一半工作分给我。

我感到十分好笑，我为什么要分享吴道清的值班任务？我一点儿也不领他的情。

吴道清一副恨铁不成钢的样子，说，小曾，我真是为你好啊！你年轻，替大家值值班，有什么关系啊？

我很想问他，你没有孩子吗？没有家庭吗？春节不回老家替老祖先人上上香烛烧烧纸钱吗？吴道清已经有十多年的正月初一、初二、初三在县政府的值班室里度过。我还想问他，是不是每年春节在县政府的值班室里值班，领导就提拔你了？我忍住了，没问。吴道清像看透了我心思似的，教导我，说，小曾，做人啊，不要那么急功近利，你的一举一动一言一行，组织上看得清清楚楚。你得注意啊!

我是得注意,偏偏年过五十的吴道清,突然急功近利起来了。他在办公室二十多年不是一直坚持得好好的吗?

我在荔城县政府办公室工作了四年,参加市上一个机关的选调考试,考上了。我调离了县政府办公室。我在秘书股看不到一丝希望——时间久了,才清楚,我根本不可能再跟随王县长当秘书了。把我从秘书岗位上拿下来的,就是王县长。这是主任被我无数次地询问之后告诉我的。主任看我吃惊的样子,说,哪个领导会让一个得过传染病的人员在他身边拎包送伞端茶倒水啊?我焦急急地说,我已经治好了,有医院证明呢!主任说,万一有一点点没治好呢?连仪器也查不出来呢?我的心彻底冰凉,我得赶快离开这里。

吴道清的工作赢得了很多奖状证书和领导表扬。但他就是看不到提拔进步的曙光。好多和他一道或者远远后于他参加工作的同事,早已做了部长、局长、主任了。按照我的想法,秘书股那个股长,说什么也该他了。可惜没有。我很纳闷,吴道清难道也有我曾经得甲肝住医院的类似经历,让领导有那么一丝丝的担忧和不安?我不好问他。

年过五十的吴道清,像换了个人,突然间竟紧迫起来。

为了秘书股那个股长,我看见他数次抱着一摞摞的奖状证书和党校文凭,往返于主任、副主任的办公室之间。

主任拍打着他那窄小的肩膀,笑眯眯地说,老吴啊,你的情况,组织上清楚啊!找的次数多了,主任就不高兴,批评说,老吴啊，你怎突然像换了个人哟，以前不是这样的嘛！

吴道清涨红了脸，结结巴巴地说，主任，我五十了。

主任说，老吴，你满五十要办酒？我们来给你祝寿！

吴道清更加着急，说，主任，再不找您汇报，我就没有机会了。

主任更加吃惊，问，老吴，你得重病了？

吴道清哭丧着脸，说，主任，离五十二岁，我只有两年了。

主任非常茫然的样子，说，五十二岁怎么了？

多年以后，当我也从事领导工作，我才知道主任一点也不茫然，他明白得很，是故意装糊涂。五十二岁是荔城科局长的最高任职年龄，其实，组织部门还掌握着一个最高提拔年龄，除了极为优秀或特殊的人才，提拔一名干部，原则上要能任满一届，年过五十的吴道清，几无提拔可能，他哪里清楚？

偏偏这时，吴道清紧迫起来忙碌起来，并且还有些走火入魔剑走偏锋。有一次，县老干局局长空缺，有人开吴道清的玩笑说，老吴，这次，排轮子，也该排到你了。吴道清左思右想，觉得的确如此。他赶紧回家，把自己多年获得的一摞摞奖状证书和五个党校文凭复印来送县委组织部，并附自荐信一封，请求出任县老干局局长。县委组织部收到自荐信不敢自作主张，把自荐信送县委书记。县委书记在自荐信上挥毫批示，其志可嘉，尚需努力。转县政府办阅处。

吴道清自荐局长一事，作为笑谈在荔城广为流传。主任觉得很影响县政府办公室的形象，亲自找他谈话。主任语重心长，说，老吴啊，千万不要晚节不保啊，你在办公室二十多年，一向口碑很好啊！以前不是这个样子啊！

吴道清焦急急地说，如果再不汇报，就没有机会了！

主任火了，说，你心里还有组织吗？有你这样汇报的吗？吴道清哭丧着脸，问，主任，那你说，怎么汇报啊？

主任自然不会告诉吴道清该如何汇报。倒是机关有好事者，"点拨"吴道清，说他的名字不好，道清道清，乃道路上一清扫工人，怎么可能当上领导？这时的吴道清，已经被大家当茶前饭后的谈资，"点拨"他的那些机关人士，其实是把他当玩笑，偏偏他竟信。吴道清找一本姓名学的书自学一月，取名为吴贵兵。吴道清从公安局改名回来，机关好事者再次"点拨"他，说你贵虽然贵了，但仅仅是一兵而已，如何当得上领导？好事者继续"点拨"，说你那个贵兵，应该改成贵宾，变成管兵的宾，才当得了领导。第二天，吴道清果真跑到公安局，在自己的名字上加了"宀"。吴道清改名向机关发了口头通知，主任们颇不以为意。但吴道清却很以为意。有一次办公室召开大会，主任刚叫"道清同志!"吴道清"嚯"地站起来，一本正经地说，主任同志，我叫吴贵宾，有公安机关发的身份证为证。"啪"地亮出身份证。春去秋来，改了名的吴道清仍未见到提拔的曙光。吴道清改名一事，再次成为荔城一大笑谈，让主任们非常光火。

在煎熬的等待中，机关好事者再次"点拨"吴道清，说他没能提拔是名声不够。吴道清在县政府办公室接触"出名"的机会很多，每天都能收到好几封进入世界名人、中国名人的通知。吴道清在众多的信件中选择一封，把自己那些奖状证书和党校文凭复印寄去。不到一月，回信了，说，入选中国名人了。吴道清爽爽快快把一月工资寄去。三个月，寄来薄薄一张通知，宣布吴道清是中国名人了。吴道清把我们几个小青年请到百花亭旁边的广寒宫吃羊肉汤锅，郑重地向我们宣读入选通知。吴道清随后进入各种名人录不少，我们几个年轻人都嚷着要他请客，其实谁稀罕吴道清请客啊，没事干，想从他身上找些乐子罢了。高兴万分的吴道清非常为难地说，请不起了，请不起了。原来，那些名人录，把吴道清的工资，花得所剩无几了。

吴道清的老伴没有工作，两个儿子待业在家。一家人就靠着他的工资。他一热衷名人录，家中竟出现断粮的窘境。无奈中，老伴竟要和他离婚。追求进步的吴道清哪能离婚？折腾来折腾去，只好实行"一家两制"。吴道清的工资自己拿去参加名人录，老伴和两个儿子，另立一个山头。吴道清家的灶具，每顿就冒两次炊烟，他煮完面条或稀饭，老伴和儿子才开始淘米煮饭。

一年不到，吴道清成果颇丰，进入百余份名人录。吴道清多次把那些名人录复印送组织部，组织部的同志很有耐心，说，很好！很好！有两次，吴道清实在忍不住了，问起提拔的事。组织部的同志说，不急，不急，慢慢来！你的一言一行一举一动组织上看着呢！

调离荔城县政府办公室前，我去了一趟河南郑州，我的一篇小小说在《小小说选刊》获奖了。吴道清递给我一个地址。原来他已经成为和孔子、牛顿齐名的世界级名人了。在郑州的某地方，塑有他的铜像。他要我替他看看，并且照张相回来。我问他是否出了钱。他悄悄地告诉我，出了五千元，考虑到他的突出贡献，折半呢！

在郑州哪里找得到他的铜像？我一回来，吴道清就急急忙忙跑过来，问我，看见了？望着他一脸的希冀，我说，看见了。他急切切地向我伸出手，问，照片呢？我只好说，技术不过关，全曝光了。唉！吴道清重重地叹息着，但这并不影响他一脸的光辉灿烂。

我调离荔城县政府办公室不到一年，吴道清就死了。

是车祸。

那车祸很蹊跷。可能是吴道清太激动太急迫了。吴道清再次入选世界名人录，发通知的，就是郑州那家替他塑铜像的某中华协会。这次，不同的是，吴道清除了继续和孔子、牛顿同为世界名人外，他的铜像将再塑一个，安放在北京八宝山革命公墓附近，铜像按真人一比一塑造，名额有限，一周内钱款未到者取消资格。铜像揭幕之日，将有党和国家领导人出席。吴道清也受邀出席铜像揭幕。钱款远高于郑州，鉴于吴道清的突出贡献，仍折半计算，两万元。吴道清接到通知兴奋不已，但他哪有两万元积蓄？他拿着入选通知和他将与党和国家领导人出席揭幕式的邀请函四处找人筹钱。连他的老伴和儿子都坚决反对，认为那肯定是骗人骗钱的鬼把戏。

吴道清对老伴和儿子振振有词信誓旦旦，说，怎么会骗人呢？上次，郑州的铜像，硬是塑得有嘛！小曾亲自到现场看见了的嘛！你们问小曾嘛！

造成如此后果我深感内疚。没有人拦得住吴道清。

交款期限最后一天上午，吴道清筹足了两万元，他带着两万元钱款急匆匆赶往荔城邮局汇款。他脑海里眼睛里，已经只有那份入选世界名人的通知和那个像催命鬼似的最后交款期限，他的焦急和不安早提到心尖上了，他实在是担心因为筹款耽误入选世界名人而遗憾终生，自己一比一的铜像将坐落在北京八宝山附近，那是一种什么荣光啊？吴道清没有看见车子，他眼里只有世界名人录和八宝山附近自己的铜像，他看不见车子，在荔城邮局前面的街口，他向迎面而来的一辆运沙石的货车跑过去，吴道清当场飞了起来。东拼西凑来的那两万元钱款，洋洋洒洒地散落在荔城邮局前面的街道上。

吴道清送到医院时还有一些气息。他留在世间有两条遗言，一是赶快把那两万元钱款寄过去，迟了，就来不及了；二是他的追悼会，按科级干部对待，由政府办主任主持，分管政府办公室的常务副县长致悼词。两条遗言都由荔城医院抢救吴道清的医生护士传递出来。县政府办公室领导赶到医院，他已经死去多时了。

吴道清追悼会那天，常务副县长在市上开会，主任陪县长出差，分管主任陪分管县长下乡调研，县政府办公室派不出领导参加他的追悼会。我参加了吴道清的追悼会。那天，我毛遂自荐，我说可否由我来致悼词？吴道清的老伴和儿子对谁来主持追悼会谁来致悼词没有一点儿要求，很爽快就同意了。

吴道清的悼词他早写好了。

读着读着，我的泪水就下来了，大家的泪水也下来了。

多年以后，我在电视里见到了我的主任，他已经是荔城的原县委书记。我的妻子，也就是那个以前留在省城工作的女朋友小李，她读着我刚刚写完的《怀念我的同事吴道清》，她说，你的那个同事吴道清，花那多工夫干什么啊，直接将那些钱款，去买一个秘书股长，办公室副主任，老干局长，应该够了啊！

我说，吴道清连礼都不送，他去买什么官啊？

妻子吃惊地望着我，问，是吗？

我说，是啊！不信，你去问问。

妻子说，问谁啊？

是啊，问谁呢？吴道清已经死了很久了。

母亲在乡下

1

父亲查出来已是肺癌晚期。

我拿到结果，看不懂。

我找医院朋友看。医院朋友说你要节哀啊！要挺住啊！朋友进一步把结果告诉我。我说怎么可能？我父亲就是咳嗽厉害一些啊！朋友是医院的科主任，父亲去检查就是托他张罗的。我焦急急地抓住朋友，问他还有什么办法没有。

朋友摇着头，说，迟了！实在是太迟了！

朋友说，为什么不早一点送过来查查啊！

我说，我父亲才咳嗽得厉害啊！他从来没说过啊！

我天天都在给父母亲打电话。父母亲一直在老家乡下，我多次要他们到酒城来居住。我大学毕业分配到酒城，三十年的摸爬滚打，已经完全有能力有条件赡养二老。我住的房子足足两百平米，儿子上大学了，家里还有三间卧室空在那里。父母亲异口同声地对我说，等以后吧！等以后我们动不了啦，就到你那里住啊！我能做的，就是晚上和早上给父母亲打个电话，问一下他们的身体状况。他们都在电话里说，好得很！没有事！第二天早上打的那个电话，倒不是请安问好，我是怕他们有什么三长两短，怕他们发生什么意外。父母亲在电话那头，像看穿了我的担心似的，说，好得很！死不了！母亲常常在电话里对我说，你老爹扛着锄头下地去了。父亲常常在电话里对我说，你母亲背着背篓子到菜园子里摘菜去了。

医院朋友很沉重地对我说，老人家想吃些什么就抓紧吃些什么吧！

问题是父亲一味地咳嗽，我问他想吃些什么。他很艰难地告诉我，连说话的力气都没有了，吃什么哟！

三天后，我把母亲请到医院住院部一个僻静角落，那里离父亲的病床远，是一片小树林。我把父亲的检查结果告诉了母亲。我母亲当即瘫倒在椅子上。我有意选择了这片小树林，我实在怕母亲发生什么意外，我留心了小树林里有两张长条椅子，并且椅子上一个人也没有。母亲好一阵子才醒过神来。

母亲望着我，问，你父亲的病，医不好了？

我如实告诉母亲，现在医学，还没有那个能力。

母亲呼天唤地地哭，这以后，我怎么办啊？

我告诉母亲，她还有儿子，还有儿媳，还有孙子啊！父亲走了，她就搬到酒城我家来住，住一辈子。我也不愿如此残酷地谈论这些事情，但我时时刻刻都在听到癌细胞在大口大口地吞噬着父亲的生命，父亲很快就会从这个世界消失。我告诉母亲，万一父亲不行了，她就从乡下搬到酒城来住，我和她的儿媳、她的孙子陪她一辈子。我留了一个心眼，在替父亲治疗的同时，我让医院替母亲做了一个全面检查，谢天谢地，母亲的体检结果正常。医院朋友看着母亲那些体检结果，对我说，你说，这老天爷怎那不公平啊！把你母亲的那些指标，分一些给你父亲，多好啊！我怒不可遏地对医院朋友说，什么意思？你要让我妈也得癌症吗？

过几天，母亲对我说，儿子，我们回去。

我吃惊得很，我对母亲说，回哪里去？不住院了？

母亲说，回乡下家里去，不住院了。

2

父亲和母亲一起回乡下老家去了。

我坚决不同意父亲离开医院，有病得治啊！

母亲说，治得好吗？

我有些情绪失控。我说，治不好也得治！我告诉母亲，不要担心钱，这几十年，儿子在酒城打拼奋斗，积蓄了一些钱，老父亲治病的钱，我有。母亲说，不是钱的问题，父亲想回家。她和父亲，也还有好几万元的积蓄。我说，病治好了再回家。母亲说，回家，是父亲的决定。我非常恼怒地责问母亲，她凭什么把结果告诉父亲？母亲很委屈，说她没有告诉父亲，但她掩饰不住，父亲从她的气息中感觉到了。我更加气愤，从气息中能感觉到？开什么玩笑？就像革命先烈，死不开口，父亲能知道什么呢？难道父亲会逼着母亲要检查结果？我早已做了准备，我已经让医院朋友替我伪造了一份父亲的检查结果，一旦父亲催要，我就把那个伪造结果交给父亲。那个伪造结果搞得有些玄乎，说父亲得的是一种新型感冒，名称是一串英文字母的缩写，该感冒治疗起来相当费劲，没有三五月，根本见不到疗效，不过，是要不了命的病，是能治好的病。

直到离开医院，父亲都没有要他的检查结果。

父亲回家不到三个月，就去世了。

我们和母亲一道，把父亲葬在老家房屋左边的山坡上。山坡上有好几棵大香樟树，其中有两棵是父亲母亲结婚时栽种的，已经长成一人合抱大了。有一棵是埋葬祖母时，祖父栽种的。有一棵是埋葬祖父时，父亲栽种的。母亲告诉我，有几家替城里寻找大树的公司多次找到老家，要把那几棵香樟树买到城里去。父母亲坚决不同意。父母亲说他们死了，就由香樟树陪着。一棵香樟树要活好几百年。香樟树老了，死了，它们还会长出小香樟树，小香樟树又会长成大香樟树。父亲母亲就睡在香樟树下静静地守着老家，陪伴着祖父祖母。祖父祖母也葬在大香樟树下。父亲下葬的当天，母亲非常郑重地告诉我，如果她死了，也葬在大香樟树下。母亲把地方都指给我看了，就在父亲的旁边，她说她和父亲说好了。我正沉浸在悲伤里，我没好气地告诉母亲，不要说那些扫兴的话，我把她的体检结果拿出来。我把母亲的体检结果随时带在身上。我说您身体好得很！健康得很，想那些干什么？

我也在父亲的坟前栽下一棵香樟树。

办完父亲的丧事，我没有急着回酒城。我找了一辆小货车，准备把母亲的东西拉到我那里去。父母亲有两份田土，我已经给堂叔说，田土交给他种，不要他的租金，有一个条件，就是请他照看父亲的坟墓和我们老家那五间瓦屋。堂叔对照看瓦屋和父亲的坟墓没有半点儿推脱，倒是对那两份田土交由他种很迟疑。我很纳闷，父母亲那两份田土，水源足，日照好，地很肥实，一年收三四千斤黄谷、两三千斤红薯，实在没什么问题。堂叔说出他的苦衷，你到四处走走看看，哪来人种地啊？都出去打工去了。的确是这样，父亲出殡那天，抬棺材的人中，竟没有一个五十岁以下的。本来堂叔也要走，他舍不得他那几块地，他那几块地比父母亲的还好。堂弟在深圳打工，已是一个小包工头，挣了一些钱，在老家修了一幢楼房，四五年没回来了，楼房由堂叔照看。堂叔无可奈何地指着堂弟的楼房，说，这房子修来有啥子用哟？我只好每年另外给堂叔一千元，外加由堂叔免费收获我老家的那片荔枝林，堂叔才勉勉强强答应了我的请求。老家那片荔枝林是我读高中时父母亲带着我一起栽种的，四十余株，早成林了，一年能收获上千斤荔枝。我本来要堂叔帮我看管好那片荔枝林，我们五五分成。看堂叔那个样子，我只好不提分成，通通由他拿去吧！

我正张罗着往小货车上搬母亲的东西，母亲拦住了我。

母亲说，你要干啥子？放下！

我很吃惊，我说我替您老人家搬东西啊！父亲不在了，您搬到我家去住啊！

母亲说，我说要搬到你那里去住？

我说，您不搬到我家去住您到哪里去住啊？

母亲说，我就住这里。我住五十年了还住不下去？

我急了，我说您一个人在这里怎行啊？

母亲说，怎不行？你父亲在这里，你祖父祖母在这里。

我担心这段时间父亲去世母亲伤心得糊涂了。我说，妈，走吧！父亲去世了，人死不能复生。祖父祖母已经死了好几十年了。

母亲说她能听得见父亲说话，听得见祖父祖母说话。昨天晚上，父亲和她说话了，要她不要走，他一个人待在这里，孤零零的。祖父祖母也和她说话了，要她不要走，他们在这里，也孤零零的。

我说，现在你一个人在老家，才孤零零的。父亲，还有祖父祖母，他们几个在一起，闹热得很，怎会孤零零呢？孤零零的应该是母亲您。

母亲好久才醒过神来，说，到了晚上，她见到父亲，见到祖父祖母，她再问问他们。

3

母亲最终没有随我搬到酒城居住。

我也没有多少时间在乡下老家陪同她老人家。我要上班，我得挣钱养家糊口。我在老家待了几天，就回酒城上班了。

走的那个晚上，我语重心长掏心掏肺地跟母亲做了一次长谈。我的意思很明确，母亲已经七十岁了，如果我再把她留在乡下老家，老家乡下的人会怎么看我？我单位的人会怎么看我？那些熟悉我认识我的人会怎么看我？会怎么看她的儿媳？至少会说我不孝，说他们婆媳关系不和谐，一个不孝的人，一个处理不好家庭关系的人，谁会和他交朋友呢？谁会提拔重用他呢？我的意思很明确，就算为我考虑，为她的儿媳考虑，母亲都应该搬到酒城我的家中颐养天年。如果她老人家想老家了，星期六星期天，我开车送她回去看看，酒城到我老家，开车也就是两个小时的车程。

母亲说，不是她不想到我家中住，是父亲要她留下来。

我火了。我如实告诉母亲，在拿到父亲的检查结果后，有一天，父亲的精气神比较好，我喂了他小半碗稀粥，父亲跟我谈起了老家，谈起了他和母亲，还有我，我们一起栽种的那片荔枝林，父亲的脸上满怀光彩，是回光返照的光彩，父亲还谈到他和母亲栽种的那两棵香樟树，祖父在祖母坟前栽种的那棵香樟树，他在祖父坟前栽种的那棵香樟树，父亲很得意，说，那几棵香樟树，肯定是我们村最大的树了，很远很远，都看得见，要我，别人出再多的钱，都不能卖。父亲说，他死了，他就埋在香樟树下，以后母亲死了，也埋在香樟树下，一人一棵，他和母亲已经说好了。父亲告诉我，母亲脚常常喊痛，腰也直不起，城里条件好，万一他有个三长两短，一定要把母亲接到城里住，享几天福。

母亲也很生气，说父亲做人做事就爱当面一套背后一套，昨天晚上他还可怜兮兮地央求她，要她不要丢下他一个人走，他一个人躺在那里，孤零得很。

我大发雷霆，父亲亲口给我说的母亲不信，她老人家居然要去相信那些做梦时候的鬼话。

倒是堂叔一再提醒我，母亲神神道道那个样子，极像鬼魂附体，如果不及早请巫师来捉鬼魂，后果非常严重。堂叔讲了我老家不远处张家坝的张家大娘，也像母亲这种情况，丈夫死了，儿子儿媳在北京工作，女儿女婿在天津工作，她被鬼魂附了体，没有及时请巫师捉拿，一年不到，竟然投了村边的玉带河，说是老伴在那边叫她过去。堂叔向我推荐了老家童连山北坡的刘巫师。堂叔给了我刘巫师的电话。堂叔说，刘巫师法力大，一个附体的鬼魂，肯定能捉拿来压在童连山脚下，让他一千年一万年翻不了身。堂叔长长地叹着气，还流了泪。我实在没闹懂找一个巫师捉拿一个鬼魂堂叔流什么泪。堂叔解释说我在城里工作，很多事情不懂，据他观察，那个在母亲身上附体的鬼魂，多半是我父亲。堂叔进一步解释说，只能保我母亲了。我更加疑惑，父亲已经去世，他老人家在人世间还有什么瓜葛牵扯呢？堂叔见我不懂，解释说，死去的人，过不了三年，就得找地方投胎转世，一旦巫师把你父亲的魂魄压在童连山脚下，他如何投胎转世哟！堂叔说，现在只能委屈你父亲了，等你母亲过世了，再找巫师把你父亲从童连山脚下放出来，到时，让你母亲和你父亲一起投胎转世。堂叔说得我云里雾里。我把堂叔给我的刘巫师的电话号码存进手机。但我一想到要将我父亲的魂魄压在童连山脚下若干年，我竟无论如何也拨不了刘巫师的手机号码。

4

母亲说她要种稻谷。

我正在参加一个重要会议，领导正在发表重要讲话，我正襟危坐一丝不苟地做着记录。母亲不依不饶地打我的电话。我只好无可奈何地走出会场到走廊外接电话。

我劈头盖脸地对母亲说，地你还没种够？我也觉得自己过头了，很快缓下口气，说，哪来秧苗哟？

我对母亲不搬到酒城我家居住很有意见。但我很快就让步了，不来就不来吧，早上晚上，我多一些时间打打电话问候，星期六星期天，我多回几趟老家。偏偏母亲还要种地，管理那片荔枝林。我是费了好多功夫才和堂叔说好，现在实在不知道如何又向堂叔要回来。倒是母亲很不以为然，说，她去和堂叔说。母亲是如何去和堂叔说的，我不知道，我也懒得管。我一直以为母亲说她要种地要管那片荔枝林是说一说，她哪来那个精力？七十岁的人了。我问母亲哪来秧苗，我们一直在忙父亲的病忙父亲的后事，根本没有育秧苗，我压根儿就没有想到还要让母亲在老家种地，一个七十岁的老太太，她如何种地？

母亲说，堂叔有秧苗，就用堂叔秧田里的秧苗，她已经和堂叔说好了。母亲是希望我星期六星期天能回老家帮她张罗张罗插秧的事情。

　　我坚决不同意母亲再种庄稼，父亲在时，他们拉拉扯扯，照应着，种上一片稻谷，我还可以睁一只眼闭一只眼，父亲不在了，我无论如何不能让母亲种庄稼了，那要花多少劳力多少工夫啊，种稻谷是老太太干的吗？我告诉母亲，星期六星期天我要到北京出差，回去不了。到北京出差是我胡编的，我要断母亲种庄稼的念头。我对母亲说，稻谷就不要种了，到了收稻谷的时候，我花钱，在老家买上千把斤，够母亲吃上一年半载就行了。

　　母亲坚决要种。她说我要去北京出差就去吧，回来不了就不回来了，种稻谷的事情她想办法。

　　母亲一个七十岁的老太太，能想出什么办法？

　　星期六，我早早开车回老家。老家房门紧闭，我使劲地敲打，没人应。我惊慌起来，以为母亲出什么意外了。我差一点就砸了老家的门。砸门之前，我打了母亲的电话。母亲的电话通了，她说她在老家的水田里，她正在那里插秧。

　　我急忙忙往老家的水田里跑。白发苍苍的母亲正赤着脚，躬着腰，在水田里一丝不苟地插着秧苗。正是三月时节，我身上还穿着大衣。我赶紧脱下皮鞋冲下水田把母亲往田埂上拉。母亲常常喊脚痛，腰常常直不起。站在水田里，我的脚刺骨地疼痛。母亲见我突然出现，很高兴。母亲说，你怎没去北京出差啊？我非常气恼，母亲这个样子我能去北京吗？母亲非常有成就感的样子，要我看她插的秧苗还行不。母亲说，父亲在时，都是父亲插，她打下手，真正插秧，她今年还是第一次。

我把母亲抱回家。母亲老了，太瘦，太轻。母亲死活不离开水田，她坚持要把秧苗插完了才回家。按母亲那个速度，没有三五天，我老家那块大水田，哪里插得完？

我强制着把母亲抱回家，给她烧上热水，替她洗脚，找鞋，找袜子，穿上。我正告母亲，她这样干，感冒了，生病了，要花多少钱？万一有个意外，如何得了？我要母亲算一笔账，生病住院吃药花的钱，可以买多少稻谷？我要母亲不种稻谷了，把田交给堂叔他们种算了。

母亲坚决不同意。母亲说，父亲不高兴，在骂她呢！

父亲已经去世好几个月了，他不高兴什么呢？他骂母亲什么呢？

母亲一脸神秘的样子，说，近些天，她每晚上都见到父亲，父亲告诉她该下地了，该插秧种谷了，布谷鸟都叫得不耐烦了。父亲责怪母亲，他一走，母亲就变懒了，什么庄稼活都不干了。

母亲说，你父亲的眼睛，天天都在看着我啊！

看着母亲那个神神道道的样子，第二天，我只好请了几个人，替母亲把秧苗插上。我本来当天就想找人来插秧，但哪里好找人？山前山后跑了大半天，第二天才勉勉强强凑了几个五六十岁的老人。其实，他们也忙不过来。我出的工钱，只好多了一倍。我算了一笔账，像这样栽种下去，到稻谷收获进仓，花费的钱款可以买两倍的稻谷了。

5

母亲给我打电话，她说她看到我祖母了。一个三十多岁的女子，穿一身白衣服，长头发，额头眉毛和我像得很。那女子喊她的名字。母亲说，你怎么认识我？那女子说，我怎么不认识你？你一跨进曾家门槛做曾家媳妇我就认识你了，我天天都在看着你啊！那女子说，曾瓶你认识吧？母亲说，认识啊，我儿子啊！那女子说，这就对了，曾瓶是我孙子啊！母亲对我说，你说，那个女子不是你祖母是哪个？

我今年已经四十六岁。母亲告诉我，这些天，晚上总去找她的那个三十多岁的女子是我的祖母。

我的祖母死于1959年。她死的时候三十七岁，那年，我父亲十三岁。就是父亲的印象中，祖母是什么形象，也很模糊。祖母的坟墓在我老家房屋旁边的香樟林里。很小的时候，春节、清明，祖父就带着我去给祖母上坟，烧纸钱。祖母死后，祖父一直单身。现在，祖父已经葬在祖母旁边，父亲已经葬在祖母旁边。他们一家三口，静静地躺在香樟树林下面。母亲老家离我们老家有三十多公里的路程，我可以断定，母亲从未见过也不可能见过祖母。母亲和祖母的见面，就是每年的春节、清明，替祖母上香烛，烧纸钱，隔着一堆黄土，祖母在黄土里面，母亲在黄土外面。祖母模模糊糊的一些形象，来源于祖父，来源于父亲的片言只语。

母亲要我回老家，去看看祖母的坟墓，祖母的坟墓塌陷得厉害，得培培土了。

我看了看日历，过几天就是清明了。

6

我几乎每周星期六星期天都回老家。老婆已向我抗议。我单位的同事开始怀疑我出了什么问题。以前，星期六星期天，我是参加了单位的一些活动，比如，钓鱼啊，打牌啊，吃喝啊，现在通通不行了，我要回老家。母亲总会在星期三，最迟在星期四给我打电话，说一些让我不得不回老家的事情。我长时间不参加单位的活动，我就可能被边缘化，就会掉队，就会被淘汰。我以前在单位颇有人缘，每年年终考核，我的优秀得票，在中层干部中一向遥遥领先。单位主要领导已数次暗示我，要我好好干，单位某某副职领导很快"到点"，单位重点推荐人选，就是我。可惜，今年年终测评，我的优秀票数呈直线下跌。老婆要我务必高度重视，没有耕耘哪有收获？没有付出哪来成果？

偏偏这时母亲电话不断事情不少。

母亲一时来电话说父亲提醒她，该给水田里的稻谷除草施肥了。我很不想回老家，但我闭上眼睛，就是母亲白发苍苍、躬着腰在稻田里除草施肥的样子。我只好回老家，掏一些钱款，找一些人，替母亲把稻田里的杂草除了把肥施了。母亲一时又给我打电话，说父亲在催促她，说，稻田里的黄谷该收割了，要不然，来一场大暴雨，损失就大了。我自然赶紧回老家，掏一些钱款，找一些人，替母亲把稻田里的稻谷收回家。我告诉母亲，有什么想法就直接说，何必把父亲扯在一起呢？母亲一本正经地告诉我，真的是父亲在提醒她呢，在催促她呢，真的怪得很，一有事情，父亲就会来找母亲，怕母亲忘了似的。母亲对我说，父亲其实根本没有死，他只是换了一个睡觉的地方，以前，他睡在家里，现在，他睡在了祖父祖母的旁边。以前，父亲大白天忙事情，现在，父亲晚上来来回回地在家里、在自家田地里走动。家里的春种秋收，吃喝拉撒，油盐酱醋，父亲清楚得很。

第二天早上，还不到五点，母亲就给我打电话，我一看她老人家的电话就紧张。母亲说，昨晚，父亲回家来了，他告诉母亲，幸喜昨天我回老家把稻谷收进了屋，不然，就迟了，今天晚上，有大暴雨。母亲告诉我，说父亲直夸我，说我没有忘记老家，没有忘记父母，把家里的事情弄整得井井有条。

我的好睡眠就这样被母亲中断了。我被中断了不要紧，我老婆也被中断了。我老婆正告我，母亲那个神神道道的样子，肯定是精神方面出问题了，要我早重视早想办法。我肚子里窝着一团火，竟不知道该向谁发泄。

接到母亲的电话也有不必马上回老家的时候。我正在开会，母亲数次给我打电话，说，我在父亲坟前栽种的那株香樟树，发新芽了！长好几寸长了！高过她的人头了！我没好气地说，知道了。

过一段时间，接到堂叔的电话。堂叔要我赶快回老家，我母亲被鬼魂缠身了。我问堂叔到底怎么了，堂叔说你回来就知道了。我只好向单位领导请了一个假，说母亲重病，不去不行。

　　到老家，母亲在父亲的坟前唠唠叨叨。听了很久，才明白，原来，按母亲的说法是，前天晚上，父亲又回老家了，母亲给他泡了一杯他爱喝的菊花茶。喝着菊花茶，他们一起说一些很久很久以前的事情。不知道怎么说着说着，他们就谈到了我们生产队哪一家最先买上电视。时间是 20 世纪 90 年代，母亲说是 1995 年，父亲说是 1994 年。母亲说是我们家早两天，父亲说是南坡的王笔才家比我们家早两天。究竟是我们家先买电视——当然是黑白电视——还是王笔才家先买电视，二十多年了，谁记得这些鸡毛蒜皮的琐事呢？争论来有什么意义呢？王笔才已经死了好几年，王笔才的儿子很出息，在成都当老板，早把母亲接到成都去了。母亲说，父亲给她说得很清楚，他要去找王笔才问清楚，昨天晚上就回家来把问询王笔才的结果告诉她，偏偏昨天晚上母亲等了一晚上，父亲竟然没来。母亲说，你父亲这人怎能说话不算数呢？因此天一亮，母亲就到父亲的坟前来找父亲，她要找父亲理论清楚，她要等着父亲从坟墓里出来把事情给她说清楚。

　　堂叔要我刚快找童连山北坡的刘巫师，我母亲肯定是被父亲的鬼魂附体了。

　　我没找刘巫师。我找了酒城精神病医院的王院长，我要他赶快派一辆救护车来送我母亲去医院治疗。

　　王院长的救护车很快拉着警报开到我老家。

母亲坚决不上救护车。

母亲很气愤，问我要干什么。

我如实说，要送她老人家去酒城治病。

母亲更加生气，母亲说我才有病，她一点儿病都没有，她在乡下老家，父亲陪着，祖父祖母陪着，庄稼陪着，院子里的鸡鸭鹅陪着，日子好得很，身子骨好得很。

我很不客气，说，那您老人家为什么天天打我电话？为什么每周都要我回来？

母亲就是不上医院的救护车。母亲哭了，像一个做错事情的小女孩，母亲说，以后，我不打你的电话行了吧？你星期六星期天不回来行了吧？

那天，我没能把母亲请上酒城精神病医院的救护车。我也糊涂了，我也不知道母亲是不是病了。

过后，母亲再没给我打电话，也没要我星期六星期天回老家。倒是我，心中愈发恐慌起来。我一闭上眼，就看见白发苍苍的母亲，躬着腰，赤着脚，在老家的水田里，插秧，除草；施肥，收割。

忍不住，我就开始给母亲打电话，说，妈，您老还好吗？

星期六星期天，我又开始开着车往乡下老家跑。

小金的孩子要上学

　　如果不是接二连三地出了几件事，小金压根儿就不会去想青青上学的事情。或许他还有些自鸣得意，把青青从老家接来，既解决了岳父外出打工的问题，又解决了照顾壮壮的问题。青青的弟弟壮壮，三岁多，像一只乱窜乱跳的小花猫。小金在一家川菜馆打下手，老婆小凤在一家缝纫厂打工。他们都上班的时候，就用一根绳子（绳子当然是小凤从缝纫厂偷偷弄回来的），一头拴住壮壮，一头拴住那张破旧的木床。当然，他们也会在木床上摆一点香蕉橘子。那个小花猫似的壮壮整天就在老木床上一边吃着，一边拉撒着屎尿一边玩耍着游戏着。自从青青到来后，情况很快改观。星期六星期天，可以不再给壮壮拴绳子，有青青看着，大可放心。就是星期一到星期五，青青放学回来也比小金小凤到得早，青青可以提早一些时候替壮壮解开绳子，然后一边写作业一边看着壮壮。

　　青青是去年8月来的深圳。青青一岁多的时候，小金两口子就离家到深圳打工了。小金是嫁到小凤家的，按乡下的风俗，叫倒插门。青青一直由外公外婆带着。去年8月，小金的岳父突然接连打来五六个长途电话。岳父告诉小金，青青七岁了，该读书了。小金才猛然知道，女儿竟然七岁了，该上小学了。小金两口子出来后只回去过两次，青青啥模样，他们都恍恍惚惚的。尽管事情来得有些突然，小金半晌还回不过神来，但他还是态度端正，非常旗帜鲜明地回应岳父，爸，没得说的，该上学就上，学费是多少？明天我给你寄回来！岳父在电话那头着急起来，说，不是学费的事，是还有一个更重要的事和你们商量。说是商量，其实岳父已经铁了心，哪里还有商量的余地？岳父告诉小金，他要出去打工，乡下的地，屄没种头！小金的头脑快速转动起来，岳父都六十了，打工，哪个要他？让自己替他找活路干，自己哪来那个本事？岳父在电话那头似乎看穿了小金的心思，说，找活路你不用操心，我都找好了，现在关键是青青怎办？岳父想出去打工不是三五个月的事情了，但他老人家还是很有些自知之明，晓得到深圳广州没人要他，他也害怕把一身老骨头丢在那些地方回不来。人托人，岳父在市锻造厂找到一份看门的差事。岳父对他这个来得有些不容易的差事很珍惜很有些洋洋自得。岳父在电话那头说，一个月 400 块！你算算，可以买多少黄谷多少小菜得喂多少肥猪？岳父觉得他占了天大的便宜，厂长还答应他把瞎子婆娘也带过去（小金的岳母是个瞎子），厂外边那两块空地，交 100 元租金，种水稻种菜，随他折腾。岳父说，有工资领，有地种，你说，哪里找这种好事情？岳父告诉小金他已经去看过，那两块地，可以种一千斤黄谷，蔬菜任吃管够！说不定还可以挑一些到菜市赚几个酱油钱。

最后岳父把矛盾托出来，说，小金，我总不能带着你娃儿去锻造厂看门哟！这才是岳父反复打电话的真实目的。岳父进一步强调，说，我给你们带了七年总可以了嘛！小金这才晓得事情和自己紧密相关了。这些年，青青一直由岳父带着，他和小凤似乎已经记不起有一个叫青青的女儿了。再说，四年前，他和小凤还超生了一个男孩壮壮。就是壮壮，吃喝拉撒也够折腾了。现在岳父突然间从遥远的老家把青青托出来，他小金不可能说他没有青青这个女儿，但要如何处置，他又确实没有一点主意。就在这时，岳父在电话里说，深圳不是有民工子女学校吗？你把青青接到民工子女学校读书，啥子事情都解决了嘛！原来岳父把青青的去处全考虑清楚了。岳父有些得意，说，你怕不晓得？电视上说得清清楚楚嘛！小金赶紧丢下电话去打听，一打听，运气好得很，他们租住的小屋旁边，两里路远，有一个民工子女学校。找老师打听，小金刚刚说完想法，人家老师就欢迎小金的孩子入学，还拿一张表要小金填。问学费，和老家的差不多。小金当时差点儿唱起歌来，马上给岳父打电话，答应把青青接到深圳来上学。

　　小金要岳父把青青送到深圳来。小金说得冠冕堂皇，小金在电话里说，爸，你把青青送过来，你来去的车费我出，就当你出来旅游一趟，你还没有出来过！可惜岳父不领小金的情不上小金的当。岳父说，喊我出来，我工作滑脱了怎办？其实小金就是害怕自己的工作滑脱了。小金请假回一趟老家，一个季度的奖金全完蛋，说不定人刚走，那个打下手的位置，就被人家替补了。小金花了十多块钱的长途电话费，任他反复劝说，岳父就是不送青青来。小金没有办法，谁让青青是自己的孩子？总不能让岳父到邮局把青青托运过来吧？小金只得回老家去接。

青青的到来很快出现问题。小金他们租住的小屋，就十个平方，一张老木床放下去，已经非常拥挤，哪里还能再放得下一张小床？小金小凤也想换一间大一些的屋子，但得增加房租。思前想后，只好一家四口挤着。青青没来的时候，小金他们三口睡得就够拥挤，现在又添加了一个青青，就更加拥挤不堪。壮壮和青青倒还兴奋异常，两个小家伙挤在一起，嘻哈打闹不尽。幸喜那张床还坚固，除了吱吱呀呀地乱叫一通，毕竟没有四分五裂。但小金小凤就苦不堪言了。尽管两人天天都加班加点，被活路折腾得有气无力，但他们有些时候也有渴望对方身体的需要。尤其是回到家在那张老木床上躺上一阵，再睡上一些时候，两口子的精力就充沛旺盛起来，渴望对方身体的欲望就像老家田里那些猛长的野草，不管你如何下农药，始终要发疯似的猛蹿出来。青青没来的时候，欲望一蹿出来他们想干就干没有一丝一毫顾忌从不拖泥带水，反正壮壮是一只贪睡的猫，任他们折腾得天昏地暗，始终呼呼大睡没有半点儿声响。但自从青青到来后问题就严重了。那天晚上，等青青和壮壮进入了甜蜜梦乡，小金就蹑手蹑脚地爬到小凤身上。正当他与小凤就要酣畅淋漓的时候，电灯突然亮了。是青青拉亮了电灯，青青坐在床铺里，一脸的茫然，问，爸爸妈妈，你们要打架？吓得小金和小凤紧紧地用被子盖住赤裸裸的躯体，喊，青青，睡你的觉！睡你的觉！过后，小金小凤只得改变战略战术，等反复确认青青和壮壮完全入睡了，才偷偷摸摸地干起他们的事情。他们吸取教训，不再暴风骤雨，不再呼啸呐喊，全换成微风细雨，小金用手捂住小凤的嘴，小凤用手捂住小金的嘴，尽最大的努力，不弄出一丁点儿声响。尽管小金对用这样的方式干这样的事情十分恼火，但也没有办法，总比什么都干不成好。就在他和小凤凝神敛气的时候，电灯一下子又亮了，仍然是青青拉灯，青青仍然很茫然，问，爸爸，妈妈，你们在干啥子？小金小凤一脸怒火，又不能发作，慌忙中紧紧地用被子裹紧身体，吼，青青，睡你的觉！小金小凤搞不懂，这娃，怎那么警醒？过后小金小凤又偷偷摸摸地来过几次，每次他们都做到无声无息，每次他们都做到一上来就三下五除二地结束战斗。但每次他们都失败了，每次青青都拉亮灯，问，爸爸，妈妈，你们在干啥？小金也绞尽脑汁力图改变被动局面。有两次，小金干脆用一只坏灯泡换下那只好灯泡，小金在心头洋洋得意，以为万事大吉了。偏偏他和小凤正在进入状态的时候，青青又"啪"的一声去拉电灯，青青这次哪里拉得亮？青青就哭，青青边哭，就去摸她的父母。青青一下子就摸到了小金伏在小凤身上赤裸裸的屁股。青青边摸边喊，爸爸，妈妈，你们在干啥啊？小金小凤惊恐万状。过后，小金小凤哪里还敢干那件事，小金憋着一肚子的火，但又不晓得冲哪个爆发。

不出小金所料，小金的活计被别人顶了。小金找到老板，当初小金请假，老板曾保证，十天内回来，活计替小金留着。

为此小金马不停蹄地奔回老家，第八天，他就去川菜馆上班。一去，才晓得，他走的第二天，老板就找了新伙计。小金找老板理论，说好等十天嘛！我第八天就回来了！老板没有小金的激动，友好地拍着小金的肩，还甩一支玉溪烟给小金，说，兄弟，我总不能等着你连生意都不做吧？老板说，兄弟，我现在请的这个，每月比你少200块，不这样干，我他妈的不成傻子？小金在川菜馆勤扒苦磨了三年，工资才十块二十块地涨到现在，回一趟老家，就啥都没有了。怪谁呢？小金一肚子的怒火不知向谁发，如果岳父能理解他的苦衷，把青青替他送到深圳来，哪里是这个样子？但他能跑回老家去把岳父责骂一通？幸喜老板还念着小金在川菜馆的苦劳，拔了200元给小金，算是补助。小金看到那个顶了自己岗位的民工正在那里勤勤恳恳地做着以前自己做的事情，泪水就在眼眶里打起转来。小金接了钱，什么都没说，离开了川菜馆。

第三天，小金在另一家川菜馆找到活计。工资比先前少了200元。老板和三年前那家老板一样说着相同的话，根据表现，再涨工资。小金很痛快地答应下来，轻车熟路地去洗起盘子，择菜，替主厨打起下手。小金暗自下着决心，一定要努力表现，让老板把工资涨起来。小金啥子都可以少，不能少了钱。小金工作有了着落，却遇到一个小困难。新找的这家川菜馆，离他租住的小屋比先前远半个小时的路程。小金不能没有工作，没有工作就没有钱。小金只得安慰自己，多走路多锻炼身体！

青青上学的民工子女小学，离租住的小屋虽然只有两里路远，却有五个红绿灯路口。那些甲壳虫似的车子，总是没长眼睛似的往前乱冲。尤其是那些载客的摩托车（小金租住房子的地段，摩托车很有市场），为抢生意，野马蜂似的乱叮乱窜，就连小金走在街上都有些提心吊胆。但青青得天天在这条担惊受怕的街道上走来走去。小金晓得城里的孩子都由父母送，父母接，实在脱不了身的，或由爷爷奶奶外公外婆接送，或者干脆拿钱雇一个人接送。小金小凤哪来时间接送孩子？迟到五分钟不仅要扣钱，还有砸掉饭碗的危险，他们哪里敢冒如此风险？小金能从遥远的老家接来父亲替他接送青青（小金的母亲早死）？小金的岳父也曾出过这个主意。但他老人家来住哪里？他们一家四口拥挤在一张老木床上已经让小金苦不堪言火气连天。多一个人就多一张嘴多一份支出，小金哪里受得了？就算这些问题小金都能解决，小金那个连县城都没去过的父亲，连"男厕所""女厕所"几个字都识不得的父亲，真到了深圳，是他接送青青还是青青接送他？请一个人接送孩子，小金问了问，没有300元一个月，根本没人理你，小金哪里还敢再问？小金只得在当晚带着青青从租住的小屋走到学校，再从学校走回租住的小屋，如此走来走去地走了三趟。小金一边带着青青走，一边指点她一些沿路的标识，一边告诉她一些红灯停、绿灯走，过马路左右看的常识。青青第一次进城，哪里记得住辨得了？小金只好拼命地讲，要求青青拼命地记。小金唾液横飞越是着急，青青更加云里雾里。隔两天，到了开学，小金早早地把青青叫醒，由自己把她带到学校。川菜馆八点开门，小金不能因为青青上学而丢掉在川菜馆的饭碗。他必须在七点半前把青青送到学校，他得给自己留半小时跑步去川菜馆的时间。小金把青青丢在学校门口，看青青要哭，赶紧去买两个包子哄哄。青青一边吃包子一边"哇"地哭得一塌糊涂，死死地抱住小金，不让他走。小金看看自己那块破表，哪里还敢逗留，咬咬牙，丢下青青就跑，哪里敢去管她的痛哭。

　　小凤更没有办法送青青，她七点半上班，七点钟出发，还得小跑。中午也没有人接送。川菜馆不可能拿时间给小金接送孩子。中午小凤只有一个半小时，她的任务是负责青青和壮壮的午饭。为此，中午的饭菜，小凤头天晚上就得煮好。中午下班铃一响，她就得比赛似的往家跑，跑回来给青青壮壮热饭菜。小凤也不可能守着他们吃完，她得卡着时间。吃饭的碗筷，也是晚上回来再慢慢刷洗。青青没来的时候，小凤天天中午都得风风火火地跑来跑去。青青一来，小凤就教青青怎样用电饭煲，怎么烧燃气，怎样把晚上煮好的饭菜中午再热好。没几天，小凤就对青青说，青青，妈中午不回来了，你放学回来自己热饭和弟弟一起吃！青青看着冷菜冷饭、电饭煲、燃气灶，既不敢答应，也不敢不答应。小凤又一再给青青打招呼，青青，中午回家，千万别解你弟弟的绳子！到了中午，小凤悄悄摸回来，偷偷地看着青青热着饭菜和壮壮一起吃。那根绳子，也好好地拴在壮壮的身上。小凤偷偷地看着，等时间差不多了，才悄悄跑回去上班。小凤偷偷摸回来看了几次，见没有什么闪失，就放心大胆地让青青热饭菜。小凤松了好大一口气。过了几天，小金见青青中午下午没有接送自己来回也没有什么闪失，就决定一早也不再送了。小金也松了一口气。

没隔多久，刚刚放松的小金小凤就紧张起来。小金租住的小屋旁边，也是一对四川来打工的夫妻，他们的孩子也在民工子女学校上学，和青青一个年级。他们也没有办法接送孩子，只得由孩子一个人去。有一天，那孩子一边耍着玻璃球一边去上学，耍着耍着，玻璃球就滚落了。孩子毫不犹豫地就去抢滚落的玻璃球，玻璃球是他用一周的零花钱（五毛钱）买的。玻璃球哪里懂得危险？滚着滚着，就滚到了车轮下面。孩子只知道滚落的玻璃球，哪里知道有车轮在等着他？当场被血淋淋地压在车轮下面。学校召开紧急家长会，班主任在会上痛心疾呼，家长们，求求你们，你们再忙，请大家务必要有人接送你们的孩子！他们才六七岁啊！这是血淋淋的教训啊！小金两口子恐惧了，胆怯了，谁能保证哪天压在那车轮下面的不是自己的孩子？但谁接送青青？哪来时间？哪来办法？家长会下来，小金只得反复给青青打招呼：千万不能在上学路上耍东西！过马路的时候，东西掉了就算了，千万别去捡，回来爸爸给你补上！小金千叮万嘱之后，照样让青青一个人穿过危机四伏的街道去学校。小金在川菜馆忙碌就常常心惊胆战，实在害怕哪一天突然有人冲过来，向他高喊，小金，快点，你娃儿出事了！小金每天回来，看见青青和壮壮在老木床上嬉戏着打闹着，紧张的神经才慢慢放松下来。

小金在担惊受怕中煎熬了将近一个月，正当恐惧渐渐远去的时候，他再次被心惊胆战地请到学校开紧急家长会。事情就发生在青青班上。一个叫丹丹的女孩，也是青青这种情况，父母中午没法回来给孩子煮饭，只得头天晚上由妈妈把饭弄好，中午由孩子自己回家热来吃。哪晓得那天怎么了，孩子把电饭煲的插头刚一插上去，就触了电，死了。青青的班主任在会上泪流满面，哭着喊，各位家长，求求你们关心关心你们的孩子吧！尽尽你们作为父母的责任吧！那天晚上，小金特意花钱买回来一支电笔，把家里和电有联系的地方反反复复地戳了大半夜。谁敢保证，下次出事的不是你的孩子？第二天开始，小凤又开始小跑着回来弄中午饭。小凤反复地给青青打招呼，说，青青，一定要等妈回来热饭吃啊！小凤咬紧牙，重新开始中午跑回来。小凤知道孰轻孰重，跑步的艰辛，比起孩子的生死安危，屁都不算。坚持了一个月，小凤就坚持不住了。小凤所在的缝纫厂垮了。缝纫厂垮不垮小凤小金可以不管，但有没有班上有没有工资领，小金两口子必须管。小凤对缝纫厂的垮不是没有耳闻，也事先做着准备，等缝纫厂真的垮了，第二天，小凤就在另一家缝纫厂找到活干。按说也没什么损失，时间刚刚接上，后去的这家，工资只比先前少20元。但小凤上班的路程，却比先前，多20多分钟。小凤中午都是小跑着回来，现在一下子多了20多分钟的路程，一来一去，就将近一个小时，小凤哪里跑得动？哪里还有时间回来热饭菜？小凤只好狠心对青青说，青青，妈现在中午回不来了，你放学回来自己热饭吃！小金的脸上涂满担心，但有什么办法？小金只得再次拿起电笔，把那些和电有关的物件挨次挨次地检查了一个彻彻底底，然后反反复复地向青青宣讲他小金所能知道的安全常识。小金两口子也想干脆就在小凤打工的缝纫厂附近租一间小屋，这样，小凤就可以照样中午回来给青青壮壮热饭热菜。但小金很快发现想法不现实，小凤新去的缝纫厂旁边，有学校，但没有民工子女学校，要去读书，人家根本不收。那段地方，离青青上学的民工子女小学，走路要一个小时。让青青走路去，一天四趟，怎走？让青青坐公共汽车，得转一趟车，一天车费8元，小金哪敢让青青坐公共汽车上学？小金两口子迅速打消了重新租房的念头。中午，只得由青青自己回家热饭热菜了。幸好过了一段时间，也没有发生什么意外，紧张的小金两口子才渐渐放松起来。

又过了一段时间，小金被老师请到学校。小金才知道，青青一年级的第一学期结束了。小金被老师请到办公室，老师交给小金两张卷子，老师温文尔雅的，但是说着说着，就涨红了脸，老师说，金青的爸爸，你看看，你们金青，怎交了白卷啊？老师说，金青的爸爸，你们金青现在才一年级一学期啊，我教了二十多年书，我是第一次遇到这种情况！老师越说越激动。

小金自己都不知道自己是如何拿着两张白卷回家的。要是换了别人，或许根本就没有小金那样的痛苦和愤怒。小金老家没上学的孩子才一个两个？况且青青还是一个女娃。偏偏小金是一个读过高中的人，还参加过高考，离录取线还只差了7分。读书读了些什么小金忘得差不多了，偏偏"万般皆下品，唯有读书高"这样的念头在他头脑中还印象深刻,不然,他才不会冒着丢饭碗的危险跑回老家去接青青来读书。当然,小金丝毫也没有让孩子跳出"农门"的野心,但至少小学一年级第一学期就交白卷他无论如何不能容忍接受。愤怒的小金一回家就抓住青青让她跪在小屋里。小金抓起一根竹刷刷"噼里啪啦"地在青青的屁股上乱打一气。小金打得差不多了,才把那两张白卷抓出来,一巴掌拍在青青面前,小金拍得山摇地动。小金一边猛拍一边怒吼,你看!你看!小金在吼的同时,有了哭声,有了泪水。偏偏青青不哭,咬着嘴唇。小金见了,更加愤怒,一把抓起青青的头发,吼,青青,你究竟要干啥子!

青青抬起眼睛望着小金,一丝恐慌滑过,青青说,爸爸,我不干啥子!我不想上学了!

小金骂,你狗日的究竟想干啥子?

青青哭着说,爸爸,我们班好多同学都不读书了!

小金还想打还想骂,竟不知该如何下手。

百口莫辩

　　那人站在李小华店门口。李小华脸上堆满招牌似的笑，请他进来坐，是不是要捏脚？他刨完这碗饭就来。

　　李小华这家洗脚店开了二十多年。就他一个人。街坊邻居都劝他，添三两个帮手收一两个徒弟，生意那么好，不多赚一点儿钱，可惜了。李小华只是笑，他有他的算盘，他这家洗脚店，和其他店子不同，洗脚捏脚的手艺，是祖传。他儿子李昌，正在读高二，成绩不好也不差。李小华想，如果儿子考不上大学，就把手艺传给他。

　　李小华很快放下碗筷，要那个人往按摩床上躺，他马上就把药水端过来。

　　那人摆摆手，要李小华停下，他不是来捏脚的，他自个儿找了一张凳子坐下，问，黄泽林你认识不？

　　李小华身子骨一紧，我大舅出事情了？

　　那人说，黄泽林是你大舅就好，他是我老婆那边的表叔，我们是亲戚哈！

　　那人从凳子上跃起，扑过去，紧紧地抓住李小华的手，一点儿松手的意思都没有，像找到了失散多年的亲人，他要李小华看在亲戚的面子上，无论如何都要帮这个忙。他掏出烟，给李小华点上，把一大口袋礼品送过来。

李小华不抽烟，惊恐地望着那袋礼品。

那人是街道的秦副书记。

李小华搞不明白，自己在这里开了二十多年店，什么时候有一个在街道上管事情的亲戚了？

这座城市正在进行一项重要的创建，召开了声势浩大的誓师大会，书记、市长亲自参加大会，要求必须创建成功。李小华店铺旁边，有一所学校。按照标准，学校周边 200 米范围内，不得有餐饮摊贩、游戏厅、按摩店、洗脚房。该学校及周边为创建必检区域，一旦发现，轻则丢分，重则一票否决。市区相关人员已经到现场督察、研究数次。李小华解释无数次，他这个洗脚按摩店和检查查处的那种按摩洗脚店完全不同，正规得很，大可放心。相关人员不和李小华争论，解释权在上级检查组，不在李小华。丢了分数，一票否决了，谁来承担责任？谁承担得起责任？市区向街道发出限期整改通知，街道相关人员已经来李小华店铺数十次。李小华就是不搬迁，他说得很直白，我搬到哪里去？就算你们给我找到地方了，我的客户都在这周围，我把客户一起搬过去？我一家喝西北风啊？

街道像李小华这种需要攻坚克难的不止一家两家，街道书记手里，已经攥着厚厚的一叠限期整改通知，书记主任没办法，把通知书分解给班子一班人，千斤重担大家挑，谁包保哪家哪户攻克不下，谁接受上级问责处理。

李小华由秦副书记包保负责。

李小华打电话问，他大舅那边是有一个远房亲戚，在街道隔着八帽子远，从来没有走动。他把话说得很清楚，就算是他大舅黄泽林来了，也不搬，一家人要生活，天下还有讲理的地方没有？李小华已经没有那接待客人的招牌似的笑。

秦副书记堆满一脸胖嘟嘟的笑，现在不是找你讲理来了？亲戚以前没有走动现在不是走动了？有什么困难好好谈嘛！秦副书记告诉李小华，就是考虑到这层亲戚关系，才非常慎重，没有让工商税务公安来调查吧？不要说调查，让工商税务公安派一个人来，正儿八经地穿上制服，站在店铺门口，对生意有那么一点点影响吧？可以去问一问嘛，政府真的就没有办法了？不可能嘛，那不是要乱套吗？

秦副书记说的情况李小华清楚，就在周边，已经接二连三地发生，城管、工商、公安的人员，往店铺门口一站，守三五天，生意还如何做？李小华有些脸红筋胀，说话有些磕磕绊绊。

秦副书记说了一点儿钱，那是他们街道从牙缝里挤出来的，考虑到亲戚这一层关系，才厚着脸皮，替李小华争取上了。

李小华暴跳，那么一点点钱，他如何搬迁？没法搬迁，就是死，也不搬。为那个数额，李小华和街道的人已经口水星子乱飞很多次。

秦副书记耐心得很，要李小华不要寻死觅活的，那是婆娘撒泼，大男人，用得着？可以马上去问一问，前两天，那几家搬迁的餐饮摊贩，保健按摩店，街道给他们一分钱了吗？没有。

李小华不服，他的情况和他们不同，他是祖传手艺，他经得起查，他在这里开店洗脚捏脚时，学校还没有建，他是祖传老屋。如果搬了，他天天都要做噩梦，他老父亲、老祖父，会从梦里跑出来，骂得他抬不起头。

秦副书记要李小华好好想想，他天天到这里来上班，直到搬迁。

果然，秦副书记天天来。来了几天，秦副书记把凳子端坐在店铺门口。没等秦副书记开口说话，李小华已经哭丧着脸，还让他做不做生意嘛，这几天，根本没有人来了。

没有人来就好了嘛！秦副书记告诉李小华，这个地方，离学校那么近，就是不能干洗脚捏脚的生意，他们街道已经向区上市上建议，市上区上将下发通知，吃财政饭的人员，谁到李小华的店子消费，将严查重处。

那我还开什么店？

就是不让你开嘛！

李小华缴械投降，给秦副书记泡茶，他耗不起，他同意街道的第二套方案。明天就办。

秦副书记长长地舒了一口气，这就好嘛，何必嘛！

街道的第二套方案是，李小华不搬迁，在检查到来前的十天半月，该店铺暂停营业，由街道对该店铺做打围处理，到时，向深入现场的上级检查组人员报告，该洗脚店铺已经搬迁，从事某某云云，正在装饰装修。街道从实际出发，因地制宜，对确实无法搬迁，或矛盾激烈者，采取如此措施。

整个打围、包装工作由街道负责，费用与李小华无关，李小华要干的事情，就是把生意停下来。

李小华提出，检查不是还没有来吗？检查来了我再关门嘛，他想多开几天的店多找几天的钱。

街道和秦副书记坚决不同意，要么就让李小华搬迁。他们道出苦衷，他们如此，并没有给区上市上汇报明白，哪个敢汇报明白，区上市上领导要到现场来检查，领导都是火眼金睛，发现了，除了街道要受处理，李小华的洗脚店，绝对必搬无疑，孰轻孰重，一定要想清楚，理解街道的良苦用心。秦副书记反复讲，如果不是考虑到亲戚那层关系，他是不同意按第二套方案处理的，他准备一鼓作气，一劳永逸，坚决搬迁掉李小华的洗脚店。

李小华对秦副书记让他走第二套方案，还是有些感激。晚上，去了秦副书记家，提了两瓶好酒。秦副书记惊叫道，都是亲戚，像这样如何得了，纪委知道了，不是害人吗，秦副书记要他把酒提回去，等创建成功了，找一家餐馆，两个人好好喝，都是亲戚，客啥子气嘛！

果然，市上区上领导到现场来督察，为上级检查做准备。

市上领导把李小华叫到现场查问。记者的摄像机，迅速对准市领导和李小华。市领导问李小华真的搬迁了？李小华说真的搬迁了。市领导问，搬迁到哪里去了？李小华按照秦副书记给他说的地方予以回答。市领导说，我要去检查哟！李小华竟无师自通，说欢迎领导去检查工作。市领导问，现在你这个地方准备干什么？李小华说，准备办一家书店。这也是秦副书记等一干人事先告诉他的。市领导阳光灿烂，接连表扬说，办书店好啊！要市上部门、区上，把这个创建搬迁，好好打造总结，适当时候，可以在这里开现场会。

李小华的形象当晚出现在市电视台的《新闻联播》里面，还打了特写，他和市领导的对话，全播出来了。

李小华很快接到几个电话，向他祝贺，要他请喝酒，既开洗脚店，又开书店，不得了，当大老板了。

李小华支支吾吾，他本来想把情况说清楚，那是街道秦副书记让他这样说的，等创建成功了，还是干他的洗脚店，他字都识不了几个，开什么书店哟，不是开玩笑嘛！但李小华不敢说。秦副书记反复叮嘱过，如果李小华乱说，传到市区创建督察组人员的耳朵里，那是天大的事情，不但李小华脱不了干系，就是街道和秦副书记，也吃不了兜着走，当然，李小华的洗脚店，绝对是必须马上搬迁，就是天王老子都帮不了李小华。秦副书记要求，要说，得等创建成功以后再说。

李小华怕时间久了说不清楚。

秦副书记批评，有什么说不清楚，上面的检查组还有几天就来了。秦副书记要求，等检查过了，李小华想怎么说，就怎么说。

但老婆刘莉那里，得说清楚。刘莉看到新闻了。洗澡的时候，给了李小华不少暗示。刘莉还特意换了一件暴露的睡衣，喷了香水，故意扭着屁股，还躺在床上要李小华给她捏脚。刘莉在一家超市当收银员，他们夫妻十天半月都难得亲热一次。李小华曾多次抱怨刘莉，是不是把那个事情搞忘了。刘莉不依，整天都是烦恼，站得腰酸背痛替人家收钱，看人家用钱，还有干那个事情的愿望吗？不要说人，时间久了，连猪连狗都没有情趣。两口子很快纠缠在一起，正当李小华要入港停泊，刘莉说，她不到超市上班了。李小华吃惊地问，你不到超市上班去哪里上班？刘莉杏眼圆睁，你书店那个收钱的活，谁干？谁也干不了，她干。李小华解释，开书店是假的，是秦副书记他们迎接检查，检查过了，还是开洗脚店。刘莉一脚把李小华踢下去，哄你的鬼吧？新闻都播了，还会有假？李小华被重重地摔在床下，他不管疼痛，接连不断地向刘莉解释。

刘莉不听，坐起来，对他进行审问。开办一个书店需要多少钱？你李小华哪来的钱？坦白从宽，这二十多年，一个人在那里开店，究竟积攒了多少钱，都是听你说，不把私藏的钱财坦白清楚，绝不轻饶。还要盘查，是否将这些钱款，用在外面包养女人，她一向认为李小华老实本分，根本没有想到还有这些城府。

李小华说他冤得很，他要刘莉和他一起去找秦副书记，秦副书记最说得清楚。刘莉看李小华那架势，真要拉着她去，她又有些怯，秦副书记毕竟是街道领导，她不去。

刘莉不去，李小华去找秦副书记。他准备把秦副书记请到家里来，把事情给刘莉说清楚，不然，日子没法过。

秦副书记见李小华来，远远地，就招呼他，说正要给他电话，刚好来了。秦副书记批评李小华，不要去纠缠那些鸡毛蒜皮的事情，检查马上要来了，刚刚接到通知，市上已经打来电话，李小华这里，已经推荐给上级检查组，肯定要来检查。现在的任务，是把工作做扎实，出不得岔子。

秦副书记拿出一个写好的资料，要李小华拿回去，好好记，好好背，到时，上面的检查组来了，就按照资料来回答，出不得半点差错。为了这个资料，他们街道，书记主任齐上阵，十来个人，搞了两天两夜。为确保万无一失，一天以后，他将找李小华演练，临时扮演检查组组长。

李小华拿着那叠厚厚的资料回家开始看、记、背。正闹得头昏脑涨，刘莉回来了，抓起李小华的资料看，还没看完，就烧起熊熊大火，还不承认，都已经写在纸上了，那个收银的岗位，究竟准备留给哪个狐狸精？刘莉不煮饭，坐在沙发上，架起二郎腿，怒气冲冲地审问。她不去当什么收银员了，收银员交给她小妹干，小妹正好下了岗，四处找工作。她要当书店的副总，所有钱款出入，必须经过她，不然，根本不晓得李小华会折腾出什么事情来。

李小华哭笑不得，不是他在折腾，是刘莉在折腾嘛，刘莉你有那个本事当副总，还要管财务？

刘莉恨不得把李小华的脑袋拧下来拴在裤腰上，我没有那个本事哪个狐狸精有？你喊来我看看？刘莉开始寻死觅活，抓扯李小华的衣服，哭闹不断。

李小华巴不得全身都是嘴巴，他解释，全是假的，是为了应付检查。

刘莉大哭大闹，还假的？你不是应付检查，是为应付我这个黄脸婆。

李小华两口子正在吵闹，秦副书记的电话打来了，要李小华赶紧去街道，有一个重要资料需要他完善一下。

李小华被刘莉缠得烦躁不堪，他说他不去，去不了。

秦副书记在电话那端发了火，批评，是小孩玩过家家吗？是你想来就来想不来就不来吗？这个点位已经报上去了，必须干好，出了问题，你李小华就是有十个脑袋，都不够砍！

李小华只好丢下哭泣吵闹的刘莉跑到街道去找秦副书记。

秦副书记要李小华在一张资料上签字。

李小华提起笔，看了看。一看，他正在签写大名的笔停下来了，声音有些颤抖，问秦副书记，你们要给我20万？李小华当即表示，这样的巨款，他不敢要，要了晚上睡不着。

秦副书记笑，说你想得美，会给你20万元？那不是天上掉金子吗！秦副书记解释，就是完善一个资料，上面的检查组检查得严，根根角角旮旮缝缝都要问都要查。

李小华迟疑，你们不把钱拿给我？

秦副书记继续笑，拿钱给你？拿什么钱给你？我有什么钱拿给你？

李小华望着那个资料，这上面不是写得清清楚楚吗！

秦副书记被李小华这个样子逗乐了，你还当真？只是完善一个手续！

李小华不签字，你没拿钱给我，我没拿你的钱，我为什么要签字？

秦副书记只好道出原委，市领导前两天到李小华的洗脚店来督查，对李小华将洗脚店改造成为书店很满意，李小华不是和市领导一起上了市上的《新闻联播》吗，他秦副书记工作了快三十年，不要说他，就是街道的书记、主任，都没有上过市上的《新闻联播》。因此，李小华是这次创建工作的最大受益者，必须把工作做好，出不得半点差错。市领导要求，要好好总结升华李小华这个典型，办书店是文化事业的重要组成部分，相关单位要大力支持，要把经验、亮点、特色向上级检查组汇报好，展示好。为了表示大力支持，所以需要找李小华来完善这个资料，到时好向上级检查组汇报、展示。秦副书记一再强调，就是完善一下资料，并不是真的要给李小华 20 万元钱款，真有这样的好事情，这周边的餐饮店、按摩店，都去开书店，领那 20 万元，可能吗？

秦副书记要李小华赶紧把字签了，赶紧回去背那些迎接检查的资料，上级检查组马上就要来，他们搞这些迎接检查的资料，已经两天两夜没有合眼，等李小华把字签了，得在沙发上眯一会儿呢！

李小华迟迟疑疑地，在那个资料上签上大名。

秦副书记一再叮嘱，检查的时候，一定要按他们编写的资料说，千万出不得差错。创建成功了，找一家馆子，把那两瓶酒，好好喝了，菜钱，他出。

上级检查组果然到了李小华的洗脚店。来了很多人，两辆考斯特，市区领导陪同。上次来督导李小华的那位市领导也在陪同的队伍里。秦副书记离李小华很远，他在队伍最末端，他根本不像是陪同的领导，倒像是来看热闹的群众。他确实不是陪同的领导，他很早就来等候了，并一再提醒李小华，一定要按照资料来回答，千万出不得差错，不仅仅是李小华这个洗脚店的问题，更是街道、区政府、市政府创建能否成功的大事情。等检查组来了，秦副书记已经闪在角落里了。

头天晚上，李小华的洗脚店热闹得很，来了好几拨检查督导的人流，他们都对李小华进行抽查询问。李小华均按秦副书记交给他的迎检资料回答。那个资料真是一个百宝箱，那些问话全在里面，只要把那个资料背熟了，问题都能够回答。

李小华的洗脚店早已经由街道安排人手打围。广告公司在打围的栏板上写了一些关于书店的宣传，宣传上说，正在抓紧施工，半月后开业运营，到时，开业酬宾七折优惠，还落了李小华的电话号码。李小华不愿意落自己的电话号码，随便写一个不就行了？秦副书记不同意，一定要写李小华的，万一检查组的人员打那个电话检查呢？不是露馅了？

晚上十一点，李小华被叫醒，来了一台车，运了一车的书籍，说是李小华书店订的货。李小华坚决不同意搬运到他的洗脚店，他根本没有预订书籍，他拿书来干什么？当垃圾卖吗？如果找他要钱，他哪来钱款给人家？就算有，他也不拿，这些天他真的被搞糊涂了。

车辆是秦副书记带过来的。秦副书记不和李小华啰嗦，要他马上开门让搬运卸货，根本不会找李小华要什么书款，检查结束，他马上把书拉走，用不着担心，当务之急，是服从于检查，万一检查组的人员要深入到李小华的书店看看呢？有了这一车的书籍，总可以说明问题了吧？秦副书记说，事情是上级领导安排的，李小华必须配合好，出了事情，影响了创建，李小华你承担得起吗？

清早，李小华到洗脚店早早等候。走进洗脚店，望着那些宣传广告，望着那一摞摞的书籍，他自己都恍恍惚惚，分不清楚这里究竟是洗脚店还是书店。

很多摄像机、录音笔对着李小华。

检查组的人员很亲切，一点儿架子都没有。他们要李小华不着急，慢慢说，他们就是了解掌握一些情况。他们问李小华为什么要办书店？这个问题李小华已经演练多次，迎检材料上说得清清楚楚。他非常顺利流畅地予以回答。那些摄像机，闪光灯对准他，他一点也不胆怯。检查组问了政府对李小华办书店的支持。这个问题迎检材料上也有，他也非常顺利流畅地予以回答。检查组的人员问到了那 20 万元钱款。李小华笑容满面，感激不尽，说到手了，到手了，没有那钱款，这一大摊子，哪来钱啊？检查组很满意，对陪同的市区领导说了不少表扬话。

当晚，李小华和上级检查组的画面出现在市电视台的《新闻联播》里，还做了特写。

李小华接到不少电话，都是祝贺。因为秦副书记一再叮嘱，他只好支支吾吾地回答，很难受，像一泡憋了几天几夜的热尿，关在裤裆里，冲不出去。刘莉也看到了，要他早早上床休息。刘莉的那点心思李小华懂。他窝在沙发里，把电视的频道换了无数次，拖拖沓沓不上床。刘莉"啪"地关了电视，一屁股坐在他旁边，要他把事情说清楚，电视上都播了，还要藏到什么时候？书店那个副总，她当定了，书店那个收银员，就是她小妹，她已经打电话给她说了。

李小华哭笑不得，在刘莉面前，他一点也用不着支支吾吾。他没好气地告诉刘莉，检查结束，他还继续开洗脚店，什么书店，全是为了应付检查，不这样，街道就要让他搬迁。他正在盘算，去找秦副书记，什么时候可以把围在他洗脚店前那些栏板拆了，好开他的洗脚店。不知不觉中，洗脚店已经关了半个月，他要挣钱一家人要吃饭。

刘莉对李小华的话将信将疑。刘莉说，就算不办书店，迎接检查，也没有亏，不是给了 20 万元的补助吗！赚大了！她问钱在哪里，她大妹那边，买房子正好缺一点儿钱，不多，借两万元怎么样？

李小华说他哪来钱，那都是为了迎接检查，秦副书记他们让他说的。根本就没有得到钱，不要说 20 万，连 200 元都没有得到。

刘莉跳起来，差一点把李小华掀翻在地，你以为老娘是白痴？你究竟要隐藏到什么时候？一分钱都没有拿你会在电视上说你得了 20 万？哄鬼去吧！

李小华说他确实一分钱都没有得到，可以对天发誓。过一些时候，他还是开他的洗脚店，不是真相大白了？自己一个捏脚的，字都认不了多少，开什么书店！

刘莉撒泼，她不管李小华开不开书店，那 20 万必须说清楚，她还是懂一点法律，那是夫妻二人共同财产，李小华想拿给哪个小妖精，门都没有。

李小华去找秦副书记，催促他，赶紧安排人，把围在他洗脚店前那些栏板广告，拆了，他的洗脚店好营业。

秦副书记制止，要李小华等一等，检查组会回头看，他这里是上过电视的，出了事情不得了。

李小华找秦副书记多次。他等不及了，一家人要用钱要生活，究竟要等到什么时候啊？得给一个准信嘛！

秦副书记一脸的好脾气，要李小华不急。秦副书记被李小华催促得烦躁了，只得模棱两可地告诉他，得等到创建成功、文件奖牌发放了吧？

李小华问，什么时候才算成功，文件和奖牌才发放啊？

秦副书记说，他怎么知道？他又不是上级检查组，不过，据他的经验，少说也要三五几个月吧？

李小华哪里等得了三五几个月？他回到洗脚店，自己动手，把那些打围的栏板进行拆除清理，花了三天时间，累得腰酸背痛。还好，秦副书记他们没有前来制止。

李小华的洗脚店重新开张。

生意竟大不如从前。对那些打门前经过的熟人，李小华远远地招呼，脸上那招牌似的笑，比以前多多了，甜多了，要他们进来喝杯茶。李小华购了上好的明前毛尖，泡在茶壶里。远远的，都能闻到茶香。

那些熟人并没有进店来喝茶。李小华招呼，他们只好搭讪，问，还开洗脚店啊？

李小华一脸的讨好，我一直都开洗脚店啊！

熟人们吃惊地问，不开书店了？

李小华坦然地笑笑，说那是配合街道迎接检查，假的。

熟人们说，你在电视台上面说的那些都是假的？

李小华继续赔着笑，街道让说的。

熟人们哈哈大笑，你得的那 20 万元的政策补助，也是假的？

李小华的笑僵硬了，说他根本没有得到，连钱的毛和影子都没有见到，是街道让他说的。果真有了那 20 万，还在这里捏脚吗？早享福去了。

熟人们笑，就是，还捏什么脚哟，该享福了嘛！

李小华的洗脚店没有客人。他去找秦副书记。他说他愿意搬迁，同意街道当初找他谈的时候的第一方案。街道的第一方案是对李小华的洗脚店进行评估，补助一些钱款，让李小华搬迁到其他地方去。当初，就是为那补助的钱款，李小华认为太少，说不到一块。李小华说他现在认了，就是那个数额，他同意搬迁。

秦副书记很为难地告诉他，上级已经检查了，哪里还有哪个政策？李小华要搬，可以，一分钱的补助也没有了。

李小华火气乱冒，你们怎么说话不算话啊？

秦副书记耐心地解释，怎么是说话不算数呢？不同时候，有不同政策，正常得很嘛！

那天，李小华正在洗脚店里无精打采地等候客人。来了两个人，他们向李小华亮明证件，说是检察院的，要李小华跟他们走，他们找李小华核实了解一些情况。

检察院接到群众举报，说李小华通过开办书店，套取国家专项资金20万元，是犯罪。

李小华说他根本没有得到什么20万元钱款。他当时之所以这样说，是为了迎接检查，是街道秦副书记他们让他这样说的。

检察院的人员很严肃，正因为是迎接检查，上级部门才安排了这20万元钱款，他们已经调查过相关部门的账册，确实安排了20万元专项资金，并且李小华在上面签了字。

李小华哭丧着脸，说那上面的字是秦副书记让他签的，还不是为了迎接检查完善资料吗？

检察院的人员要李小华看一段视频，检查那天，上级检查组的领导问到了这笔钱，李小华回答得清楚明白，还说了不少感谢话。检察院的人员安慰说，像李小华这种情况，不开书店了，把钱款退回去，不算犯罪。

李小华比死了爹娘还愁苦，他根本没有得到钱款，他拿什么退回去？

检察院的人员警告说，如果他拒绝退回国家钱款，就是犯罪，20 万元，可以判好些年了。

李小华说这个事情秦副书记最清楚，找他，什么都清楚了！

检察院的人员说，找了，秦桂华副书记说这事得找你。

李小华惊吓得差点把眼珠子掉在了地上。他大叫道，找我？

李小华大哭，我就是跳进黄河也洗不清啊！

放声歌唱

1

很久很久没有胡正辉的音信了。

2

2013 年春天，胡正辉像我压在箱底那件很多年很多年没穿
的旧毛衣，突然之间，冒出来了。

3

接到市公安局治安支队孙支队长的电话。孙支队和我没有
一丁点儿私人联系。名字倒熟悉。

孙支队和我说起胡正辉。

我说哪个胡正辉？

孙支队说还有哪个？就是你的老朋友那个艺术家胡正辉啊！

我的老朋友？我禁不住笑起来了。说不是，二十多年前我

们就在一起了。说是，我们已经好多年没有见过面了。

孙支队说你马上到治安支队来一趟，把你的老朋友领回去。

到治安支队去领胡正辉？开什么玩笑？我对孙支队说，胡正辉怎么会到你们治安支队？会不会搞错了？胡正辉现在应该在北京啊，千万不要搞恶作剧哈！我特意告诉孙支队，一个多月前，上京电视台老故事频道，一群人，坐飞机，乘汽车，特意到我们老家来拍老故事，老故事的主角，就是胡正辉。一周前，我收到胡正辉带给我的一张碟片。该碟片包装精美，上面四个汪洋恣肆的行草：放声歌唱，下面一行楷体小字：艺术家胡正辉和故乡的故事。

孙支队大不以为然，说，艺术家会打架？你那个老朋友该不会是搞行为艺术的吧？

我吃惊得很，胡正辉打架？他什么时候从北京飞回水城了？胡正辉打什么架，和谁打架？真的不是搞错了？

孙支队说，搞不错。你来了就清楚了。

我告诉孙支队，我正在召开一个会议，研究一个十亿元的化工项目落户我们区，三个副区长十来个区级部门的头头脑脑参会，我突然离开不好吧？况且，这个项目对于我们区的工业发展具有重要而深远的作用呢！我的意思是不是迟一些时间再去，实在太忙了！

孙支队深表理解，说区长大人日理万机，来不了就算了，一句话，你什么时候来，我们什么时候处理胡正辉的事情！

我说有那么严重吗？

孙支队说，你来了就知道了。

4

胡正辉大络腮胡，穿一套黄色中式汗衫，俨然武功卓著，仙风岸然的江湖中人。这和二十多年前在荔城大街上特立独行的胡正辉没有什么两样。

胡正辉在孙支队办公室。孙支队给他泡了一杯水城的竹叶青，竹叶青在玻璃杯里悠闲地舒展着。时不时地，胡正辉喝上一口，时不时地将玻璃杯轻轻地摇晃。如果不是事先接到孙支队的电话，我一定以为孙支队请胡正辉到办公室喝茶聊艺术呢。

孙支队打着哈哈，说区长大人，没有虐待你的艺术家吧？

胡正辉还是以前那个派头，说，曾瓶，你来了就好，来了你把手续办了，我们走人。

我挺纳闷，胡正辉不是在北京吗！他什么时候回水城了？再说，他怎么突然就被孙支队请到治安支队来喝茶了？办什么手续呢？我得弄清楚。

孙支队说，斗殴。

斗殴？我吃惊得很。

胡正辉告诉我，他随上京电视台老故事频道回荔城拍摄艺术家胡正辉和故乡的故事，没有回北京，他回老家雪沙古镇住一段时间，自己的出生地，赤水河边的雪沙古镇租了一间老木屋，日出日落，他坐在赤水河边，赤着脚，坐在河滩上，赤水河水濯他的衣，赤水河水濯他的足。像回到母亲的怀抱，很多年没有的灵感，像春天的嫩芽般，慢慢生长。

胡正辉感叹说，多年没有这样的状态了，情不自禁地，他抱着手风琴跑到赤水河边，一边拉着手风琴，一边放声歌唱。

胡正辉特意告诉我，手风琴就是二十多年前我在他的小平房里看见的那把，当年，他离开荔城，很多东西都丢了，独独那把手风琴，实在舍不得，就寄放在姐姐家。前年，姐姐去世，临死前，还特意嘱托病床前伺候的儿子，一定要保管好那把手风琴，以后舅舅要用。

胡正辉说他正在赤水河边，沿着曾经的梦幻，写一本名叫《放声歌唱》的书。常年在外，故乡滋养的那点灵气早被吸纳得干干净净，再不回到故乡，回到赤水河边，胡正辉就不是胡正辉了。

我纳闷的是胡正辉为什么坐在孙支队办公室。孙支队的办公室离胡正辉的老家雪沙古镇数十公里，胡正辉抱着他的手风琴在赤水河边放声歌唱与孙支队有何相关呢？

我仔细打量胡正辉，右眼下方，确有一块青淤。

胡正辉确实打架了。

胡正辉和李明春打架。

现在的水城，李明春算是一个响当当的人物。李明春是明春集团公司的董事长，市人大常委。明春集团不仅在水城有不少项目，在省城和其他地市也有不少项目。

胡正辉怎么会和李明春打架哟？

水城的人只知道李明春就是李明春，我还知道李明春还有一个名字叫泥水匠。现在的水城，没有几个人能把大名鼎鼎的李明春和一个曾经叫泥水匠的文学青年联系在一起。

我和李明春倒有联系。李明春的企业在我们区有项目。按道理，在我们区的项目应该我们区收税。税收的事情，涉及工资发放机关运转，作为区长我得盯紧看牢。在水城，财税体制按市属企业市上收税，区属企业区上收税。李明春注册为市上企业。李明春在我们区的项目我们无法收税，我多次找李明春，当然是我到他的办公室。我请求李明春在我们区上成立独立法人资格的二级公司，我提出可以按他上交税收形成的财力给予一定比例的奖励。只要李明春愿意，技术层面，我的财政局长、地税局长有办法。李明春不同意。他说这样干，市财政局、市地税局很快就知道，市长也很快就知道。他做出十分关心我的样子，告诉我，市长知道了，他问题不大，被市长数落一顿就算了，关键是我，制约我，市长有的是办法。我说为了区上，我不怕被市长修理，只要你把税收拿到区上来，什么后果通通由我顶着。李明春不同意。他并不是关心我，他是不愿意得罪市长，他怎么会为我而得罪市长呢？我约请李明春喝茶。他谢绝了。我只好把他堵在办公室，到他办公室去喝茶。李明春没有赶我走的意思。他把围着他汇报的下属叫走，叫女秘书给我沏了一杯竹叶青。女秘书刚刚把茶端上来，清香就弥漫在房间里，恍恍惚惚让我回到了二十多年前的时光。李明春既没有因为拒绝我邀请他喝茶而歉意，也没有因为我的突然造访而恼怒。李明春再牛，他毕竟有项目在我们区，需要我们支持的事情不少，我可以毫不留痕地让他的某个工地常常出现群众堵工。李明春说，很多人都想到他这里来喝茶，像曾区长喝的茶，副市长来了才上！感谢李明春把我提拔为副市长。我直截了当地谈税收。李明春不为所动，没有商量余地。我真想拂袖而去。当天，我就想让李明春的工地神不知鬼不觉地停下来。但我很快稳定了情绪，李明春的工地突然停下来，尽管我有千万条理由，他还是清楚幕后的黑手是我，我能神不知鬼不觉地让他难受，他也能神不知鬼不觉地让我难受。我只好另辟蹊径。我不找李明春了，我找二十多年前那个和我一起写诗写小说的泥水匠。李明春说，二十多年前那个泥水匠没有了，在这里，只有李明春，只有李董事长。李明春说，曾瓶还在吗？没有了，现在有的只是曾区长。那天，我恨不得一拳砸在他脸上。

事情是我陆陆续续听到的。

胡正辉是这样说的：李明春和他相约，在云中漫步喝茶。云中漫步是水城一个有名的茶楼，临长江，靠森林葱郁的水城公园，是水城商界政界有头有脸人士喜欢前往的地方。胡正辉叹息着说，他正在写他的长篇文稿《放声歌唱》，文思泉涌灵感喷发，去水城喝茶中断了文气实在可惜。

李明春是这样说的：我约胡正辉？我躲他都躲不赢。他天天给我打电话，谈他的赞助款。

李明春和胡正辉谁约谁并不重要。不管他们如何说，反正他们去了云中漫步，并且在云中漫步喝茶的过程中发生了斗殴，很不愉快。

胡正辉向李明春要资助钱款我相信。胡正辉打了电话，并且李明春知道胡正辉催要资助钱款李明春就去，我有些纳闷。以我对李明春的了解，我有求于他，比如税收的事情，我给他打十次八次电话，我约他去云中漫步，他会去？他肯定不会去，他一定会等我去他办公室找他。

　　胡正辉和上京电视台老故事频道合作拍摄艺术家胡正辉和故乡的故事需要一笔钱。该笔钱款需数十万元。胡正辉搞了一个洋洋洒洒的策划书。遗憾的是，大名鼎鼎的艺术家胡正辉，在京城没有募集到一笔钱款，他只好把目光投向了老家水城、荔城。胡正辉首先想到的是我。这让我十分感动。二十多年后，胡正辉想做事情，出钱出力，首先想到我，让我不感动都不行。我在电话里断然地拒绝了胡正辉。没等胡正辉把话说完，我就和他讲起目前的大环境大气候大政策，我说你身居京城，站得高看得远，天下大势一清二楚嘛！我告诉他，我无论如何都不会也不能替他筹措到数十万钱款，我是公职人员，违规违纪的事情不得干不能干。

　　胡正辉的下一个目标，非常明确的就是李明春。电话里的李明春很热情，很上心。但他只同意赞助二十五万元。我弄不明白，李明春那么大的公司，加上二十多年前我们那段时光，为什么就不全部答应下来呢？为什么赞助二十五万，不赞助三十万，四十万呢？我无法问李明春。胡正辉倒问了。李明春回答说，因为我回答你的时候，二十五那个数字，刚好出现在我脑海里，我就答应你二十五万。如果是一百那个数字出现在我脑海里，我就给你一百万，如果你运气不好，刚好是零那个数字出现在我脑海，我就什么也不给你。李明春说得神神道道的。

胡正辉说，不叫赞助，是双赢，上京电视台播出的时候要署李明春公司的名呢！

李明春说，我喜欢署那个名？我署那个名有什么用？

我问胡正辉，李明春耍赖了？答应给的钱不拿了？我知道，二十五万元对于李明春来说，实在是小菜一碟。关键看他愿不愿。

我搞不懂，既然李明春答应赞助，就算态度不友好什么的，也不该拳头相见啊！

胡正辉说，李明春说他是骗子，他找来的全是乌合之众，是上京电视台里面的临时人员，根本播不出，就算播出来，非得使钱不可。如果像胡正辉那样，他可以天天上上京电视台。

我问李明春。我是不可能把李明春叫到孙支队的办公室来的。我只能在电话里和他说。李明春没好气地说，难道不是？李明春说，你问他，上京电视台何年何月播出来？

我想了想，确实，拍摄一个多月了，按道理是该播出了。

胡正辉说，李明春答应的钱不给，连拍摄人员的飞机票都还没有报销。

我吃惊起来，上京电视台来拍摄，还要报销机票吗？

胡正辉说，说好的嘛！

我说，因此，你就打李明春？

胡正辉说，不是，我是气愤他说我是骗子，说来拍摄的上京电视台的摄制组人员是假的。这是侮辱我的人格，士可杀，不可辱，实在不可忍受！

报警电话是胡正辉打的。胡正辉其实没有打李明春。当时，愤怒的胡正辉挥舞着愤怒的拳头。李明春比胡正辉矮了半个脑袋，像根火柴棍似的。如果胡正辉愤怒的拳头一旦砸中李明春，李明春可能住进医院。李明春应该知道胡正辉愤怒激动的时候有挥舞拳头的习惯。胡正辉愤怒的拳头在空中挥舞并不是要飞向什么地方，他一向喜欢挥舞拳头，他用这种方式表达他的情绪，就像二十多年前在菜园子中学外的长江边，他激动，他愤怒，他诗兴大发，他都要挥舞拳头，二十多年了，还是如此。李明春身边，那个平日替他端茶递水的驾驶员，兼着保镖的职责。他不知道胡正辉这个习惯。他很快履行保镖的职责。胡正辉的拳头在半空中被紧紧抓住。胡正辉正痛得大叫，高个子驾驶员一拳击打在胡正辉的右脸上。胡正辉痛得眼冒金星。高个子驾驶员还要动手，李明春叫住了他。李明春知道他驾驶员的身手。疼痛和气愤相互叠加的胡正辉打报警电话。胡正辉说，这里不是人民的天下了？他马上找记者来曝光。这个时候，李明春完全可以让他的驾驶员向胡正辉道歉，向胡正辉解释解释，爽爽快快把赞助的钱款给了，事情就过去了。李明春没有。李明春哈哈大笑，说，曝光好啊！李明春说，打什么报警电话啊，直接打治安支队好了！李明春直接打市治安支队孙支队长的电话，要他马上来处理一下。李明春要过驾驶员的车钥匙，让驾驶员陪着胡正辉，他扬长而去。

是李明春让孙支队把我叫过去的。

我到的时候，胡正辉已经不再大叫着要找记者曝光了，也不提要找市委宣传部的主要领导了。

孙支队要我在一张文书上签字。我怎会在那上面签字，我正告孙支队，如果要我签字，我马上走人，艺术家胡正辉就放在你孙支队的办公室，你想怎么处理就怎么处理。孙支队一团笑脸地说，曾区长不签就不签，字他来签，人是一定要带走的。

其实，李明春走的时候，就对孙支队说，曾瓶来了，你就把胡正辉放了。

纯属误会。李明春几句话就可以说清楚。他不说。用得着如此吗？李明春要是在我面前，我也想揍他两拳。

5

我把胡正辉往金兰人家请。

金兰人家是一家饭馆，很普通的饭馆。在我住的小区楼下。中午我和林露回家迟了，就在那里凑合一顿。金兰人家普通，却干净。我告诉胡正辉，鉴于目前的气候、环境，只好委屈他到普通饭馆吃几个家常菜喝几杯土酒，高档餐厅、星级酒店无论如何不敢去，去了，说不定就做了反腐倡廉的教材。前两天，我们区的一位局长，在一家宾馆接待客人，被人家拍了照，挂在网上，其实他既没有签字挂账，也没有把发票开回单位报销，但拍照的人拍到了他喝我们水城的高档酒老窖1573，还拍到他上了一个高档菜肴江团。没办法，只好先把他的局长拿下再说。

胡正辉一再表示，饭就不吃了，知道曾瓶现在是区长，日理万机，有太多的公务和接待应酬。我赶紧解释，公务倒是不少，应酬确实不多，尤其是八项规定后，接待已经少得可怜，像我们这样设区市的区长，差不多天天晚上都可以回家吃饭了。

胡正辉要我找个车送他回雪沙古镇。

我告诉胡正辉，肯定要找车送他回去，以前是可以让驾驶员开着我乘坐的那辆公务车送他的。现在不行了，现在叫公车私用，查到了问题很严重。我叫了身边一位工作人员，小伙子有一辆私家车，一会儿，喝完酒，吃完饭，他送胡正辉到雪沙古镇。

胡正辉准备马上招个的士回雪沙古镇。胡正辉说，他打的士的钱绰绰有余，就不麻烦我了。

胡正辉对我有意见。

我有难言之隐。

胡正辉带着上京电视台老故事频道的队伍浩浩荡荡回家乡拍他的老故事，胡正辉再次给我打电话，一点儿也没有因我拒绝为他筹措钱款而不快，他希望我能以区委区政府的名义接待一下。胡正辉非常替我着想的样子，说不定什么时候，你们区上就要找人家上京电视台了，有这样的机会，为什么不抓住？胡正辉说，在老家的老朋友里面，官做得大的，就是我了，说什么他都想帮帮我，让我做强做大，再上层楼。这些话，胡正辉在上次电话里要我帮他筹措钱款时已经反复表达，他一点儿也没有重复厌倦的意思。

我非常感谢他的好意，以前，确实不是什么事情，不要说宴请一次，就是吃喝拉撒全包，我签上几笔钱，完全可以办到。现在不行了。现在接待得有对方公函。胡正辉说，公函好办，他让上京电视台马上给区政府发公函。我说，关键是事由，你胡正辉是荔城人，拍你和荔城的故事，和我们区有什么相关呢？我说的是大实话，如果我接待了，是别人攻击我的炮弹啊，我哪能给胡正辉说透彻？

胡正辉以为我有意拒绝。胡正辉说，曾瓶，我们二十多年的友谊，这点儿小事算个鸟。接待的钱款，根本用不着你操心，关键是要你们区政府出个面。这个时候了，我不找你曾瓶找哪个？

我很快知道胡正辉的尴尬，我和他的老家，荔城的县委县政府，竟以八项规定为由，拒绝以县委县政府的名义接待胡正辉的上京电视台摄制组。他们只是要求县委宣传部出面，为胡正辉的拍摄提供一些帮助。胡正辉对老家官员如此做法非常愤怒，他希望在我这里找到一些面子上的东西。

我实在不忍告诉胡正辉，老家的县委县政府不接待他们，我们区政府就行吗？荔城和我们区都是水城下辖的区县，我想给荔城的周县长打个电话，接待接待胡正辉一行，胡正辉毕竟是荔城走出去的人物啊！后来想了想，还是没打。

我告诉胡正辉，如果我能以区政府的名义接待他们，我还不能解决那些接待的钱款吗？

我断然地拒绝了胡正辉要我以区政府的名义接待他和他的摄制组。

胡正辉在电话里很生气，他忍耐着，要是二十多年前，他不破口大骂才怪。

胡正辉说，曾瓶，你不是以前的那个曾瓶了，以前那个曾瓶在你身上消失得干干净净，现在的曾瓶是完完全全的官员了。我感到难过和悲哀。

我告诉胡正辉，我有十五六年没有写过诗和小说了，就算偶尔写一点文字，也是公文或者讲话材料，和诗歌小说毫不相关了。

胡正辉说，曾瓶，太遗憾了，你的文学之路完全可以走得很远。

是吗？二十多年前我完完全全地相信。二十多年后，我认为那完全是镜中花水中月，当不得饭吃的。

胡正辉说，曾瓶，你和现在的官员一模一样了！

现在的官员有什么模样吗？我告诉胡正辉，我得对我的岗位负责，什么事情能干，什么事情不能干，我清楚。

胡正辉说，曾瓶，你应该比一般的官员多一些东西啊！

我觉得好笑，多一些东西就是让我以区政府的名义接待他们吗？这样的事情我不干。

胡正辉和他的摄制组在荔城搞了一个坝坝茶会。坝坝茶会主要是请当年我们几个团结在胡正辉身边的人员去对着摄制组的镜头回忆当年。

我一点儿都没有嫉妒等阴暗心里，也绝对不是吃不到葡萄就说葡萄是酸的。

胡正辉要我无论如何得去参加那个坝坝茶会。他需要我对着摄制组回忆当年我们创办《赤水河诗报》的事。二十多年前那段回忆确实美好，就是胡正辉不要我如何如何说，我也会如此说。

胡正辉特意要我去是因为我现在是区长。胡正辉说，我们当初那批人，就只有你曾瓶的官做得最大了，你无论如何得来。

胡正辉话没说完，话语后面的意思，我听懂了：曾瓶，筹款的事情你拒绝了，以区政府的名义接待摄制组你拒绝了，请你参加坝坝茶会你总不该拒绝吧？我听到了胡正辉的渴望和祈求。我再次拒绝了。我的拒绝很有策略。开始我满口答应。胡正辉很高兴，告诉我们当初那批人，说曾瓶也要来参加呢！胡正辉也是这样对李明春说的，他也要李明春无论如何要去参加那个坝坝茶会。

到了那天，我给胡正辉打电话，说要随同市长去省城出差，实在参加不了。随同市长出差真是一个美好理由。胡正辉在电话里沉默了好一阵，说，曾瓶，其实我知道你根本不愿来参加这个活动。

我确实不能去参加，我现在是区长。我对着摄制组的镜头滔滔不绝地谈二十多年前的时光吗？如果这样的镜头让市委书记、市长看到了我还能当区长吗？这些话，我不能对胡正辉说。

李明春那天也没去，李明春也是答应了要去的。李明春是我们那批人里面财富最多的人。

胡正辉那个坝坝茶会开得很成功。晚餐时，胡正辉端起两盅老家的土酒，满怀深情地讲述了他、我、李明春，当初如何的痴迷和执着，他为我和李明春因为工作原因没能参加坝坝茶会深表遗憾。他特意向大家解释了我不能参加是陪同市长出差，李明春不能参加是陪同市委书记去重庆考察。胡正辉为我和李明春有了今天这样美好的前途而骄傲和自豪，他将两盅白酒一饮而尽，一盅和我干杯，一盅和李明春干杯。酒后，胡正辉拉唱起手风琴，高唱起长唱不厌的《莫斯科郊外的晚上》。歌词仍然改了，莫斯科改成了赤水河。胡正辉一个人拉着手风琴自拉自唱到夜晚很久很久，大家都说他喝醉了，该休息了。任凭大家劝，胡正辉就是不走。他说他没醉，他清醒得很。他要追忆那些美好年月，他要对着流逝的记忆放声歌唱。

胡正辉拒绝和我喝酒吃饭。我抓起电话，打老婆林露的电话，我告诉她我正和胡正辉在一起，晚上一起吃饭。

林露一听和胡正辉一起吃饭，马上就说她有事情，他们局长有个重要接待，要她无论如何参加，就不来吃了。

其实林露说了要回家吃饭的，她中午就把我老母亲从乡下带来的一只老母鸡从冰箱里拿出来解冻，说晚上吃松茸炖鸡。

我以为，把林露叫过来，胡正辉会留下来吃饭。其实，我要林露来吃饭还有些恶作剧，过后，我就后悔了，都二十多年了，我怎么还对那些事情耿耿于怀呢？我就那么一点儿气量吗？

胡正辉一听我打电话要林露过来一起吃饭，更加坚决地谢绝了我的请吃。他说要回雪沙古镇写他的《放声歌唱》，创作这个东西，断不得的，断了，要续上去，难，非常难。尽管我已经很久很久没有写一点儿文学的文字，但真的就是吃一顿饭写作就断裂了吗？难道胡正辉就不吃饭吗？他到水城来找李明春就不怕他的写作断裂了？这是一个并不高明的谎言。

林露现在已经是我们区教师进修校的副校长，她要过来吃饭，他们局长，有一千个一万个胆，也不敢生气和阻拦。

胡正辉，林露，都不愿坐下来，像以前那样，吃一顿饭，说一些文学的东西了。

我只好让身边工作人员用私车把胡正辉送回雪沙古镇。

6

二十世纪九十年代初，我师范毕业，分到一个离县城五六十公里的乡小学。五六十公里现在高速路三四十分钟就到了，那时，全是弯弯曲曲的泥结石土路，客车又少，学校到县城，要大半天时间。

学校有十多个教师，除了我，都有了家庭，多是老婆在农村的半边户。有两个家庭特殊些，一户是夫妻双方都是我们学校的老师，一户是我们学校的女老师嫁了乡政府的副乡长。学校是以前庙子改建的，大门还是以前庙子的大门，上面是"沙坝乡小学"五个大字，两边门柱上，是一对石刻楹联：在这里听晨钟暮鼓露出无限生机，退一步想利海名场来往皆成幻影。

去报到，看到这副对联，还以为走错了地方呢！傍晚时分，学生回家，家在农村的老师，也匆匆往家赶，那个嫁了副乡长的女老师，也匆匆往家赶。学校里，除了那对家在学校的老师，就我一人。当我独坐学校大门前，看林中飞舞的鸟儿，看农家袅袅升腾的炊烟，确有一种出尘之感。就在这时，我猛然惊觉，我应该干点儿什么。否则，我也会像那些半边户老师一样，在邻近的某个山村，找一个村姑，过着娶妻生子的日子。已有好心的老师给我介绍对象，也见过两个。人模样，确实没得说。如果那两个女孩子不是农村的，那该多好啊！

　　我就是在这时开始读书和写作。动力来自离开沙坝小学，我知道只有如此才能找到一个吃国家粮的女孩为妻。我的目的很明确，首先拿文凭。一个师范学校的中师生，除了在沙坝学校教书育人，最多就是在离县城近一点的地方教书育人。我首先要拿一个专科文凭，我选择了自考。我去问了函授、电大，他们告诉我，最快两年。自考只要有本事，半年考完就发文凭。学校的老师说，有了专科学历，可以教初中。我要离开沙坝小学去教初中。我计划一年考完专科，专业是汉语言文学。也只有选汉语言文学，反正那些字也认得，多读多背，就清楚个大概了。在沙坝学校有的是时间，我用一年时间取得了汉语言文学专科文凭。我满怀希望地拿着那个一年寒窗取得的专科文凭向周边的初中毛遂自荐。初中的校长们对我那个专科文凭不以为然，说，专科是可以教初中，那是基本条件，不是充分条件。现在是本科生上初中课了。我说，是不是有了本科文凭，就可以教初中呢？初中校长说，不是必然，但至少多了不少胜算。幸喜初中校长那时只给我讲文凭，没有告诉我要讲关系，要送钱送礼。

我坐在沙坝小学大门的石阶上，下定决心，用两年时间，拿到汉语言文学的本科文凭。汉语言文学本科考十六科，我满怀豪情地谋划，半年考四科，两年不是十六科吗？在沙坝小学，我有的是时间。

开始写作，就是在读汉语言文学的时候，读着读着，就有了临摹的冲动。真正让我下功夫写，是我在市报上看到一篇文章，写的是我们荔城一个姓卢的历史老师，花了十年时间，写了一个冯子材血战镇南关的长篇小说，被一家出版社出版，马上调到县文化馆当副馆长。我把那张市报收好，经常拿出来读，不得了，写一本书就由一个老师提拔来当副馆长，假如我写两本、五本呢？不是要提拔到市上省上去吗？到那时，我还娶不到吃国家粮的妻子吗？

在写一些小散文、小小说的过程中，我认识了胡正辉。

胡正辉在荔城的菜园子中学任教。该高中在县城边上，每年高考考不上几个本科生，到2000年，县上干脆把它改为职高。如果胡正辉是教高考科目的老师，他的创作肯定大受影响。他教体育，一点儿压力都没有，他有的是时间。

第一次拜访胡正辉，我激动得一晚上都没睡好。那时没有手机，电话还手摇，要转接几次，我们学校有一部手摇电话，电话放在一个特制的木箱里，锁着。校长、教导主任、总务主任三个人的屁股上挂着开木箱子的钥匙。我无权使用那部电话。我和胡正辉联系靠写信，信中，我表达了对他的赞美、敬佩，完全发自内心。开始写作了，才知道在我们荔城，有一位了不得的人物叫胡正辉，最高成就是在《诗刊》发表过一首十四行诗歌。那时，能在《诗刊》发表诗歌非常了不得，水城市报为此专门发表消息，消息称，胡正辉是水城建市以来第一个在《诗刊》发表诗歌的诗人。当月，省作协即批准胡正辉为会员。我在信中提出了拜访胡正辉的愿望。很快，我收到胡正辉龙飞凤舞写来的信件。捧读胡正辉来信，我万分激动，人家是上过《诗刊》的大人物，居然给我回信。胡正辉的回信很短，就几句，字却写得大，竟写了两页。大体内容我还记得，曾瓶，因为文学，我们结缘，这是一个放声歌唱的时代，让我们为这个国家，这个民族，还有我们自己，尽情地书写吧！星期天中午，他让我去菜园子中学找他。

天麻麻亮我就去乡上乘车，早上7点乡上有一班开县城的客车。过了，得9点才有客车。乡上那班早车很准时，人也不多，有座位。开到荔城客运站，快11点了，到胡正辉学校，中午了。

胡正辉的学校坐落在长江边，他的寝室坐落在长江边的一丛香樟树林里。学校在香樟树林旁边建了一排青砖小平房。胡正辉分得两间，一间卧室，一间客厅兼书房，中间相通，用一布帘子隔着。那个时候还没用上天然气，蜂窝煤炉子放在走廊上，上面放有炒菜的铁锅，煮饭的锑锅。青砖搭的长条形台子上，放着盆盆碗碗瓶瓶罐罐等用具。

学校的一位老师把我带到胡正辉的住处，他含笑着要我快去，说胡老师家里闹热得很！后来，才知道，胡正辉家，星期天，都闹热得很。

手风琴声里，一个男中音在深沉地唱《莫斯科郊外的晚上》。仔细一听，曲子是《莫斯科郊外的晚上》，歌词却作了改动，莫斯科全换成了赤水河。

胡正辉客厅兼书房里，坐了好几个人。

那个拉手风琴，深沉地唱"赤水河边上的晚上"的高个子男人叫胡正辉。那个忙上忙下伺弄饭菜的大肚子女人叫刘雪梅。她正在准备藕炖坨子肉。大锑锅里，蜂窝煤文火把藕和坨子肉细细翻捡着，藕香、肉香弥漫在空气里，让人忍不住吞咽口水。后来才知道，这道菜是胡正辉星期天招待文友的保留菜，先前，是藕炖排骨。因为成本原因，刘雪梅擅自做主，把排骨改成了坨子肉，分量没减，包吃管够。为此，胡正辉和刘雪梅大吵了一顿。刘雪梅说，要吃藕炖排骨可以，拿钱来。谈到钱，胡正辉哑然了。刘雪梅在县医院上班，是一个诗歌爱好者，两年前和胡正辉结婚，正怀着孩子。

那几个人里面，有我的妻子林露。那时候，她一双大眼睛正满含虔诚地望着滔滔不绝地讲着文学的胡正辉。我的到来，她连看都没有看我一眼，她的眼睛全停留在胡正辉脸上，那是对偶像的痴迷和敬仰。这很像现在，我们十七岁的儿子对突然造访水城的姚明的膜拜和虔诚。我儿子听说姚明来水城，他背着老师和我们溜出教室，打的，去水城机场出口处，等了足足一个多小时，为的是一睹偶像的尊容。是儿子的班主任给我们打电话才知道，我和林露大发雷霆，儿子正是高二啊，怎么能这样呢？我在对儿子的错误行径深批痛斥的同时，我想到了二十多年前我们对胡正辉的敬仰和痴迷，我向林露谈起胡正辉，谈起她当初眼睛是如何如何地在胡正辉脸上一动不动，是何等膜顶崇拜啊！真是有其母必有其子啊！我话还没说完，林露就和我爆发了吵架战争。林露一晚上都不和我说话，背对着我。到了第二天，林露坚持不住了，我现在毕竟是一区之长，她可能真的担心哪个美女把我勾引去了。她大清早就对我说，曾瓶，以后，我们不谈胡正辉好不好？看她样子，一晚上也没有睡好，眼肿肿的，我也没睡好。我也不想谈胡正辉，不知道为什么，时不时的，胡正辉突然就从我的生活中跳出来。

那几个人里面，还有一个人，叫李明春。那时，我还不知道他叫李明春，他也不说他叫李明春。他比胡正辉矮半个脑袋，胡正辉满脸络腮胡，李明春没有。胡正辉没戴眼镜，李明春戴眼镜。胡正辉身上是肌肉，李明春身上是骨头。李明春给我印象最特别，瘦，是一种枯枝败叶的瘦。胡正辉把那几个人一一介绍给我。其他人说的都是某某某。说到李明春，说，泥水匠。我一下愣住了。李明春主动向我伸出手，说，泥水匠。我差点哈哈大笑。有这样的姓名吗？我差点问他，你这个样子，挑得起砖头？提得起灰桶吗？胡正辉很快解释说，泥水匠是他的笔名。

李明春和胡正辉是高中同学。两人高中毕业都没考上大学。胡正辉父母是教师，他是吃国家粮的国家户口，去当了兵，回来分在菜园子中学当体育教师。李明春父母是乡下农民，他不敢去当兵，当兵回来只能回家种地。李明春去学泥水匠。等胡正辉当兵回来在菜园子中学当老师的时候，李明春已经是一个小包工头，一年赚几大千元。那时，我一月工资才五六十元。李明春是唯一开着摩托车来参加胡正辉星期天聚会的人。那时，在荔城的街道上，很少看到摩托车。摩托车开过后，留下的烟雾，全是得意扬扬。好几次，李明春都要刘雪梅不用藕炖坨子肉了，一个大肚子挺着，出了事情如何得了。李明春提出，干脆去学校外边的饭馆吃，钱他出。胡正辉断然拒绝。据说，为在外边吃饭这个问题，胡正辉和李明春吵过多次。

　　胡正辉李明春一个当兵，一个当泥水匠，两人远隔千里，却干着相同的一件事情，写诗。这要"归罪"于他们的语文老师。语文老师姓邓。邓老师上语文课喜欢给同学们讲诗歌小说，据说邓老师曾在水城的市报上发表过诗文，胡正辉李明春都曾央求邓老师把发表他诗文的市报拿出来瞻仰瞻仰。邓老师爽快答应，直到他们高中毕业，邓老师也没有拿出来。胡正辉在《诗刊》上发表十四行诗歌，把样刊寄给邓老师，这时，邓老师已退休，邓老师说他根本没在市报上发表过诗文，那是他一生的梦想，现在学生替他圆了梦想，他高兴得老泪纵横。

　　胡正辉和李明春当兵当泥水匠一点也没有放下写诗的步伐。我见到李明春的时候，他已经在《星星》诗刊发表过三次诗歌，有一次，还是一组，整整四首。李明春向《诗刊》发起冲锋，他定了一个目标，三年内，必须有一首诗歌在《诗刊》发表，哪怕这首诗只有一行也行。他每月向诗刊投两次稿，用快递寄去。后来，我们熟悉了，我说李明春，用得着如此奢侈吗？一个普通信封，八分钱就解决了。就算你的那首诗歌发表了，《诗刊》的稿费还不够你的邮资呢！李明春大不以为然，说，在《诗刊》发表诗歌，能用钱来计算吗？李明春有钱，他可以不用钱来计算，我一月五六十元工资，我得计算钱。李明春除了用快递向《诗刊》投寄稿件，还去了两次北京，一边背着自己的诗歌，一边背着我们水城的特曲酒，到了《诗刊》编辑部。据说，稿件留在《诗刊》了，特曲酒背回来了。留在《诗刊》的诗歌稿件，半年后，全退回来了。

那天，胡正辉很高兴，我们一起喝酒。我很少喝酒，一喝就头痛。胡正辉开导我，说，曾瓶，写东西不喝酒怎么行？在胡正辉的平房里，吃着刘雪梅的藕炖坨子肉，在胡正辉的教导下，我才知道，搞文学创作，得喝酒。我喝酒天资差，但我看见林露都能将一杯白酒一饮而尽，我来了豪情。我也一饮而尽。我连喝了五杯，竟头不痛眼不昏。我突然发现，在文学面前，我喝酒竟有不小潜力。多年后，我已官至区长。区长喝酒的机会太多，但我无论如何喝，也喝不出当年的滋味了。林露关心我的健康，对我喝酒屡屡干涉。这时的林露，已滴酒不沾。这时的我，已能喝一斤白酒。我自然对林露的横加干涉不满。我就提到我们第一次见面在胡正辉小平房里那次喝酒。我记得清清楚楚，她喝了整整五杯。就是因为她喝了五杯，我才喝了五杯。林露说，她从来不喝酒，那天，她肯定没有喝。肯定是我记错了。我怎么会记错呢？那天，除了刘雪梅，就林露一个女的，并且她还长得有些漂亮，我怎会记错？我们为那天她喝没喝酒，喝了多少酒，争吵得一塌糊涂。第二天，林露先和我说话。她知道，我当区长事情多，如果她不抓紧点儿，我就和别人说话去了。林露说，曾瓶，我们不提过去那些事情好吗？我不是想提过去的那些事情，是过去的那些事情，不知道怎么的，突然间，就冒出来了，想捂都捂不住。

喝了酒，我们去菜园子中学外的长江河滩边畅谈文学。刘雪梅看着一桌狼藉的碗筷杯盘，劝阻说，还没洗碗呢！胡正辉很不耐烦，当场训斥说，你这人怎么那俗气呢？碗可以晚上洗嘛！诗性稍纵即逝，能等？我们随胡正辉往长江边的河滩走。独独泥水匠没有走，他留下来和刘雪梅一起洗碗。胡正辉对泥水匠如此举动很不以为然，说，我们搞文学的，最忌的就是婆婆妈妈鸡毛蒜皮。胡正辉进一步分析说，这就是他的诗歌和泥水匠的诗歌最本质的区别，这就是为什么他能上《诗刊》而泥水匠始终上不了。

泥水匠和刘雪梅在我们高谈阔论近一个小时后洗完碗筷才来到河滩边。

那天，胡正辉始终在谈论他的诗歌，并且他还对着长江朗诵了好几首他的诗歌，当时确实觉得他的每一首诗歌都是不朽伟大的经典，现在想来，竟一个句子也记不得了。倒是他对着长江朗诵杨升庵的《临江仙》，还印象深刻。举手投足，音质音色，都很有一些科班的味道。我问他是否在部队训练过朗诵和表演。胡正辉一口否认，说，完全是自己理解，情由景生，情随文走。也是在那天，我才从胡正辉那里知道，《三国演义》开篇词《临江仙》的作者是杨升庵，不是罗贯中。并且杨升庵的《临江仙》"滚滚长江东逝水"写于荔城，就在菜园子中学沿长江往下五六百米，长江与赤水河交汇的石盘滩处。

7

校长让学生来叫我，赶快去校长办公室接电话，县上打来的。

学校的手摇电话放在校长办公室。我到沙坝学校后，这是第一次接到电话。是胡正辉。他要我赶紧去一趟，有大事相商。时间，第二天下午两点。我说明天下午我有一节语文课呢！他说你跟其他老师调一下不就行了吗？我说我还得给校长请假。他说你给校长请假不就行了吗！我说校长是领导，得给他说清楚是什么事由，你不给我说什么事情我怎么请假？胡正辉火了，说，你这人怎么婆婆妈妈呢？你告诉校长，是大事，来了就清楚了。我能这样给校长请假吗？我还想多问，他已经把电话挂了。校长很好，竟同意我请假，还说，我去县城算出差，来回车费报销。我接电话的时候，校长正一丝不苟地坐在那里整理工作笔记。

我到胡正辉的小平房时，已经聚集了一些人，上次一起到长江边朗诵诗歌的，都在。胡正辉说的大事是办一张报纸，一张发表我们自己作品的报纸。

大家很激动。参加聚会的人，几乎天天都在写，像高产的李明春，喝了酒，诗兴大发，一天可以写好几首诗。在座的人中，胡正辉上过《诗刊》，但即便他的作品，要发表，仍十分困难，县文化馆办的那本文学季刊《荔城》，每期都有胡正辉的诗作。我们曾说胡正辉，都是上过《诗刊》的诗人了，用得着每期在《荔城》上发表诗歌吗？把稿件投到大刊大报，把版面留给我们吧！听了这些，胡正辉比喝了老窖还高兴，连络腮胡上都是得意和喜庆。胡正辉每次都说行的，每次都说他绝不在《荔城》上发表诗歌了。但每次《荔城》出来，胡正辉的诗歌都在上面，还排第一，还占太多的版面。下次聚会，喝着酒，有了醉意，我们自会责问。胡正辉无可奈何地告诉我们，你以为《诗刊》是我办的？那些大刊大报是我办的？期期都发我的诗歌？

胡正辉是如此境况，我们要发表一首诗，一篇小小说，困难可想而知。记得一次聚会，李明春挨着挨着给我们送一本诗刊，西北某省作协主办，上面刊发有李明春的诗六首。整整两个页码。在我们这群人中，能在省级刊物发表诗文，并且是六首，是非常值得祝贺和喜庆的事情。那天，我们对李明春说了很多奉承话，完全发自内心，绝不是套话、应付。李明春一上桌子就喝酒，是主动喝，挨着挨着和大家碰杯，碰一次杯，他就讲一次他那六首诗如何如何的好。我们都发自内心地祝福他，说不定就获当年优秀年度诗歌了。独独胡正辉没有接李明春送过来的刊物，更不要说像我们那样逐字逐句地研读了。我们讨论李明春诗六首讨论得眉飞色舞，唾液横飞，独独胡正辉一言不发。我们都以为胡正辉嫉妒李明春了，不高兴了。等我们高兴得差不多了，胡正辉才开始谈李明春的诗六首。胡正辉说，李明春，你不能这样干，你不能把诗歌玷污了。我们很吃惊。高兴的气氛没有了。原来，李明春刊发的诗六首是花钱买的，花了四百元。四百元是我半年的工资。内幕就这样撕开。李明春没有狡辩。他很伤心。他说这诗六首是这两年他写得最好的六首诗，他把全国省级以上刊物全投寄完了，没有一家发表。实在没办法，只好花四百元，买了两个页码。李明春说他需要将好诗发表出来。我们觉得李明春的诗六首确实好，和那些省刊上刊发的诗歌相比，一点儿也不逊色。胡正辉也觉得李明春的诗六首写得好，胡正辉说，但是，不能这样干！李明春的诗歌想发表出来，可以通过花钱。我不行。在座的人，也不行。我们没有钱。就是李明春，他也一再声明，再也不会花钱去发表诗歌了。那时，在我们心中，花钱去发表诗歌，无法接受。

那个中午，我们仰望天空，脚踏长江边的土地，我们热血沸腾。我们有一种创造历史的神圣和庄严，我们每一个毛孔都在欢呼：好！实在是好！

办报要刊号。胡正辉早想到了。请文化馆的王副馆长喝三次酒搞定。这是报纸印出后，胡正辉激动之情难以言表，谈到他如何苦心孤诣，从嘴巴边溜出来的。王副馆长兼着《荔城》主编。胡正辉要用《荔城》的内部刊号，再办一份报纸。王副馆长喝了胡正辉三次酒，二话没说，答应了。胡正辉对王副馆长说，我们还是公事公办，写一个文字的东西吧！王副馆长那个《荔城》主编，除了偶尔像我这样的文学爱好者，急着要在上面发表两首诗，一篇小小说，请他吃上一顿饭喝上一顿酒，平时，哪有人找他？王副馆长在外表明身份，都说是县文化馆副馆长，绝不会说他是《荔城》主编。主编《荔城》有什么油水？胡正辉要办报纸，并且主动要求投奔到《荔城》下面。王副馆长十分高兴，觉得是扩充地盘增强实力，是自己重要的工作成果。他答应得很爽快，马上从抽屉里，摸出《荔城》编辑部的公章，盖上。王副馆长把大印盖在文字上面的时候，手压在大印上不动了。他望着胡正辉，很严肃地对他说，大诗人，我再次给你说清楚哈，报纸是我们《荔城》办，但我一分钱也不给你拨哈！胡正辉让王副馆长尽管放心，并且提醒他，上面已经写得很清楚，绝不要王副馆长一分钱，要的就是一个番号！王副馆长哈哈大笑，他怕胡正辉找他要办报纸的钱，他认为他做了一件十分赚钱的大买卖，非常爽快地盖上大印将番号给了胡正辉。

报纸的名称，胡正辉和王副馆长说不到一起。王副馆长说，很简单嘛，就叫《荔城》很好嘛！在荔城，出一本《荔城》文学杂志，出一张《荔城》诗歌报，好得很！胡正辉坚决不同意。胡正辉的意思很明确，我们只是借用荔城文学杂志那个内部刊号，是没有办法的办法，我们要办自己的诗歌报，我们自己的诗歌报要办成全国的诗歌报，至少应该是省一级的，不然，干脆不办。我们坚决同意胡正辉的意见。我们觉得胡正辉的眼光和境界就是不同，而王副馆长，狭小了好多。胡正辉好比水泊梁山的宋江，而王副馆长，简直就是那个鼠目寸光的王伦。我们给报纸取的名字叫《长江诗报》。滚滚长江东逝水，荔城坐落在长江之滨，贴切，境界高远，我们的诗歌报，取这个名字，放眼全国，就是立足世界都没有问题。我们对这个诗报的名字越琢磨越觉得热血沸腾，似乎转眼之间，我们就是全国、全世界的大诗人了。但王副馆长坚决不同意取名为《长江诗报》。他觉得这是一个政治问题、原则问题，我们一个小小的县城，办的一张报纸，能用长江吗？我们更加觉得王副馆长像水泊梁山中的王伦，就那么一点儿境界，就那么一点儿眼光。王副馆长说，如果你们坚持要办《长江诗报》，你们自己办好了，不要用我《荔城》的刊号。我们看不起王副馆长，唾弃王副馆长，但王副馆长不同意用他的刊号，就没法办报纸。胡正辉毕竟是胡正辉，王副馆长不同意办《长江诗报》，胡正辉另辟蹊径。他做王副馆长的工作，办《长江诗报》大了点，办《荔城诗报》，小了点吧？哪有什么影响？荔城坐落在长江和赤水河交汇处，办成《赤水河诗报》如何？我们立足荔城，融入川滇黔，面向全国如何？胡正辉又请王副馆长喝了两次酒，诗报的名字定成《赤水河诗报》。

办报要钱。胡正辉领着我们测算。印一份对开诗报，3000

份，一份成本一毛钱，一期300元。这是无法再省的成本，是必须拿给县印刷厂的，不然，县印刷厂说什么也不会让你把报纸拿走。就是300元印刷3000份，也是胡正辉找县印刷厂的罗厂长，喝了一次酒，把利润刨得不剩一分一厘了。罗厂长和胡正辉有一点儿远亲。胡正辉原想赊欠。罗厂长断然拒绝，说，我可以不赚一分一厘，但我不可能让职工饿着肚子给你们干活，必须一手交钱一手交货。胡正辉只好同意提货拿钱，绝不赊欠。

印一期300元，还不包括编辑邮寄稿件的纸张费、信封费、邮寄费。以前胡正辉给我们写信全用的是学校的信封学校的稿纸。报纸既然办起了，总得在邮寄的信封上，交流往来的稿纸上，印上"《赤水河诗报》编辑部"这样几个大字吧？此外，还没有计算发放稿酬的费用，编辑这些稿件花费时间精力的费用。这是我们自己办的报纸，我们和胡正辉的想法高度一致。胡正辉说，这是我们自己选择的事业，我们不计报酬，这是我们自己的报纸，我们在上面发表诗歌不要稿费。我们完全同意。胡正辉说，不过，账还是要计算清楚，稿费，得按省级刊物标准，编辑费、校对费也得按省级刊物标准。是多少钱，把账算在那里，等我们的报纸走向全国了，再来兑现。我们满怀憧憬，当《赤水河诗报》停办的时候，账面上，我计有500多元钱款。我之所以有那么高的一笔收入，是因为《赤水河诗报》从创刊到停刊，多由我校对。我一点儿也没有领取那500多元钱款的意思，胡正辉也没有钱款来兑付。

首先需要300元资金支付印刷厂。胡正辉说他家里300元存款还是有的。问题是《赤水河诗报》不只办一期，得一期一期地绵延不绝吧！我一月工资五六十元，300元，得不吃不喝半年才能积攒。李明春说每期300元的印刷费他出，他先出一年。一年出12期，3600百元。我们都说好！3600元对我们是天文数字，也只有李明春才能承受。我们都觉得李明春是大英雄，是救苦救难的观世音菩萨。胡正辉不同意。他的理由很简单，报纸是我们大家共同办的，让李明春一个人出很不公平。胡正辉提出一个方案，成立一个编辑委员会。3000份报纸按一角的成本计算。他当主编，负责1000份，出资100元。李明春当副主编，负责500份，出资50元。我们当编委的，负责200份，出资20元。刘雪梅和胡正辉大吵了几架。刘雪梅说李明春的主意好，李明春有钱，就让他出。刘雪梅算了一笔账，胡正辉工资差4块钱才100元，总不能不吃不喝全拿去办报纸吧？还有孩子呢！孩子还得上幼儿园，读小学，读初中高中上大学呢！胡正辉说他想不了那么多、那么遥远，他想的是如何把报纸马上办起来。为了他心中的诗报，他可以舍弃很多，包括家庭、孩子。这句话说完，刘雪梅和胡正辉发生了激烈打斗。先动手的是刘雪梅。报纸第一期出来，我手中的200份报纸哪里卖得出去？只好丢在床下面。这时，我听到了一种说法，说胡正辉坚决不同意由李明春出钱办报，是怕李明春夺了他的主编。多年以后，我才听说，胡正辉家庭拮据，他又不管家中钱款日用。胡正辉交来办报的100元钱，李明春每次都给了刘雪梅。后来刘雪梅和李明春好上了，可能和这些钱款不无关联。

接着就是组稿。我们缺钱，不缺稿件，随便哪个人的稿件拿出来，都可以办上三两期报纸。胡正辉找我们开编委会。胡正辉说，如果都发表我们的诗歌，这样就只有我们读了，还有什么意思？我们要办全国全省有影响的报纸。我们要通过这个平台，让我们的诗歌走向全省全国，千万不能迷失方向。我们都觉得胡正辉眼光远大。我们完全同意他的意见。胡正辉提出，至少要用一半的版面来发表全国各地诗人的作品，每个省最好都有，这样，我们的报纸才是全国的报纸。诗人应该是有影响的诗人，不然，我们的报纸就没有档次。胡正辉说了一些诗人的姓名，这些诗人的大名我们都很熟悉，很多作品我们都能背诵。主意倒是好主意，可是，我们如何能拿到他们的作品啊！并且还要将他们的作品发表在我们这一张名不见经传的内部报纸上，况且，还发不出稿费。胡正辉胸有成竹，说，这个事情半年前他就开始准备了。他拿出一大叠厚厚诗稿，作者都是一些诗歌界大名鼎鼎的人物。胡正辉说，这些稿件，可以用三期了。有了这些大诗人的好作品，我们的诗报还没有好质量好影响吗？我们都觉得胡正辉深谋远虑，都觉得他的主意好。我们很想知道他是如何拿到这些诗人的作品的，胡正辉闭口不谈，事关秘密的样子。多年以后，我才知道，即使在那个文学像春天一样美好的时候，那些所谓的诗歌名家们，仍然有不少作品，连发表的地方也没有。胡正辉把信写过去，赞美一下他的作品是如何如何的经典如何如何的让人魂牵梦绕如何如何地仰慕他如何如何天天诵读他的作品，多半会得到稿件。至于稿费，诗人们多是坐在云端不食人间烟火的神仙，哪里会谈钱呢？胡正辉提出，得找几个知名人士写点儿东西放在报纸上面，如果上面要查问什么，也要好说得多，天垮下来，有高个子顶着。胡正辉说了几个高个子，都是荔城在北京发展得很好的大人物，尽管他们都没在位了，影响却大得很！他们回到家乡，市委书记、市长都会陪同。我们都佩服胡正辉想得太周到，有刘伯温诸葛亮的智慧，把以后的麻烦都想到了。我们为胡正辉这样的主意叫好。问题是我们怎么请得动这些大人物为我们写文章呢？他们在北京啊！就算他们愿意，《赤水河诗报》就要出刊了，哪里来得及啊！胡正辉拿出了三封大人物的信件。胡正辉说，可以用三期了，一期一个，好得很！半年前，胡正辉就着手这些事情了。至于胡正辉如何拿到这些信件，胡正辉事关机密的样子，绝不吐露半句。

我被胡正辉封为诗报的总校对，说是总校对，其实就我一人，实际上我就是诗报的校对工。我非常愿意干这件事情。在校对过程中，我可以反复研读那些好诗人的好作品，真是一件非常有意义的事情。在校对大人物来信的过程中，我读出了一点儿不相同的东西，当时我心中有那么一点点疑惑，但我绝对没有怀疑，如果我早一点儿提出来，或许就不会为《赤水河诗报》带来灭顶之灾了。

8

我暗恋上林露了。

有一次,趁着聚会喝了酒,我磨磨蹭蹭地走在最后,走一段时间后,我鼓足巨大的勇气叫住林露,让她等一等,我有话要给她说。大家都停下脚步,望了我一眼,都不会往我想和林露恋爱上想,倒是胡正辉不忘叮嘱一下林露,说注意点儿,曾瓶喝得有点多,不要整出什么事情来啊!我一点儿都没喝多,我清醒得很。林露停下来。我想说的话在心里已经说了很多次了,当面对林露的时候,我竟说不出话,大脑一片空白。林露看我不知所措像个窃贼的样子,笑了,她的这个笑一直定格在我的脑海里,很美好,很纯洁,包括她露出的一嘴白玉般的牙齿。多年后,林露成了我的妻子,她问我对她的美好印象,我大谈特谈她当初那个时候留给我的美好,就像仙女。林露笑骂我,有时还将拳头捶打一阵,说我编故事洗刷她。我真的不是洗刷她。林露的微笑给了我巨大的勇气。我说我想和她恋爱。林露吃惊得很,以为听错了,问我要和谁恋爱。话一说出来,我就没有顾忌了,我说和你啊!林露仿佛受了巨大伤害,接连说了三次不可能,她还嫌不够,恶狠狠地说,绝对不可能!我说怎么不可能啊?我们都搞文学创作,等以后生了孩子,让孩子也搞文学,我们就是文学之家了。林露愤怒了,认为我在欺负她,说曾瓶,你在乡下,我在城里,我绝对不可能嫁给你!

我不知道林露为什么那么赤裸裸，爱情能如此吗？我并没有被林露打得措手不及，我很冷静，头脑清醒，我说，林露，是不是说我到了县城工作就可以和你谈恋爱呢？林露说，滚你的去吧！林露风一样地跑过去追赶他们去了，似乎她稍微慢一点儿，就有被我强奸的危险。望着林露远去的背影，除了失落和痛苦，我的目标发生了很大变化，我告诉自己，办报纸写诗歌小说仅仅是我的一个梯子，我要通过这个梯子，到县城工作，不然我无法和林露这样的女性恋爱。

我闹不懂林露怎就投到了胡正辉的怀抱。当林露成了我的妻子，当然，此时我已经不是沙坝小学的那个教师了，我已经是县委书记的秘书兼县委办公室副主任，我自然要追问林露。林露答应和我恋爱的时候，向我提了一个要求，说，以后，不得谈胡正辉。我当时急切地要和林露恋爱，非常爽快地答应了她的约法一章。但是，当林露成为我的妻子，并且，随着我在官场上职务一次一次的不断进步，我对林露和胡正辉之间的那些往事越发有了窥探的欲望。尽管林露一次一次地骂我变态。我确实有些变态。包括我和林露做爱之后，我会突然提到胡正辉，我会突然问林露和胡正辉做爱是什么姿势，是什么感觉，是我行还是胡正辉行？林露对我破口大骂，说我猪狗不如。我确实猪狗不如。我差一点儿就举起霸道的拳头。但我最终没有举起。我已经是一名县级领导干部。我怎么能用拳头解决问题呢？

林露和胡正辉有些不一般，我仅仅是一种感觉。我的感觉很快被一个血淋淋的现实印证。《赤水河诗报》第一期出版反应很好，连《诗刊》的编辑，《星星》诗刊的副主编都写来了热情洋溢的信件。《星星》诗刊还特意用一个页码介绍了《赤水河诗报》，特意选发了胡正辉的一首诗歌，特意请一个诗评家写了一个评论，尽管500字不到，却把我们的姓名一一点了。我的作品没有上《星星》诗刊，我的名字却上去了。我们都很兴奋，都觉得《赤水河诗报》完全办对了。胡正辉在他的小平房里请我们吃饭喝酒，大家满怀豪情地憧憬着未来。那时，我们觉得在《星星》诗刊发表诗歌的脚步越来越近，不是当年，就是明年。喝完酒，我带着满脑子的憧憬，回到沙坝面对教书育人的现实。

我很快听到一个消息。就是我们喝完酒的第二天晚上，那个晚上下着大雨，电闪雷鸣，好像有意要为事情的发生渲染一点儿气氛。那晚，刘雪梅在县医院上夜班。晚上8点开始，要到第二天早上8点才结束。刘雪梅是医生，夜班可以在值班室睡觉。晚上11点左右，刘雪梅突然回家了。刘雪梅肚子里的孩子还有一个月就要降临，出了一点事故如何得了？刘雪梅说她回家拿一点儿换洗东西，急用。三轮车就停在学校门口等着，拿了东西就走。事后，有人说，完全是刘雪梅蓄谋已久，早就发现胡正辉不对劲，捉奸在床呢！最好的证据就是刘雪梅完全可以打个电话，学校值班室有电话，值班室人员喊胡正辉，让胡正辉把东西给刘雪梅带过去不就得了！用得着一个怀胎八月的女性在雨里来风里去？有人说，刘雪梅打了电话，值班室的人员也喊了胡正辉，胡正辉那样的人，怎可能跑出来接电话？那时，他可能正高兴呢！刘雪梅打开房门看到了她一生都不忍提及的一幕。当时只有胡正辉、林露、刘雪梅三人在场。我听到的是不同版本。只有林露是亲口对我说的。林露说她当时正在和胡正辉讨论北岛的诗歌。谈得很起劲，她完全被北岛的诗和胡正辉的解释演绎陶醉得如痴如醉。如此而已。两人正襟危坐，衣冠整齐，绝无半点非分之事。是刘雪梅想歪了。她和胡正辉清清白白，纯洁得很！我听到的第二个版本是同情刘雪梅的。说刘雪梅刚一推开房门，就看见胡正辉正爬在林露身上兴高采烈地进行着诗歌一样的写作。刘雪梅哪里受得了，大骂胡正辉、林露猪狗不如，扭头就走。刘雪梅怀胎八月，哪里受得如此委屈？三轮车主是好人，他仍在学校门口等着刘雪梅。刘雪梅跌跌撞撞跑出来，坐上三轮车就朝医院跑。第二天，小孩就早产了。我听到的第三个版本是这样的，刘雪梅推开门的时候，胡正辉和林露已经完成各项动作，他们衣冠规整，对刘雪梅的突然回家还是相当惊恐，尽管他们都说正在谈论北岛的诗歌。但是，这样的理由鬼才相信。刘雪梅凭女人的直觉闻气息都知道，一男一女，夜深人静，独处一室。床铺就在一米远的地方，真的只是谈论北岛吗？刘雪梅还发现了床铺被压过的印痕。被盖是重新折叠过的，和刘雪梅走的时候大不一样。胡正辉对此作了解释，说他确实是和林露在床铺的旁边谈论北岛，他也觉得在这样的时间、这样的地点、这样的环境无论如何解释，刘雪梅都很难相信。但事实就是事实。他可以向天空和大地起誓，他可以一个诗人的名义向刘雪梅发誓。至于被子重新折叠过，是真的，因为晚上，他写诗有点犯困了，就打开被子在床铺上小睡了一会儿，正睡得香，林露就来敲门了。胡正辉还笑了笑，自嘲着对刘雪梅说，你是知道的嘛，我是想睡就睡想写就写嘛！胡正辉进一步解释说，就是被子，也是林露来了，帮忙折叠的，自己哪有这样的水平？据说，刘雪梅站在屋子里说出了一句后来在荔城广为流传的话：我最不相信的就是写狗屁诗的人说的狗屁话！刘雪梅逼问胡正辉，说，胡正辉，如果你是男人，你就把你干的事情说清楚！胡正辉说，真的，我们什么都没干，天空可以作证，大地可以作证！刘雪梅说，让你妈来给你作证吧！哭着往外走了。

这个事情传得很热闹。热闹归热闹，胡正辉和刘雪梅的婚姻并没有出现大危机。我们在胡正辉家里聚会的时候，刘雪梅仍在，我们见到她的时候，只是怀中多了一个早产的婴儿。

真正让胡正辉和刘雪梅的婚姻走向毁灭的是后来的一件事情。

那时，我们的诗报办到第五期。办诗报要钱，胡正辉不要李明春单独掏钱。我们每个编委筹钱。但我们哪来钱？连胡正辉，也拿不出多少钱。诗报只能由原来豪情万丈的月刊，变为双月刊。

时至今日，我都不知道林露为什么要去干那种事。林露成了我的妻子之后，我曾多次追问林露为什么。林露回答得很干脆，很直白。她说，那次她被刘雪梅看见了，她很清白，她和胡正辉真的没干那种事情。无论她如何解释，刘雪梅就是不相信。她只能一不做二不休。我以为林露那样做并不那么简单。她这样说只是给她丈夫我一个美好理由罢了，一个男人，胸襟再开阔，也不希望自己的老婆被别人睡过吧？林露对我破口大骂，说，曾瓶，你混蛋，信不信由你！

事情是这样的：刘雪梅在县医院上夜班，晚上10点左右，林露出现在医院的保卫室。林露说医院有盗贼在偷窃呢！我来给你们说一声，如果你们不管，我就报警哈！林露说的某某房间就是刘雪梅的值班休息室。刘雪梅是医生，晚上上夜班可以睡觉，值班室里床铺等休息设施齐备。保卫室的人不认识林露，一定是把林露当医院职工了，以为林露是见义勇为的好职工。保卫室值班人员听了林露报警，二话没说，拿起警棍就要往出事地点冲。林露拦住了急着往出事地点冲的保卫人员，说，窃贼手里可能有刀，注意安全，你一个人可能对付不了，得多叫几个人。保卫人员二话没说，站在走廊里叫人。听说发现了窃贼，医护人员一下聚集了十来个。保卫人员把保卫室的十来根警棍分发给大家。大家急急忙忙往刘雪梅休息的值班室赶。赶到，房门紧闭。哪有窃贼？林露说，窃贼在里面。冲在最前面的保卫人员二话没说，飞起一脚，将房门踢开。房间里惊叫。房间外同样惊叫。刘雪梅和李明春正赤身裸体睡在医院值班室的床上。床很小，刘雪梅和李明春只能侧卧在一起，这并不影响他们所有的隐私全都展现在众人面前。

这情景自然比抓贼还要惊心动魄吸引眼球和口舌。不到10

分钟，事情传遍医院。很快，在荔城和更远的范围流传。

医院发生这样的事情不是什么好事情。院长清查，是哪个家伙干的。保卫室的值班人员早知道闯了大祸。自然要找罪魁祸首。他的眼睛在兴奋莫名的人群中焦急地找寻林露。哪里找得到？林露消失了。院长自然要查问。值班人员和一同前来抓贼的人员自然要回答，要回忆。那个报盗贼的女子不是我们医院的吗？长发披肩，一袭白色长裙，大眼睛，鹅蛋脸。院长把医院近200名员工一一筛查，哪里找得出这样的员工？院长说，闯鬼了。值班人员也觉得闯鬼了。院长很生气，把保卫室那个值班人员调整到收发室。值班人员连呼冤屈，发誓一定要把林露找出来。

值班人员除了上班干收发，下班就在荔城找寻林露。他连荔城的十余个乡镇都去过多次。一月不到，值班人员在林露所在的学校门口把林露找到了。值班人员就像找到走失多年的女儿那样，上前紧紧抓住林露，说，我总算找到你了！你害得我好苦啊！林露自然矢口否认。但她哪里抵挡得过值班人员那种急于洗刷清白的焦急和渴望。他可以把那天和他一起去冲开刘雪梅值班室房门的人都叫到学校来指认。其实，又有什么用呢？林露说，是我干的又怎么了？他们不是窃贼是什么？他们偷人！

如果不是这件事，林露未必能走进我的生活。那天，我在沙坝小学上完课，学生走完了，老师走完了。我坐在学校大门前的石阶上，把陈子昂的《登幽州台歌》对着远处的群山朗诵了不下十遍，泪水长流。就在这时，远远的山路上，一袭白衣飘飘的身影向我款款而来，我做梦都没想到，来的是林露。我说，你怎么找到这里啊？

林露笑道，不是找到了吗？

在我破旧的瓦屋里，林露说了很多话，流了很多泪。

那一天，或许，就是我和林露恋爱的开始。忍受着刺骨的难受，我真的还应该好好感谢这两起在荔城闹得沸沸扬扬的绯闻。

刘雪梅被医院开除。

胡正辉听到刘雪梅和李明春被捉奸在床并没有暴跳如雷，也没有破口大骂。他一言不语，坐在书桌前，写了一晚上的诗。

刘雪梅很快和胡正辉离婚。离婚不是胡正辉提出的。刘雪梅提的。刘雪梅说，我不能和你一起生活了。胡正辉说，没事。我能忍受。写诗的人，胸怀应该像大海那么开阔。我们面对大海，必然春暖花开。

刘雪梅说，你受得了，我受不了。

胡正辉说，你要离就离吧！刘雪梅没要财产，要孩子。在这个问题上，胡正辉和刘雪梅争执得很厉害。胡正辉说，财产他不要，包括学校分给他的两间小平房。他要孩子。孩子确实是他们最大的一笔财产。

刘雪梅说，孩子以后长大了和你一起写诗吗？

刘雪梅说，写诗不能养家糊口。

胡正辉退让了，说，你要孩子就要吧！胡正辉把家里 500 多元存款给刘雪梅。刘雪梅不要，说，李明春有钱。

刘雪梅和胡正辉离婚的第二天，和李明春结婚。

李明春结婚没有请我们吃饭喝酒。他给我们带了一句话：从此以后，绝不写诗作文。

最初，胡正辉不知道林露是捉奸刘雪梅事件的始作俑者。当那个值班人员将林露确凿无疑地指认出来，荔城人广为谈论的时候，胡正辉知道了。胡正辉气得暴跳如雷，破口大骂。胡正辉没有骂刘雪梅，他骂林露，一辈子都不想见到她！他家的门，对林露，永远关闭着。

婚姻的变故并没有停止胡正辉办报，尽管李明春离开了。李明春是主动离开的。林露也离开了。林露离开是被动的。胡正辉坚决不愿见林露，哪怕是办《赤水河诗报》。

《赤水河诗报》办到第六期，出事了。

荔城在京知名人士秦老，喜逢八十大寿。秦老八十大寿荔城的党政主要领导前往北京代表家乡人民祝秦老万寿无疆，寿比南山。秦老的大寿和《赤水河诗报》一丁点儿关系都没有，和胡正辉一丁点儿关系都没有。不知道什么原因，临出发时，县委书记突然把宣传部长叫上了。在赴京祝寿的方案中，没有宣传部长。县委书记让去，就有了。宣传部长临走前，突然要人给他准备一套《赤水河诗报》。宣传部长突然要看《赤水河诗报》让我们非常兴奋和鼓舞。胡正辉立马把这个喜讯传递给我们。在胡正辉离婚后灰蒙蒙的日子里，县委宣传部长突然关心起《赤水河诗报》，无疑是洒向胡正辉的大片春光。

县委宣传部长是一个难得的官场有心人。等县委书记、县长把县上的礼物向秦老献上，趁秦老对家乡问长问短的时候，宣传部长很巧妙地把话题引到了自己分管的宣传文化领域。秦老担任过某大报主编，谈起宣传文化兴趣浓厚。宣传部长不失时机地把《赤水河诗报》呈上，大赞受秦老熏陶，家乡文风何等浓郁。秦老对《赤水河诗报》大加赞赏，表扬说，一群基层的文学青年，能做到这个样子，不容易啊，家乡文风，后继有人啊，当即指示县委书记，要大力扶持这些年轻人。宣传部长马上把功劳往秦老身上引。说全托秦老对家乡这些青年的鼓励呢，没有您老人家的鼓励，哪能如此顺畅？宣传部长马上把《赤水河诗报》第一期翻出，把刊登秦老的那封信，呈送秦老，请他老人家过目。宣传部长本来还要掀一个小高潮，准备趁秦老高兴，要秦老给《赤水河诗报》题写一个报名。但秦老突然不说话了，脸突然阴沉下来。过了一会儿，秦老说话了，这封信文笔不错。写这封信的人，下了功夫读过我的书。

《赤水河诗报》刊发的秦老信件，不是秦老写的。这如何得了？县委书记从北京打回电话，要公安局彻查。

不用彻查，公安局的人一找胡正辉，胡正辉就承认了，信件确实不是秦老写来的，秦老怎么会给这样的报纸写信呢？是他自己炮制的。为什么要这样做，拉虎皮做大旗，提高报纸的知名度美誉度吧！

据说，秦老倒没有生什么气，只是要县上的领导们，转告那些舞文弄墨的小青年，冒名写一封信一点儿也没有必要，如果真的需要，给老头子写封信，虽然老了，家乡的事，老头子一定会尽力的。

生气的是县委书记和宣传部长。

胡正辉被开除。

那个允许挂刊号的文化馆副馆长，撤职。

《赤水河诗报》，查封。

9

严格说，胡正辉不叫开除。

县委书记从北京打回电话，一下子，荔城就沸沸扬扬了。

胡正辉知道县委书记作了重要指示，晓得自己工作保不住了。闻讯的胡正辉很平静，他关在家里沉思了一整夜，连小睡一会儿都没有，这是后来我读了胡正辉的《放声歌唱》后才知道的。第二天，县委宣传部、县教育局、菜园子中学，分别收到了胡正辉的一封信，信的标题是：我为什么选择离开。信是怎么送到领导那里的我不知道，反正领导们读到这封信的时候，胡正辉已经消失了。这封信我没看到，胡正辉在《放声歌唱》中只是笼统地说当时迫于压力辞职去北京云云，胡正辉当时的心理，倒还是有记载，诗歌的圣地在北京，文学的殿堂在北京，此时不离开，要等何时？据说，当时的县委书记、宣传部长对此非常生气，县委书记叫来公安局长，要他把胡正辉的事情当成案子办。公安局长如实向县委书记汇报说，就凭胡正辉冒秦老之名写了一封信件，该信件无反党反社会主义言论，要把他送进监狱不可能。县委书记只好摆摆手，说，随他去吧！

胡正辉离开荔城，十余年杳无音信。我们忙，忙工作，忙结婚，忙生孩子，忙孩子上学。四五年前，荔城的朋友中陆陆续续有了一些胡正辉的音信，说胡正辉在北京混出名堂了，文化名人了，艺术家了，买上大房子，开上豪车了。二十年时间变化很大，连我的小孩，马上就高中毕业了。

后来我才知道，胡正辉拉着上京电视台老故事频道过来拍摄艺术家胡正辉和故乡的故事，醉翁之意不在那张碟片，在儿子。他在赤水河边的雪沙古镇租一间老木屋住下来写《放声歌唱》也不在《放声歌唱》，而在儿子。

胡正辉越来越想儿子，时常彻夜彻夜地想，他很想听一听儿子亲切地叫一声爸，很想抱一抱儿子，问问他，这些年，还好吗？

胡正辉和刘雪梅的那个孩子叫胡秧。刘雪梅胡正辉离婚的时候，孩子一岁不到。一离婚，刘雪梅就把孩子的姓改了，叫刘秧。当孩子读高中的时候，孩子提出他不跟妈妈姓了，他要跟爸爸姓。刘秧说的爸爸，是李明春。刘秧一直随李明春生活。胡正辉在他的头脑中一点印象都没有。不知道什么原因，李明春和刘雪梅结婚后一直没有生育，像李明春这样的大老板，找个女人为他生一些接班人完全没有什么问题。但李明春没有。李明春把刘秧当成自己的亲儿子。刘秧提出要跟爸爸姓的时候，李明春已经是水城赫赫有名的大老板。刘雪梅自然不会告诉刘秧他的父亲是胡正辉。刘秧有这样的要求，据说是李明春有这样的要求，是他多次教唆的结果。刘雪梅阻止过，哪里阻止得了？很快，刘秧成了李秧。

胡正辉回荔城拍艺术家胡正辉和故乡的故事，李秧已经是明春房地产公司的执行总经理。李明春产业多企业多，主业还是房地产。房地产公司是明春集团公司下属的核心公司。

胡正辉既要找李明春要赞助钱款，又要找李明春要儿子，没有人知道他内心的煎熬。当赞助钱款和儿子之间只能选择其一时，胡正辉义无反顾地选择了要儿子。胡正辉计划在艺术家胡正辉和故乡的故事在上京电视台老故事频道播出的第二天去找儿子。但老故事频道迟迟没有把节目播出来。胡正辉等不及了。

胡正辉悄悄去明春房地产公司看李秧。胡正辉越看越觉得李秧是自己一个模子出来的种，连自己的络腮胡，也毫不犹豫地遗传了。

胡正辉悄悄跟在李秧背后，李秧很快就发现了。李秧停下脚步。其实，李秧身边时常围有不少随从。一是胡正辉的跟踪善于选择时机，二是李秧也觉得这个中年男人有些特别，他一点儿也没有往绑架勒索上想。李秧有胆有识，在水城的大地上，他需要胆怯什么呢？李秧问，你跟在我身后干什么呢！李秧说，你已经跟踪我三次了。

胡正辉对儿子这样的问话很满意，自己确实跟踪三次，儿子全清清楚楚。胡正辉说，我想看看你！

李秧觉得好笑，自己又不是明星，说，我有什么好看的？

胡正辉说，好看。

李秧觉得这个人很有趣。

胡正辉指着自己，也指着李秧，说，我们是不是有些像。

李秧望了望胡正辉，摸摸自己的脸，笑了，说，是有些像。

胡正辉说，我想找你谈谈。

李秧说好啊！李秧把胡正辉往公司里请。李秧觉得这个人面善，似曾相识。李秧把胡正辉请到公司里替他泡上好茶，茶是李秧亲自泡的。旁边的美女秘书，刚要动手，李秧止住了。茶是李秧喝的安溪极品铁观音。

胡正辉就喜欢喝铁观音。他很高兴，很激动。不但模样遗传，连喝铁观音这样的兴趣爱好也遗传了，血缘真是神奇。胡正辉盯着李秧看，越看越欣喜。

胡正辉把兴奋死死地压着。胡正辉尽量让自己平静一些，再平静一些。胡正辉说，孩子，我是你爸爸！我来看看你！你还好吧？

李秧吃惊了，问，你说什么？李秧有些生气了，他开始伸展拳脚准备教训这个有些恶作剧的中年人。这时，他一点儿也不觉得眼前这个中年人友善了，他很后悔把这个中年人带到公司来。

对李秧的这些变化胡正辉浑然不觉，他还沉浸在兴奋里。他慈祥地对李秧说，你望望我的眼睛。我们的眼睛是相通的，血液是相通的，生命是相通的。

李秧压着火气，说，你说些什么啊！

这个时候，胡正辉完全应该调整自己，他还在沿着自己的思绪往前走。胡正辉说，你是我儿子啊！

李秧一把抓住他的衣领，脸上已经暴风骤雨，说，你说谁是谁的儿子？

胡正辉一脸的慈祥和温馨，说，你是我的儿子啊！

李秧吼叫起来，把胡正辉往外推。外面的人员早跑进来，李秧吼叫道，滚！滚出去！公司的人员把胡正辉架着往外赶。

被架着往外赶的胡正辉仍然不住地向李秧解释，说，你真是我儿子呢！我这次从北京回来全是为了你啊！无奈之中，胡正辉提到了那个不愿提及的女人。胡正辉说，你不信，你可以问你妈妈刘雪梅，你爸爸是不是胡正辉？

李秧站在那里骂，神经病！

公司的人员和李秧一起骂，神经病！

李秧虽然骂胡正辉神经病，胡正辉让他问他妈妈刘雪梅这话他实实在在地记住了。李秧当天就去问。刘雪梅自然一清二楚，二十多年的往事扑面而来。她这时才知道胡正辉回荔城了。刘雪梅在心里反复问，胡正辉究竟要干什么？刘雪梅表面倒还镇静，三言两语把李秧打发了。刘雪梅给李明春打电话。李明春已经不是二十年前的李明春了。连刘雪梅要找他也不是想找就找想见就见的了。刘雪梅虽然在李秧面前三言两语轻轻松松，其实她有很多话想说想问。她只好找李明春。李明春很快回来。听完刘雪梅凌乱无章的叙述，李明春笑了，说，好大一个事情嘛！李明春告诉刘雪梅胡正辉回来拍摄他和故乡的故事他清楚，不就是一个文化人嘛！能搅得起什么风浪？李明春非常自信，说，儿子就是我们的儿子，胡正辉抢得走？

李明春话虽说得轻松，并不是说他就不行动。

李明春立马行动。事关儿子的大事情，李明春不能不行动。李明春对李秧和胡正辉同时行动。

李明春第二天召开董事会，说自己年龄老大不小了，接班人的事情得提上议事日程。李明春提议，集团公司总经理不再兼任，自己担任董事长，总经理由李秧担任，小伙子得历练历练。李明春开玩笑说，万一自己有个三长两短，后继有人嘛！李明春的公司是自己的，让自己的儿子担任总经理，顺理成章的事情。董事会顺利通过。

李明春这个决定让刘雪梅母子吃惊得很。李秧吃惊的是父亲怎突然把总经理的重担交给自己了，父亲不是让自己从员工一个脚印一个脚印地干上来吗！怎突然把总经理交给自己了呢？担任总经理毕竟是自己一直的追求，突然间得到了，虽然突然，但李秧更多的是天将降大任于是人的豪情和责任，他表示一定会把工作干好！绝对不会让父亲和集团失望。李秧获得一阵一阵热烈的掌声。

刘雪梅吃惊的是她和李明春都十分清楚李秧究竟是谁的儿子，李明春突然要李秧担任总经理，刘雪梅实在不知道李明春葫芦里卖的是什么药。

李明春说，李秧我养了他二十多年，他就是我的儿子，我把总经理交给我的儿子是天经地义的事情，葫芦里什么都没有。

刘雪梅说，你把总经理给他你就把他留下了吗？刘雪梅告诉李明春，在荔城，在水城，二十年多前，她和李明春那点事情，好多人都清楚。李秧是谁的儿子，现在的科学技术，一鉴定，就清楚了。

李明春说，谁去鉴定，李秧？还是胡正辉？

李明春说，我不仅要把总经理交给李秧，我还会把整个集团交给李秧，李秧可以不要我这个父亲，但他不能不要明春集团。

李明春说，这点儿自信，我有！

李明春和刘雪梅一起找胡正辉。水城的一家茶楼里。李明春说，把胡正辉叫到公司来，显得不够坦诚和尊重。

是胡正辉先开口说话。来的时候，李明春就一再告诫刘雪梅，让胡正辉先说，让他把一切欲望暴露出来再针对性地采取措施。

胡正辉开门见山，说，赞助的钱款，不要了。

李明春微笑着，说，我什么时候说过不给你赞助的钱款了？李明春说，赞助的钱款他可以给到 50 万，支票他带来了，字签好了。

胡正辉摇着头，说，不需要了，就是 500 万也没用了。

李明春吃惊地问，你要 500 万？

胡正辉再次摇着头，说，真的不需要了。

李明春说赞助的钱款他可以出到 200 万元。条件只有一个，胡正辉马上离开水城，不得再纠缠李秧。

胡正辉的血液愤怒起来，他准备再次挥舞拳头，但他很快就没有了气力，他只能有气无力地说，我纠缠什么？我自己的儿子我纠缠什么？

李明春直视胡正辉，问，你究竟想干什么？

胡正辉像是忍受着什么，过了好一阵，才说，我这次回来，就是认儿子，看儿子，我不能没有儿子。

刘雪梅早已怒火中烧，说，胡正辉，这二十年你去哪里了？现在儿子长大成人了，你就来抢儿子要儿子，天下哪有这样的买卖？

胡正辉说，不是买卖，是亲情，是血缘，这二十年，一直在梦里流淌。

刘雪梅说，那你就一直做你的鬼梦吧！

胡正辉说，我不是来和你吵架，我是来认儿子，看儿子。

李明春很平静，冷冷地说，认还是不认，得看孩子。李明春提了一个建议，说，孩子大了，我们把真相告诉他，何去何从，他自己选择吧！

沉默了好一阵，胡正辉表示同意。

刘雪梅坚决不同意，又哭又骂，把李明春和胡正辉一起骂，说两个人都不是好东西，欺负她母子俩，要让一个二十来岁的孩子，做这样的选择，是残酷！是罪恶！

李明春火了，说，不这样，怎么办？难道说，由你来选择？

也还是这家茶楼，第二天，李明春、刘雪梅、胡正辉，还有李秩坐在了一起。四人中，刘雪梅自然是最适合担任座谈主持的。李秧已经知道把他叫来的意图。话，自然是刘雪梅来说最为恰当。刘雪梅尽管不情愿，还是把自己和胡正辉、李明春之间的往事向儿子说了。她说得很含蓄。其实，来之前，她已经把事情的大概给儿子说了，她自然不会去讲那些风花雪月的细节。她把意思很清楚地表达了：胡正辉是李秧的亲生父亲，刚刚出生的时候，李秧的名字叫胡秧。在胡秧不到一岁的时候，自己就和胡正辉离婚了，是李明春抚养了李秧二十年，李明春虽然不是李秧的生父，但他把李秧抚养成人。

刘雪梅还没有说完，胡正辉就急不可待地说话了。他说他非常感谢李明春对儿子的养育，这些年一直很愧疚，对不起儿子，他一直有一个愿望，就是想回来看儿子。他这些年努力拼搏，就是想让儿子有一个让人敬重、羡慕的父亲，自己已经是中国作家协会会员，出版了三本书。胡正辉一边说一边把三本书拿出来，李秧、刘雪梅、李明春一人一本。胡正辉说，他虽然没有李明春的事业做得大，但他在北京已有一套120平米的房子，有一台奥迪A6，在一家不大不小的文化公司当经理。这次和上京电视台摄制组回来拍摄自己和故乡的故事，就是看儿子，认儿子，想听一听儿子叫一声爸，想问一问儿子，孩子，这些年，你还好吗？血缘这东西，就像奔腾的长江水赤水河，割不断啊！胡正辉泪流满面。

李明春没有在李秧面前谈胡正辉组织的上京电视台拍摄组来荔城拍摄，找他资助，他答应资助25万元，何时到位，要根据他的心情。为此，前些时间，胡正辉和他的驾驶员还发生了一些冲突。不知道胡正辉现在的脸、腰、腿还痛不？

李明春什么也没有说，也没有问，他一边翻胡正辉送过来的书，一边平静地对李秧说，孩子，你已经大了，何去何从，你自己拿主意！

刘雪梅知道儿子为难，她非常委婉地告诉儿子，孩子大了，姓李、姓胡，或者跟妈妈姓刘，妈妈都愿意。话还没有说完，刘雪梅已经泪水翻滚。

李秧望着刘雪梅、李明春、胡正辉，淡淡地说，我的身份证上已经把我的信息写得清清楚楚了，没有必要改来改去的了。

李秧坐在那里，什么也不再说，既不望刘雪梅，也不望胡正辉、李明春，他扭转头，望茶楼外的天空。

刘雪梅记起了，李秧高二那年，要办身份证。就在办身份证前几天，李秧向她提出，他不跟妈妈姓刘了，他要跟爸爸姓李。

10

胡正辉死了。

投赤水河死的。

发现他的时候，他已经从雪沙古镇沿着赤水河，漂到荔城赤水河与长江交汇的石盘滩前。胡正辉本来是想沿着赤水河漂到长江，再从长江漂到大海。他觉得这样一种死亡方式不失为一种美好。可惜他刚刚漂到长江口，就被渔民用渔网拉上岸了。他可能十分气恼、愤恨那个拉他上岸的渔民，但他已经无法愤怒和指责了，他只好无可奈何地被人送到殡仪馆的太平间。他的脸上、脚上、上身下身全是伤痕，那是礁石的功劳。

在雪沙古镇那间陈旧古朴的木屋里，胡正辉把房间收拾得干干净净，仿佛他仅仅是去一趟荔城，晚上还要回来住宿。胡正辉把他的U盘十分醒目地放在他的电脑旁边。电脑和U盘都十分鲜明地放在那张老木桌上。打开电脑，打开U盘，里面是胡正辉刚刚写作完毕的《放声歌唱》，还有他的日记和诗文。胡正辉没有留下一张纸条，自然也没有手书什么文字，他似乎十分肯定地知道，那个U盘和那台电脑，一定会到达我或李明春的面前。

胡正辉在《放声歌唱》中告诉我们，投赤水河他一点儿也不害怕，相反，还有不少的亲切和温馨，就像回到母亲的怀抱。他向我们讲到海子，这是一个他十分敬佩仰慕的诗人，他时常把海子的诗歌装在挎包里，一有时间，就拿出来诵读。海子这样伟大的诗人，不是平平静静地睡卧在山海关的铁轨上吗？他曾经三次去过海子卧轨的地方，他在那里和海子作过热忱的交流。生活让他曾经多次想过自杀，但他觉得还有美好的诗歌还在等待着他去寻捡，还有儿子还在亲切地呼唤着叫他爸爸，他不能死。这次，不行了。死神已经向他发来电报，不去不行。缪斯，别了。儿子，别了。二十年前，他创办了一张赤水河的诗报，二十年后，他投到了赤水河的怀抱，感到踏实，可以静静地好好睡上一觉了。

胡正辉是在2013年新年钟声敲响的时候，知道自己患上肝癌、肺癌，并且已经晚期了。突然之间，他知道自己在世间的日子不多。他告诉自己得赶紧把自己想干的事情办好。

胡正辉最想干的事情就是看儿子。儿子已经是人家的儿子。胡正辉很想在离开世间前听一听儿子亲热地叫一声爸，他很想深情地问一问儿子，这些年，你还好吗？然后对儿子说，孩子，以后的路，只有靠你自己了。

胡正辉深知，要让儿子叫上一声爸，得有基础，得有条件，于是，有了艺术家胡正辉和故乡的故事这个活动。这是胡正辉在人世间最后一次歌唱，他很想很想尽情地唱得完美。他很清楚和他合作的那家公司其实和上京电视台老故事频道还有一长串的距离，仅仅是老故事频道几个记者投资办的一家公司，有两个是正式的，有三个，在老故事频道干了近十年，至今还在苦苦地等待着转正的机会。那张碟片，公司的老总，倒是信誓旦旦地保证，只要把合作的钱款交清，在上京电视台老故事频道播出，是十拿九稳的事情。胡正辉太需要这么一点儿麻醉。不然，他没有勇气回到荔城，没有勇气面对儿子。他在《放声歌唱》中说，这是我人生最后一次活动，尽管它不可能轰轰烈烈，但是我至少要让它浓墨重彩，别了，故乡，这是游子向您最后一次敬礼！别了，儿子，这是爸爸最后一次向你问候！

胡正辉在《放声歌唱》中写道，为了加入中国作协，他先后送礼五次请饭四次，他说，这样加入的作协，还是真正的会员吗？就是自己出版的那三本书，也是花费了整整 9 万元才出版的，尽管他可以以一位作家和诗人的良知向大地和天空证明，他的作品完全达到了出版水平，但就是没有一家出版社愿意出版他的作品，他只好自费，只能自费，他曾经多么鄙弃自费发表、出版作品，为了凑足钱款，他曾经在北京的医院里出卖过鲜血。他没有 120 平米的房子。在北京拥有一套房子，一直是他的梦想。他一直租住在北京的地下室。他也没有奥迪 A6 小车。他在北京一直想有一台自己的小汽车。他坐过不少别人的小车，他最喜欢的小车，就是奥迪 A6。他有一辆自行车，离开北京的时候，放在地下室的楼梯旁，可能早被谁拿去了，拿去就拿去吧，只要看得起，对别人还有那么一点儿帮助。他先后在多家文化公司打工，他认为凭能力凭本事，完全可以胜任一名文化公司总经理，并且会非常优秀，但没有人聘用他。他在北京一直有一个梦想，就是拥有一套 120 平米的房子，拥有一台奥迪 A6 的小车，到那时，他就回故乡找刘雪梅，要回自己的孩子，把孩子接到北京，在北京上学，生活，工作。可惜，老天爷不给他机会了，他现在唯一还有的，就是留在电脑中 U 盘中那些诗文、日记和这部刚刚完稿的《放声歌唱》。这些年，泪，已经越来越干涸了。梦，已经越来越干涸了。这次，回水城，回荔城，自己精心编制了那么美好的一些梦幻，就是儿子，还在滋养着自己的梦幻，让它节节生长；就是儿子，还能让自己的泪水，哗哗长流。胡正辉深知，面对资本雄厚的李明春，根本要不回儿子。就算能要回，他能给予儿子什么呢？诗歌吗？小说吗？艺术吗？他唯一的希望就是在离开世间的时候，听一听儿子叫上一声爸，如果运气好，儿子能在赤水河边雪沙古镇的老木屋里，陪上他三两天，听一听他一字一句地诵读他刚刚完稿的《放声歌唱》，就含笑九泉了。而这个美好而奢侈的梦幻，也只能漂浮到天国了。

李明春说他出资30万元，出版胡正辉诗文集和那本《放声歌唱》。

30万元对李明春来说是很小很小的一点钱款。以李明春的能耐，他完全可以把他20年前的诗歌，出版成十本二十本的诗集，连整理都用不着他亲自动手。当我某次把李明春堵在办公室里喝茶的时候，为了联络我们曾经的感情，唤醒他曾经的一些记忆，我曾经向他作过如此建议。李明春像不认识我似的望着我，说，有这样的必要吗？李明春现在拿出30万钱款，为胡正辉出版诗文集出版《放声歌唱》，不知道躺在太平间的胡正辉，如果地下有灵，会说一些什么。

我质问李明春，为什么答应的25万元赞助迟迟不兑现啊？

李明春左顾而言他，说，曾瓶，我们不说这些，我们当务之急是办好胡正辉的后事。

是啊，我们说这些还有什么用呢？我们现在得忙着为胡正辉办后事。胡正辉后事的所有支出，李明春说，通通由他来负责。我对李明春如此做派很不以为然。当胡正辉尚在世间的时候，我们为什么不去问问他，看看他，帮帮他呢？二十多年前，他毕竟引领着我们，对着美好的青春曾经放声歌唱过！我们早已逃之夭夭，而他仍然坚守。胡正辉有一兄弟一姐姐一妹妹。兄弟从县供销社下岗后在外打工。姐姐在荔城一家企业退休，前年去世。妹妹在荔城一镇卫生院当护士。他们对李明春支付胡正辉后事的钱款非常感激，不然，还不知道如何分摊呢！

李明春感叹说，真不清楚胡正辉是这样，还以为他比我们生活得滋润呢！

也许，胡正辉真的比我们生活得滋润。只是我们不知道罢了。

11

胡正辉的追悼会，林露也参加了。

回家的路上，林露对我说，曾瓶，幸喜你醒悟得早，像胡正辉那样，第二个投赤水河的，就是你。

我说，是吗？

林露说，不信，你试试？

试试？时间，会给我试的机会吗？我说。

勇往直前

1

临近中考，王芳被家里十万火急地往回叫。

还有一个月就中考，心思都用在书和试卷上了，如果不是像大火上了房顶那样，王芳说什么也不回去。

连走路吃饭都在念念有词地背记着一道道考题，尤其是政治书，王芳差不多都能挨着挨着背下来了。但王芳一点儿也不乐观。学校刚刚摸底测试，王芳班上第五，全年级十七。按往年惯例，顺江河初中中师中专能考上二十个上下，高中七八十个。高中考来没用，父亲把话说得硬邦邦的，你娃子考上高中，就回来，早点给你妈学持家理事。王芳打死也不愿回家。从考上顺江河初中起，她就咬着一股劲，一定要离开鼓楼村那个山旮旯。出路只有一条，就是拼命地读书，考上中师中专。父母也巴望着王芳考上，成公家人，给吃给穿包分配工作。

考上中师中专，是王芳进入顺江河初中后唯一的目标。

这个目标眼看就要实现。

王芳一点儿也不轻松。相反，压力巨大，恍兮惚兮的。学校的摸底考试具有权威性。按那个结果，王芳考中师中专希望很大。顺江河初中在全县很有名气，近几年更是声名鹊起，年年都有二十来个农村孩子考上中师中专，成为吃商品粮的公家人。二十来个农村孩子一下子吃上商品粮，成公家人，是大得不得了的事情。况且，顺江河初中才三个班，一百五六十个学生，这个比例远远高于荔县平均水平。十七名的摸底成绩让王芳不敢盲目乐观，保险系数毕竟不是百分之百。王芳不敢懈怠，相反，还多了不少危机和紧迫感。

王芳家坐落在鼓楼山一个山坳里。虽说只有二十来里山路，却要爬坡上坎，紧走快赶，也要两个小时。两个小时王芳也不浪费。她回家选在下午两节课后，这一天，是星期六，下午两节课后没有正课，是自习。学校有意安排学生放松放松，勒得太紧，怕弄出事端。学校星期六晚上还把电视抱到大礼堂。那个时候电视还是稀缺资源，连老师家都还没有完全普及。学校有意组织初三学生看看电视，放松放松。但前来看电视的多是初一初二的学生。初三的学生有，但不多。这不多的一部分，是那些中考没有希望的学生。他们早早地把板凳端过来，老师还没有开电视的意思，他们已经等不及，催促老师快点，快点！时不时地，还起一点儿哄，说一些讥诮话，弄一点儿事端。老师先是压一压。压一阵，见没有效果，也就松懈下来，让他们出一出小风头。多数初三学生不会到这里来。尽管有诱人的电视连续剧。他们不会迷失方向，抱着书本，坐在课桌前，勤学苦读。

王芳显然是属于坐在课桌前勤学苦读的那一类。她只得牺牲学校用于看电视的那点时间回一趟家，第二天一早，趁天没亮，赶回来。星期天学校也不懈怠，把七节课照样满满地排着。那个时候没有反对补课，也收补课费，不多，几乎是象征意义的，没有学生家长反对，相反，如果学校不补课还有偷奸耍懒的嫌疑。也没有学生家长拒交补课费。老实说，就算不交补课费，老师也会照补不误。初三的老师，天天都在盘算着，班上哪个哪个学生成绩如何才能上得来，自己教的那门功课中考下来在全县是个什么水平。

王芳早做好打算，把政治书和一本题集拿在手里。她一边走路一边背记着政治书和题集。王芳已经能够背记一个大概。但她还要一丝不苟精益求精，要把书和题集背得滚瓜烂熟倒背如流。这只是王芳的一种美好愿望或者说是一种努力方向。事实是，政治书和题集一百多页厚。王芳常常背记了后面就忘了前面。她常常狠狠地击打自己的头颅，像那个用锥子刺自己大腿的古人。王芳很有耐心和信心，忘记了，就翻书，翻题集，然后重新背记。这样，王芳在山路上就常常停下来，或者干脆找一礅石头坐下，刻苦认真地背着记着。这样认真努力的后果是王芳在回家的山路上好几次踩滑了脚，险些从山路上滚下来。王芳一点儿也不害怕和后悔。毕竟，一点时间也没有耽误，还完成了既定的学习任务。

父母在老木桌前坐着。妹妹也在。一盏电灯像一只丝瓜藤一样从屋梁上悬挂下来，光亮和煤油灯没有多少区别。老木桌上放着一大碗腊肉，腊肉旁边有一个大盆子，盆子里装着用腊肉汤煮的豇豆。豇豆煮腊肉，是王芳爱吃的饭菜。煮豇豆吃腊肉，得来了贵客或者是过年过节。

妈看她回来，招呼吃饭。妈告诉她，腊肉和豇豆中午就煮好了，以为她中午回来。妈的意思是，如果王芳晚上仍然不回来，那么，那一大碗腊肉还得重新端回去，等她回来之后再吃。至于满含腊肉油水的豇豆，是否还要端回去，那倒不一定。妈的话很明确，腊肉是为王芳煮的，一家人等她大半天了。

王芳很快就知道那碗腊肉的代价。起先是妈说话。这个时候，妹妹已经放碗。妹妹吃得很谨慎很不过瘾。显然，父母打了招呼在前面。妹妹能吃上一点儿腊肉全沾王芳的光。妈说，你也老大不小了，我给你爸商量了，得把事情定下来。

刚开始，王芳并不知道要把什么事情定下来。

爹也在旁边附和着。还点了旱烟，很有耐心的样子。爹难得脸上有笑意，整天都是刀砍的样子，像有什么灾难随时随地就要降临到头上。爹的腰杆总是弯曲着，对谁都赔着小心。偏偏爹脸上有了笑意。爹说，我看这事行！我们没有亏吃！

王芳一直沉浸在中考的准备里，对父母的谈话很迟钝。最终，妈只好把话说破说透。妈说，小芳，支书托人来说媒了。我看这事要得。爹也赶紧帮腔，像商量好了的，说，娃，这事我们不亏。要不是你这次考了十七名，人家还不一定愿意。

村支书李老根的宝贝儿子李海和王芳一个班。李海的工夫用在了交朋结友、喝酒吃肉上。反正他爹是支书，家中有些钱粮。李海的成绩在班上不是倒数第一，就是倒数第二。开始的时候，老师还要呵斥教育，到了初三，就疲倦了。对李海交朋结友、喝酒吃肉，睁一只眼闭一只眼。就是常常逃课，也像不知道似的。李海对考试无所谓，巴不得快点毕业，好去闯荡江湖。李海已长得五大三粗，经常向同学吹嘘，说不定以后就弄出一个人模狗样。实在不行，还可以回鼓楼村接老子的班，当支书！这样的话，王芳多次听李海说过。王芳已经读了不少书籍，对李海这样的人生追求十分不屑。辛辛苦苦读九年书，就回鼓楼村当支书？这样的事情王芳不干。

　　提亲不是李海的主意。李海整天喝酒吃肉还没有想到婚姻大事上面。李海、王芳读书迟，乡下孩子都这样，初三毕业就十七八了。李海、王芳的思想还没有发育到婚姻大事那个程度。是李老根的主意。李老根当了多年支书，看问题远得多。他关注王芳已不是一年两年。王芳从鼓楼村小考到顺江河初中李老根就注意了。那一年，李海也考初中，成绩比王芳矮了一大截。离录取线，差好几分。李老根找了好些人，费了不少钱粮和周折，才把李海弄进顺江河初中。原以为李海到了初中加把劲，差的那段成绩，就补上了。哪晓得到了初中，不但不加劲，反而把读小学的那些劲力，全用在吃吃喝喝、交朋结友上。而王芳的成绩一直遥遥领先。尤其是这次学校摸底测试，考了十七名，等于一只脚杆已经跨进吃商品粮的人群。李老根觉得是时候了，得打开天窗和王富贵好好谈谈。

　　如果不是王芳成绩优异，摸底考了十七名，村支书李老根断不会找王富贵提什么亲。单看王芳那个样子，要多普通有多普通，除了鼻子眼睛样样不缺之外，实在找不出有什么独特好看的地方。况且，她个子矮，只及李海的胸脯，像发育不良的豆芽菜。这样的女娃子按道理是做不了支书的儿媳。但是，王芳会读书，很快就要成为吃商品粮的公家人。王芳成了吃商品粮的公家人，生的孩子就是吃商品粮的公家人。别看李老根当支书在鼓楼村威风凛凛，但毕竟就是一个农民，和吃商品粮的公家人比起来，人家就是上级、领导。李老根一直想让李海好好学习，成为吃商品粮的公家人。然后，儿子孙子成为吃商品粮的公家人。偏偏李海不争气。就在无可奈何的时候，他发现了王富贵的女娃子王芳。李老根头脑清醒，如果王芳成了吃商品粮的公家人，成了自己的儿媳，那么，自己的孙子，孙子的儿子，通通成了吃商品粮的公家人。这条捷径李老根看得清清楚楚。

王富贵两口子哪有支书那样的眼光？一见支书来提亲，除了受宠若惊，马上满口应承。不住地附和，点着头说，支书，就按你说的！

王芳怎愿意按李老根说的？怎会和李海订婚？李海算什么？在班上不是倒数第一就是倒数第二。而王芳，初中开始，一直憋着劲，一门心思要考好成绩，要考成吃商品粮的公家人。王芳在班上一直名列前茅。这次摸底，拿了全校十七名。王芳离吃商品粮成公家人只有一步之遥。父母怎被支书那个家庭背景弄晕了头呢？就快成为吃商品粮的公家人，王芳眼里，支书算个啥？有了十七名的摸底成绩做后盾，王芳断然地拒绝了父母的要求。王芳说了一些难听话，爹，妈，你们怎那么糊涂嘛！爹，妈，我就是死，也不嫁给李海。要给支书当儿媳，你们自己去！爹，妈，我要学习！要考试！人家忙死了。

王富贵被王芳这么一说，觉得也在理。回过头一想，又觉得支书的话在理。他们就劝王芳，劝着劝着，竟很没有底气，声音愈来愈小，也不再有先前那么理直气壮。

王芳吃完腊肉，抹抹嘴，点一个火把，连夜要回学校。王富贵两口子哪里会让她回去，准备晚上做工作呢！实在不行，就请支书过来一道做。王芳哪给他们机会，理由充足而堂皇，马上中考了，得铆足劲，万一歇了气，考砸了，如何是好！有了中考，王芳在父母面前高出一大截。一说到中考，王富贵两口子就多了不少的唯唯诺诺和期盼。中考那样的大事情两口子哪里说得清楚？他们也确实希望王芳能考成吃商品粮的公家人，那将是一个什么样的日子啊！

王富贵只得打着火把送王芳回学校。路上，王富贵抓紧机会劝娃子，嫁给支书的儿子，就算考成了公家人，也不亏。再说，还没考嘛！就十拿九稳？万一没考起呢？到那时，人家支书还不一定答应呢！人家看啥？还不是看你会考试。赶紧把事情定了，要不然，后悔都来不及！

王芳打断王富贵，说，爹，不要说！我要一边走路一边背题呢！

谈起考试王富贵把嘴巴闭得紧紧的。一直到把王芳送到学校，王富贵才赔着小心，劝，娃子，好好想，不亏呢！

王芳头也不回，径直进学校去了。

2

王芳一回学校就钻进书本里，似乎把提亲的事情忘得干干净净。

王芳恨不得把吃饭睡觉的时间全用在学习上。整个初三的学生都像一台台鼓足马力的学习机器。当然，这其中不包括那些考试成绩明显靠后的学生。他们明知考试无望，过了这个月，就会和那些成绩好的学生分道扬镳，一个天上一个地下。他们也抓紧时间，享受这很快就要跑掉的学生时光。这个时候，以前学校抓得很严的像喝酒这样的事情，也敢做了。顺江河初中旁边的几家小酒馆里，偶尔也有了几个喝酒的初三学生。喝得有些酒意了，还要唱上几句流行歌曲，或者冲着学校的方向大吼几声，表达一些不要说别人，就连他们自己也弄不清楚的情感。这样的事情在以前是断不行的，顺江河初中素以校风严谨闻名于荔县，轻则警告记过，重则开除。离毕业只有一个月的时间了，这些学生，谁还害怕这些呢？老师的精力和眼光，早不放在他们身上。老师只有一个最低要求，只要你不影响那些成绩好的学生。毕业班老师的精力和时间，也全用上了，恨不得不吃不睡，把所有的时间和精力，都用在教学上。他们不厌其烦地给学生找资料，出试题，提醒这里是重点，那里也不能忽视，说不定，考试的时候，就考起来了。他们还常常因材施教，开开小灶。那些成绩好一些的学生，什么地方得补补，什么地方得注意，就像熟悉自己的孩子那样。这个时候，老师怎么会把时间和精力，用在那些没有希望的学生身上呢？顺江河初中附近的树林里，也零零星星地，出现了三两对拉拉扯扯，羞羞答答的男女同学，说他们谈情说爱，像，又不像，反正有那么一些意思。当然，这些学生也是考试没有希望的。要说他们谈情说爱，等这一个月结束，又什么结果也没有。这样的事情在顺江河初中无异于败类。学校对这样的事情要比处理喝酒严重得多。因此，在树林中出没的学生就明显多了偷偷摸摸的成分，一点儿也没有在小酒馆里喝酒那样来得豪气和光明正大。老师也不是不知道。但要拿到证据毕竟需要时间和精力。老师的时间和精力，都用在好学生身上了，哪里顾得过来。再说，整个学校，也就那么三两个那样的学生，只要不影响好学生，不弄出什么事端，老师的眼睛和耳朵，就看不见听不到。当然，如果哪个成绩差的学生居然要打好学生的主意，有拉拢下水的意思，老师一点儿也不含糊，谈话，训斥，严明纪律，规规矩矩地叫那个差学生断了念头。

王芳断不属于那类坐小酒馆或者钻树林的学生。摸底考了十七名，十分有希望，但又不是百分之百稳操胜券。老师对她自然额外照顾，时常抓住时机替她加加油开开小灶。王芳被考试这件事情紧紧地包裹着，像一只被蚕丝紧紧裹着的小茧子。不过，王芳被包裹得心甘情愿，甚至还盼望着茧丝能包裹得紧些，更紧些。王芳认为，在学习上，多一点儿时间，就多一点希望，多一点胜算。王芳盼望自己的名次能向前，再向前，把跳出农村户口的那张录取通知书，更加紧紧地攥在手里。

李海就没有王芳那样的信心和想法了。李海很难出现在教室里。他出现在小酒馆里。喝了酒的李海甚至想找一个人去学校旁边的树林。对象就是王芳。老实说，李海找女朋友并没有想到王芳。王芳那个样子，说什么也引不起兴趣。如果你把那些形容美女的词汇安在她身上，她一定会愤怒地跑到老师面前检举你，说你侮辱她。这样的女子能给人留下什么印象呢？若干年后，当你回忆起曾经有个叫王芳的女子的时候，唯一记得的，就是王芳这个名字。若要想一想她的模样，则是一片空白。李海十八岁，铁塔似的高个子，以致老师找他到办公室谈话，也要十分特殊地搬给他一张凳子，要他坐下，要不然，老师教育起来还得把头十分费力地仰着。既增加痛苦，还让威严大打折扣。李海长得有棱有角，青春的小胡须蠢蠢欲动地从唇角间冒出来。李海是让不少女生侧目凝视的男生。当然，那些悄悄打量的女生中没有王芳。

王芳怎会打量李海呢？她早把时间和精力全用在学习上了。读小学的时候，他们就一个班。看着李海一步一步下滑的成绩，王芳十分着急。她不止一次两次地拦住马上就要离开教室的李海，希望李海留在教室好好学习。王芳说，李海，我们得好好学习呢！李海，要改变自己，要过上好日子，只有靠自己呢！只有勤奋学习呢！李海，加把劲，还赶得上！这些话，初一的时候，王芳对李海说，到了初三，王芳仍然说。只是初一次数多，到了初三，次数越来越少。在学习的道路上，王芳和李海越走越远。李海怎会听王芳的劝。尤其是王芳还把李海拦在教室门口说话。这让李海十分生气，凭什么啊？就你王芳那个样子，一点美感都没有，还念念叨叨？李海对王芳的劝说十二分的不屑。王芳话还没有说完，李海已经走得远远的。

李海对王芳刮目相看，是王芳在摸底考试中考了全年级十七名。这样下去，王芳很快就会考上中师中专，成为吃商品粮的公家人。吃商品粮，成公家人，让王芳高大起来，美丽起来。

村支书李老根把儿子找回去认认真真地谈了一个晚上。王芳是什么样子，李老根没有印象，这有什么呢？王芳有好成绩，很快就要成为吃商品粮的公家人。刚开始李海十分不愿意。十八岁的他已有一些异性需求，要朋友愿意，但有标准。李老根刚把话说完，李海就跳起来，说，爸，你怎不看看，她那个样子！当了多年支书的李老根深知孰轻孰重，知道商品粮公家人的重要性，就算你长得一朵花，和吃商品粮的公家人比起来，还不是一个天上一个地下。李老根一开始就给李海一个下马威。样子怎啦？当饭吃？狗日有本事，就给老子考一个吃商品粮的公家人回来！你家伙选，等人家考起了，吃上商品粮，想提亲，晚啦！能让自己的子孙成为吃商品粮的公家人，李老根有使不完的力气和智慧。

偏偏王芳断然回绝。

这让李海十分生气。李海好几天躺在学生寝室里生闷气。

连几个哥们拉他去小酒馆也提不起兴趣。不就是考一个十七名吗？不就是考一个中专中师吗？不就是马上要成公家人吃商品粮吗？尾巴就翘上了天？要是考不起回农村种田，送上三五千块钱老子还不娶呢！但李海毕竟向往吃商品粮的公家人。

李海决定找王芳好好谈谈。你王芳有什么了不起，除了会考试，还有什么？我李海往你面前一站，哪一点儿配不上你王芳？样子，高矮，说话，做事，哪样让你王芳吃亏？说得刻毒一点，哪一个吃商品粮的公家人会娶你王芳，你那个模样，身高？李海越想越气恼，越想越觉得王芳应该嫁给他。李海在寝室的床铺里翻来覆去地谋划着如何让王芳束手就擒。他甚至想把王芳做了，生米做成熟饭，看你王芳还干不干。这仅仅是念头，想着这些，李海下面的物件蓬蓬勃勃，但真要如何做又十分茫然。生米熟饭这些词汇，仅仅是他偶然间从社会上听到，真要明确一个一二三，又什么也不知道。

快要敲响晚饭铃的时候，李海在教室里叫住了王芳。李海经过深思熟虑。这个时候，下午三节课已过，老师多半不到教室。学生自习了一段时间，多数已经抱着课本去学校的树林、草坪等地方开小灶去了。还有一些经过大半天的学习已经疲倦，打打篮球，散散步什么的去了。总之，这个时候教室里是一天中人最少的时候。这时，王芳仍然坚守在学习岗位，抱着厚厚的学习资料猛啃着。李海已经很久很久没有进过教室。他在自己的位置上坐下。教室里没有几个人。李海努力让自己平静着。位置上已经没有书包、笔和书本。李海不知道该干什么。沉浸在书本中的王芳没有发现李海。李海的位置在最后，王芳是班上的尖子生，位置在第二排正中。李海坐如针毡，坐也不是，站也不是，像坐错了位置。李海鼓起巨大的勇气来到王芳身边。

王芳非常吃惊。王芳在班上除了成绩好没有其他。王芳有一些慌乱和欣喜。但很快镇静下来，从厚厚的学习资料中抬起头，说，李海，有问题？什么题，快点说，我还得把这道题背完呢！李海首先紧张起来，没有了往日的流畅，结结巴巴的。李海说，王芳，我想和你谈谈！王芳放下资料，说，好啊！李海，我也正想找你谈谈呢！

王芳和李海来到教室外边的走廊上。走廊上很安静，没有人。王芳说，李海，我们得努力呢！这话王芳给李海说过很多次，从初一说到现在。王芳接着说，李海，要改变自己得靠自己呢！这话，王芳多次向李海说过。不过，李海今天听来有些刺耳。李海其实有很多话想说，王芳一直在说，哪有机会？王芳说，李海，只要努力，还有机会，今年不行，可以复读一年嘛！

李海等王芳说得差不多了，才抓住话头，切入正题，说，王芳，其实我爹和你爹说的那件事情蛮好的！你好好想一想！李海躺在寝室的床铺里想了很多，不知怎的，见了王芳，先矮了一个人头。他一上来就想把话说透，说狠，不知怎的，话到嘴边，就变样了，含蓄起来，还多了不少恳求的语气。

李海的这些心思王芳不知道。王芳只是隐隐约约地感觉到李海可能要说些什么，心间还悬挂起几颗露珠一样的欣喜。但王芳很快就把露珠儿抹得干干净净。王芳说，李海，说什么啊？王芳装着什么都不懂。

李海正要把话说得透一些，王芳已经不给他机会，十分生气的样子，说，李海，再乱说我告诉老师啊！

王芳接着说，李海，想改变处境，得靠自己！李海，我还得学习呢！说完，王芳回教室背她的学习资料去了。

李海呆呆地立在那里，不知如何是好。

3

中考说快也快，说慢也慢。

像王芳这样恨不得把吃饭睡觉的时间全部用来背考试资料的学生，自然来得太快。她总认为还有什么知识应该记在脑子里，要不然，考起来了，如何是好？当然，王芳也不可能随时随地都背考试题，她也有想其他事情的间隙。想得最多的就是考上了，会是什么样子呢？王芳只能偷偷地乐。王芳已经接触到一些辩证法，万一没考上呢？没有考上的后果不用想，就是回家像父母那样，一把锄头，脸朝黄土背朝天地从泥土里刨食，过上一两年，嫁出去，继续脸朝黄土背朝天，然后生儿育女，然后让自己的儿女继续脸朝黄土背朝天。这样的日子王芳打死也不愿过。从初中开始，王芳就立下了考学校吃商品粮成公家人的雄心壮志。王芳既盼着中考快一点儿来，也怕中考来快了。

这种心情下走进考场的王芳状态一点儿也不好，简直可以用稀里糊涂来形容。考试结束，老师拿出标准答案（其实只是相对标准），老师把试卷和答案挂在教室里，要学生估算分数。顺江河初中每年都要进行这样的估摸，估摸出的成绩还八九不离十。偏偏王芳望着试卷和答案什么都想不起了，脑壳像抹了糨糊。好像和老师的答案一模一样，又好像很多题都做错了。所有尖子生都把估算的成绩单交给了老师。只有王芳没有交。王芳说，记不清楚了！怎么会这样呢？王芳一把鼻涕一把泪，把老师发来估算成绩的单子全打湿了。老师教毕业班不是一届两届了，王芳这样的情况还是第一次遇到。老师安慰王芳回家好好休息，希望肯定有，成绩出来，马上通知她。

王芳背着行李回家倒头就睡。王富贵早早地来学校替王芳搬运行李。其实就是一个木箱子里放几件衣服，外加一床被盖，还有就是书。从学校到家，王芳走在前，王富贵走在后，二十来里山路，王芳一句话也没说。王富贵其实很想问问王芳考得怎样？他很希望自己的女娃能成为吃商品粮的公家人。王芳不说话，王富贵哪敢说？到了家，王富贵老婆早已煮好腊肉。可惜王芳不领情，倒在床铺里就睡。老婆悄悄地把王富贵拉到屋檐下，问情况。王富贵哪里知道？那碗让人咽口水的腊肉，王富贵老婆毫不客气地端回碗柜。

王芳蒙头大睡到第二天下午，从老木床上爬起来去碗柜里翻找东西吃。王富贵两口子挑着箩筐背着背篼掰苞谷去了。腊肉还留在碗柜里，饭也还有一些。王芳去灶背后烧火，热了饭和腊肉。不到十分钟，把大半碗腊肉和两大碗白米干饭消灭得干干净净。吃了腊肉和干饭的王芳从屋檐下背起背篼，去自家苞谷地掰苞谷。王富贵两口子干得大汗直流，看见女娃背了背篼突然过来，有些不知所措。等王芳钻进苞谷林里噼里啪啦地掰起苞谷，才惊诧诧地大叫起来，吼，放下！快放下！回家歇着去！这些年，再忙，王富贵两口子都没有让王芳动一点儿农活，总要她抓紧时间读书。不用父母提醒，王芳从不把时间浪费在农活上。哪怕五黄六月，全家人都在稻田里奔波劳碌，王芳都抱着课本摇头晃脑地背记着。王富贵两口子不觉得这样有什么不好，相反，还觉得娃子出息得很，知轻重。王芳径直冲向苞谷，像是遇了仇人。王芳虽长在农村，哪里干过农活？很快，苞谷秆子被弄得东倒西歪。连脚下的红薯藤蔓（川南农村，习惯苞谷林下套种红薯），也挨了不少脚踢。起先心疼王芳的父母，这时倒心疼起自家的苞谷秆子和红薯藤蔓。他们本来要劝说劝说王芳，实在没考起，回来种庄稼不活人了？看王芳那个样子，哪里还敢说？先前挂在嘴巴上准备问考得怎样的那些话，赶紧咽进肚皮。

　　王芳像个哑巴。王富贵两口子也快成了哑巴。王芳整天随着父母，背着背篼，干庄稼活。暑期农活多，坡上的苞谷，得抓紧收回屋。收回屋还不行，得脱了苞衣，放在坝子曝晒。等苞谷粒子干了，还要一粒一粒地分离下来。一只苞谷棒子上有多少粒子？王富贵一家要收多少苞谷棒子？反正一家几双手，从夏天忙到年三十，才能把苞谷粒子从棒子上全请下来。王芳回家就分离苞谷粒子。不言不语，该吃饭就吃饭，该干活就干活，该睡觉就睡觉。弄得王芳妈十二分担心，这娃子，是不是考邪了。要不是王富贵劝阻，就挎上竹篮子，捎带十来个鸡蛋，找东山的王半仙，驱鬼避邪了。

王芳在煎熬中熬过等成绩的十来天。到了拿成绩那天，天没亮，王芳起了床。弄得王富贵两口子没回过神。正要劝阻，王芳已迈开脚步，奔学校去了。两口子才回过神，心一下子提起来。害得王芳妈一个劲地抱怨王富贵，怎不早说，该给娃煮一个开水蛋嘛！抱怨归抱怨，紧张归紧张，两口子却一点儿也没有放下活计的意思。

王芳一路奔跑着冲向学校，心情随着脚步奔跑起来。

王芳在路上碰到一位同学。那位同学和王芳同年级不同班，都是尖子生。远远地，就向王芳飞奔过来，高叫着，王芳，我考上了！我考上了！像一只欢快的小鸟。要多高兴有多高兴，像打开盖的喷泉，捂都捂不住。王芳的心突然间停止了跳动，差一点儿就昏厥在路上。脸完全没有了血色，像要结出冰来。那个同学这才想起，说，王芳，你也考起了！王芳还回不过神来。那个同学说出王芳的成绩，491分。比中师录取线高8分，考中专也行，高了一分。王芳一把抓住那个同学，怕那个同学一下子跑了。王芳说，你说的是真的？那同学说我骗你干啥？王芳继续抓紧那个同学，问，你真的不会骗我？那同学说，我为什么要骗你？王芳一把丢了那个同学，往学校方向跑。王芳一边跑一边在心里放声大喊：我考起了！王芳满脸都是泪。

王芳确实上线了。但问题很快出来了。顺江河初中对上线的学生非常重视，拿到成绩后，就开始对每一个学生进行具体分析，确保每个上线学生都能被录取。上线并不等于录取。上线一般要比录取人数多出百分之十左右。王芳的情况一点也不乐观。王芳成绩比中师线高 8 分，考中师应该十拿九稳。但考中师要面试，面试要测身高，人民教师，矮了怎行？是死规定，女生 1.45 米，达不到，成绩再好都不收。老师让王芳把高跟鞋脱了（面试的时候就这样，不然，你穿一双十多厘米的高跟鞋，身高不突然上去了？）任凭老师怎么量，王芳的身高就只有 1.43 米。怎么会少两厘米呢？其他事情还好变通，身高如何变通？去年，顺江河初中就有一位女生，考中师，身高 1.44 米，以为 1 厘米，变通变通就过去了，偏偏就没有变通成。老师怎么会让王芳重蹈覆辙。王芳唯一的道路只有考中专，中专不面试，对身高没有特殊要求。问题是王芳的成绩仅仅比中专录取线高一分。高一分要想录取，除非在学校有关系，不然，就悬！王芳哪来关系？班主任是个热心人，提醒王芳仔细想想，转弯抹角的都可以，一个生产队，一个村的都可以，只要能找到关系。王芳哪来关系？刚刚还欣喜万分，突然间，掉进冰窟窿。

支书李老根说有关系。他叼着纸烟来到王家。尽管一个村，只隔着几座山丘的距离，但支书难得到王家。村子里，有什么事情，都是到支书家找支书，没有支书来村民家找村民。

李老根要王芳填报市财经学校。财经学校毕业出来从事财会工作，就是替公家管钱。替公家管钱还亏得了？还不是吃辣的喝香的？王富贵、王芳当然愿意，但是，人家怎会要仅仅多一分的王芳呢？

李老根叼着纸烟，鼓楼村的男人吸旱烟袋，只有支书抽纸烟。王富贵的老婆已经煮来开水蛋，一再劝说支书快些趁热吃了。李老根拿起架势，双手叉住腰间，任衣服斜披在肩上。当干部就要有架势，不然，人家怎知道你是干部呢？李老根丢一根纸烟给王富贵，说，我让填报财经学校尽管填嘛！

王富贵诚惶诚恐地接过纸烟，两口子一脸困惑地望着支书。

李老根继续端着架子，慢条斯理地说，我有我的道理嘛！

王富贵两口子哪里知道支书的道理？

李老根说，填市财经学校，录取的事情包在我身上。李老根有力地拍打起胸脯，要王富贵两口子相信。好像他就是负责招生的，只要他一点头，录取通知书就送过来了。

王富贵做梦都没想到支书还有这样的能耐。两口子眼巴巴地望着。

李老根笑眯眯地说道，怎么样？就填报市财经学校，录取的事情包在我身上。再次十分自信有力地拍打起胸脯。

进了市财经学校，就是吃商品粮的公家人。况且，市财经学校毕业的学生，替公家管钱呢！

王芳求之不得。王富贵两口子求之不得。王富贵两口子真的不知道该如何感激面前这个大恩人。只能一味地说，八辈子积德哟！怎感谢支书哟！

李老根说，上财经学校的事情包在我身上。不过，上次说的事情，是不是得定下来？

王富贵两口子正找不到依靠，害怕支书突然变卦不帮忙呢！两家结了亲，你支书还不绷着劲跑？王芳上财经学校的事情不是木板上钉铁钉钉的事情？王富贵马上应承说，亲家，放心，这个事情，我还是能做主的！王富贵干脆连称呼也改了，叫起亲家来。

　　李老根也不含糊，回应说，既然结了亲，你的事情就是我李老根的事情。放心，读市财经学校，是木板上钉铁钉钉的事情。

　　李老根这才道出底细。原来，市财经学校负责招生的副校长，和李老根一个班当过兵，李老根当过他班长，救过他性命。找他，解决未来儿媳的事情，自然十拿九稳！

4

　　千呼万唤的等待中，八月底，市财经学校的录取通知书飞到了鼓楼村。

　　确定了亲事，李老根马不停蹄地往市里跑，找他那个老部下，市财经学校分管招生的副校长。李老根回来，一脸喜气，远远地，就冲王富贵两口子喊叫。王富贵两口子正在苞谷地里掰苞谷。王芳也在地里帮忙。李老根声音老高，像要全村人都听到。李老根喊：亲家！亲家！事情办成啦！一千个放心！真的成啦！我骗你干啥？你的事情就是我的事情，你的娃子就是我的娃子！李老根满含兴奋，一点儿也没有当干部的稳成持重，像他自己考上了学校要吃商品粮似的。接着，李老根扯开喉咙讲起他到市上找老部下如何的不容易。根本找不到人，电话不接。公用电话打，人家晓得你是哪个？找的人排起队，把门槛都踏破了，还进不了屋。要不是楼下守了两天，根本见不到人。见不到人能说啥子事？我跟他说得明明白白，这个忙一定要帮，就是我的儿媳妇，关系到我李老根子子孙孙能否成为公家人吃商品粮！人家还记着我这个老班长，没问题，就等着拿通知书啦！

李老根把话说得很明朗。王芳吃商品粮没问题了，王芳已经是李家的儿媳妇了。要不然，凭什么帮这个忙，疯了？

王富贵两口子除了说感激话，就是一再向李老根保证说：亲家，一千个一万个放心，这门亲事，肯定结定了。李老根要的就是这个结果。双方约定，一旦拿到录取通知书，摆上十来桌，既算祝贺酒，也是定亲酒。

王芳十分矛盾，考上了，吃上了商品粮成了公家人，和李海一个泥腿子订婚，她绝对不愿。问题是她能否成为公家人吃上商品粮还有很多问号。谁让她身高受限不能考师范呢？谁让她成绩仅仅比录取线多一分呢？谁让她家祖祖辈辈都是农民无法找关系呢？当李老根谈到他在市财经学校有关系，能把王芳送进去，王芳高兴得差一点儿就给李老根下跪了。当李老根向王富贵提出结亲，王芳没有断然反对。王芳知道孰轻孰重，考不起，吃不上商品粮，成不了公家人，她王芳在鼓楼村，就是狗屎一堆。考上了，成了公家人，吃上了商品粮，她王芳就是高高在上的金凤凰。王芳首先得成为一只金凤凰。她选择了沉默，既不同意，也不反对。唯一的目标是录取通知书。只要得到录取通知书，什么苦都可以吃，什么苛刻条件都可以忍。王芳对李老根是否有如此巨大的神通充满怀疑。不过，还有什么办法呢？只能死马当作活马医。王芳盼望奇迹发生。等待录取通知书的日子，李老根不敢掉以轻心，又先后三次去市里，找那个负责招生的副校长。次次回来都说，一百个放心，肯定没问题！

现在录取通知书实实在在地握在王芳手里。王芳已经是吃商品粮的公家人，户口马上就要从鼓楼村迁到市里。日日夜夜盼望的事情变成现实。连王芳的班主任都问王芳，市财经学校，有铁关系？仅仅高出一分，要录取，没有铁关系，难，非常难。学校还想通过王芳这层关系，和市财经学校建立特殊关系。王芳怎么说？只能选择沉默。

王富贵热热闹闹地摆了十六大桌，放了几大筐鞭炮，比过年还热闹。李老根像主人家一样过来主持。送来一头肥猪十只鸡，算是定亲贺礼。祝贺酒和定亲酒一块儿办。鼓楼村有人吃上商品粮成了公家人，是开天辟地以来第一次遇上。支书的儿子定亲，自然也是鼓楼村的大喜事。两件事情连在一起，更是无与伦比的大喜事。十六桌哪里够坐？竟然多出十八桌。在鼓楼村，办酒席不怕人多，怕没有人来，冷冷清清，一家子几亲戚在那里吃喝，面子往哪里搁！就是十六桌，王富贵也心上心下，还是李老根一个劲地鼓气，说，放心！一千个放心！一下子多出那么多客人，王富贵大放光彩。赶紧砍鸡杀鸭，把流水席摆到下午四点过。王富贵一个劲地赔着小心拿着好话，心里那个快乐和得意，想憋住，却像溃堤的山洪，无论如何阻拦，都要跑出来。乡里乡亲那些恭维话、奉承话、赞美话，比一杯接一杯灌下去的烧酒还要醉人。王富贵扬眉吐气啊，在鼓楼村，他什么时候有过这样的风光？脸朝黄土背朝天折腾来折腾去供王芳读书，不就是等着这个日子？

　　按说，在这样喜庆而重要的时刻，作为主角的王芳，应该众星捧月似的被围在中间。她应该在王富贵的带领下，挨次挨次地给客人敬酒。但王芳没在，就在王富贵高叫着"王芳！王芳！敬酒！"的吆喝声里，王芳仍然没有叫来。通知书到了，王富贵最爱喊最爱叫最爱说的就是"王芳"这两个字。这两个字能带给他快乐和尊严。王富贵高叫一阵，始终没有人影子过来。大家也跟着高叫"王芳，王芳！"似乎王芳这两个字能给大家带来幸福安康。还有人四处寻找。但没有找到。亲戚朋友已经大吃大喝起来。敬酒的仪式已经等得不能再等。这个时候没有找着王芳，王富贵自然非常不高兴，但他不能在客人面前表露，只能幸福快乐的样子。王富贵说，不要找了！肯定躲在哪个地方读她的书去了！听了这话，大家又是大加赞赏大加恭维，都拿到录取通知书了，还要躲在什么地方读书，难怪会考上中专成为吃商品粮的公家人。

　　王芳没有躲在什么地方背题读书。领到通知书那天，她就把书和复习资料一股脑儿地摔在小土屋，乱七八糟的像遭了抢窃。害得王芳妈一个劲地惊叫，娃子！你要干啥子？干啥子？

王芳站在那里一言不发，恨不得把书和资料全丢进灶炉。脑壳塞得满满的，说什么也不想多装一丝一毫了。

王芳躲在家背后的苞谷林里。不会有人盘问她去了什么地方。王芳坐在苞谷林里，呆呆的，像一尊石像。天天盼，月月盼的录取通知书终于到手。王芳已经不是鼓楼村的王芳，她是鼓楼村唯一飞出的一只金凤凰。她已经不是鼓楼村脸朝黄土背朝天的农民娃子。她是吃商品粮的公家人。想着就要彻底离开鼓楼村这个山旮旯，想着以后就要过上只有在梦中才能有的日子。王芳奔腾澎湃，无论如何也抑制不住那些奔涌而来的兴奋。王芳的兴奋如鲠在喉。是支书，以后她的公爹李老根动用了当兵时候的关系。幸喜李老根有一个战友加老部下在市财经学校担任招生的副校长，不然，就没有王芳的通知书。成了公家人的王芳对这门婚事十分不愿意。她不是不愿意李海，论长相，李海配她王芳，王芳十二分的愿意。王芳不愿意的是，李海是鼓楼村挖大锄的乡下农民。王芳已经是吃商品粮的公家人，他们不是一个层面，是天底下不同的两类对象。现在，居然要把他们紧紧地拉扯在一起。王芳怎么能去敬酒？怎么能出现在那群稀奇古怪的人堆里？

5

中专生活眨眼过去。

三年中，支书李老根履行着未婚亲家公的义务。逢年过节，李老根打发李海去未婚丈母娘家，送一些烟酒钱物，表达敬意。与其说是敬意，倒不如说是一种提醒。明白无误地告诉王富贵，王芳和李海已经是定过亲的了。这门亲事是木板上钉铁钉钉了。王富贵也不含糊，一边接过烟酒钱物，一边重复着，放心，只要一毕业，马上就成亲！王富贵把话说得丁是丁卯是卯，其实心里直打鼓，尤其是随着王芳毕业临近，心中的锣鼓敲打得越发厉害。他晓得娃子不满意。逢年过节，王芳竟然不回家。王富贵知道娃子在回避，有什么办法？当初，要不是李老根，哪里成得了公家人？人得讲良心。成了公家人，吃商品粮的王芳怎会听王富贵的？不过，她不回家找了一个很好的理由。要学习。

王芳确实在学习。进了中专，才晓得事情并不那么简单。财经学校已大不如从前。上两届，也有不少同学分到贫困县一些偏远乡镇。当然，在贫困县的偏远乡镇工作，也要比在鼓楼村挖大锄强十倍百倍。进了中专的王芳有了新追求，她想分配到一些好的地方。分配在县城肯定比乡镇好。分配在市上肯定比县城好。要到达这些目标需要关系。王芳哪来关系？没有关系只有寄希望于学校。市级机关每年都要在学校选调一批优秀学生。优秀不优秀，还不学校说了算？王芳自然要认真努力地表现，希望成为班干部，被评为优秀学生，获得班级学校各种奖励和荣誉。到了中专，学生们对读书学习大不如初中时候。王芳努力来努力去，成绩总是中等，说不上好，说不上差，评优秀，从硬杠子上说，无论如何也轮不到她。再加上她那个长相，一同进校的女生都像变魔术似的从丑小鸭到白天鹅了。但王芳就是一成不变，该凸的凸不起来，该圆的圆不起来。王芳不是不想改变，她改变的愿望十分强烈紧迫。她制定了严密的计划，早上天不亮就到操场上跑步，跳远，跳高，做引体向上。晚上睡觉前，躲在操场上照着书本练健美操。无论刮风下雨，从未间断。王芳期望自己高起来，胸脯挺起来，屁股圆起来。但三年过去了，依旧是那个老样子。自然没有亲和力吸引力，自然没有男生约她去看电影为她献小殷勤，老师也不会让她干这忙那。王芳一直渴望的班干部，自然没有她。一直渴望的这样奖励那样荣誉，自然也没有她。

王芳并不气馁。省财经学院每年都要从市财经学校招少量学生。进了省财经学院，就是大学生。大学生出来就不同。王芳憋足劲，照样保持着良好的学习习惯，把她认为可能会考的题反复背记着。考省财经学院，学校不提倡，市财经学校不是高中，考上了，没有什么表彰奖励。老师对这件事情轻描淡写。但王芳却把它作为目标奋斗着。

中专快结束的时候，王芳报名考省财经学院，同学老师非常吃惊。报名谁都可以报。谁报名都不会吃惊。独独王芳报名大家吃惊。她那个样子、成绩，哪一点像考大学的？尽管大家吃惊，也没有人阻止。正忙着呢！跑分配紧张激烈呢！都巴不得分一个好地方好单位。亏得王芳有那样的闲心，有那个闲心该用在跑分配上。王芳参加考试，成绩离录取分数线，差好大一截！大学是好考的？王芳躲在学校的树林里伤心地哭。王芳不是不晓得跑分配找关系的重要性紧迫性，但哪来关系？王富贵哪有人民币供她跑关系？整天都巴望着王芳早一天毕业领到工资支援家里，好喘上一口气呢。王富贵也想过，托李老根再次找找他的老部下，那个分管招生的副校长，当官的找当官的，办法多！李老根也愿意，就是拼了一张老脸，也要把事情办好。只是要求说，两家的婚事，得强化强化。如何强化，李老根没说。该不会提前把婚结了吧？王富贵心上心下的。一听请李老根找关系，王芳像刀戳一样疼痛。她坚决不同意。王芳说，就是分配在贫困县最偏僻的地方，也不找。王芳把所有的希望都寄托在考省财经学院上。王芳的希望很快被粉碎。

王芳只得听天由命。

王芳被分配到县城。都祝贺王芳。连王芳也认为是王富贵私下里托了李老根找了那个副校长。分配在县城，和那些分配到偏僻乡镇的同学比起来，是天壤之别！

三两个月后，王芳才弄清楚，她是班上分得最差的。那些分到偏僻乡镇的同学，去的是乡镇政府，或者是乡镇政府下属的站所，是政府单位、事业单位。而王芳，是企业。政府单位是干部，是领导，事业单位以后也可以成为干部、领导，而企业单位，是工人。王芳哪里懂得？鼓楼村的人都认为，不管是事业单位还是企业单位，都是公家人吃商品粮，都比鼓楼村好上天。

6

　　没有人理王芳。王芳说，我来报到呢！人事局分配的！王芳把人事局的介绍信晃了又晃，怕人家没看见似的。没有人理王芳的介绍信。后来，有个人叫住了王芳，吃惊地打量着，问，来报到的？王芳连连答应，说，是啊！是啊！一点儿也不掩饰刚刚参加工作的兴奋。那个人叹着气，接过介绍信，看了看，让王芳随他去了一间办公室。原来他是厂里的人事科长。那个人把王芳的介绍信压在文件夹里，开始坐在藤椅上有滋有味地喝茶水。王芳耐心地等待着，恭恭敬敬地立在那里。就在王芳准备给藤椅上的领导续一点开水的时候，那个人说，三天以后再来吧！王芳继续恭敬着，说，刘科长，我要上班呢！王芳已经知道领导叫刘科长。一边喝茶水一边翻报纸的刘科长有些不耐烦。王芳就想，要是能当上一个科长多好。

　　王芳以为自己能坐进办公室，成为替工厂替国家管钱管物的财会人员。王芳甚至想，当了财务人员，一旦领到工资，就回老家鼓楼村。中专三年，王芳一直回避着回家（她主要是回避那桩婚事），现在，王芳已经是领国家工资吃商品粮的公家人，怕什么呢？怕王富贵？怕李老根？怕李海？她要回老家，体体面面的摆上几大桌，把婚事退掉。李海也没在鼓楼村，随村里人到广东闯荡去了，随便怎闯荡，还能闯荡出一个吃商品粮的国家户口？王芳已经是名副其实的公家人，怎么能嫁给鼓楼村的李海呢？退婚的理由理直气壮。

　　王芳并没有成为管钱管物的财务人员。人事科长要她去搬运车间。王芳以为听错了。自己学的是财会，怎干搬运呢？她那个身体，怎干得了？鼓楼村的李海、李老根、王富贵他们干，倒还差不多。王芳问是不是搞错了？自己是人事局分来的啊！人事科长发牢骚，说人事局净扯淡，厂里的人堆山塞海了，还要往厂里分。人事科长告诉王芳，已经有一些工人连班都没法上了，天天都在缠着厂长要上班。要不是考虑到王芳是人事局分配来的中专生，才不安排上班呢！

　　王芳做梦都没想到自己梦寐以求的工作竟然是到工厂当搬运工。不过，王芳还是有欣慰的本钱。她整天拿着户口本看。户口本没有什么特别，就王芳一个人，由户籍警按要求填写。王芳越看越欣慰。她已经是县城户口，是吃商品粮的公家户口。以后，结婚，生小孩，小孩也是公家户口。小孩的小孩，也是公家户口。子子孙孙，都是吃商品粮的公家户口。和鼓楼村毫不相干了。这样想来，王芳对做搬运工，又少了很多怨气。

　　王芳并不想做一枚永不生锈的螺丝钉，战斗在搬运工的岗位上。她想当财务人员，替工厂管钱管物！还想成为人事科长那样的干部。王芳对工厂安排她到搬运车间没吵没闹，一副下基层接受组织考验的样子。似乎对这样的安排还比较乐意。当晚，王芳炮制出一篇决心书，大谈坚决服从组织安排，接受组织挑选，做一颗永不生锈的螺丝钉，爱厂如家，爱岗敬业，把搬运工作像做财务报表那样，一丝不苟地，做扎实做仔细做出好成绩。当王芳把决心书送给人事科长的时候，人事科长像看怪物似的打量着，连连追问王芳想干什么。王芳说，不干什么，我一定把工作做好。人事科长完全是当成笑话讲给厂长听的，都什么时候啊！还学大寨学大庆战天斗地表决心？这样的事情人事科长干过，工厂干过。那是以前。而今，一大群工人正闹着厂长要上班要增加工资要调好岗位，谁还当永不生锈的螺丝钉？厂长不这样看，把王芳的决心书贴在办公楼前的宣传栏上。厂长号召全厂的干部职工向王芳学习，你看人家市财经学校毕业的中专生，还要争做永不生锈的螺丝钉，到搬运车间当搬运工。厂长破格接见了王芳，非常亲切地拍着她的肩膀，说，小姑娘，好好干啊！前途远大那句话似乎就要从他的嘴巴里说出来。王芳热切地盼望着。可惜厂长惜话如金，到好好干就结束了。王芳坚信，既然厂长已经关注自己了，改变搬运工的命运还会远吗？

王芳花了三个夜晚，制订了一份好好干的实施计划。她制订了奋斗目标，当年无论如何要评上一个先进，车间的，全厂的，先进无论如何都得要。不然，如何改变现状？还有，无论如何要让厂领导表扬自己，哪怕一次也是必需的，最好是厂长，实在不行，副厂长也行。不然，领导怎知道你呢？怎会把你从搬运工调整到财务人员呢！

王芳早早地出现在搬运车间，义务地替工友打来开水。辛苦点没啥，一个单位，尤其在评先争优的时候，不能没有好人缘。王芳那个体格，如何在搬运车间战天斗地取得优异成绩呢？

中专三年，为了体格良好发育，王芳奋斗着，锻炼着。坚持不懈地锻炼下来，身高仍然没能突破 1.5 米大关，样子还是那个老样子，害得那些男生，远远地躲着，害怕王芳强奸了他们似的。王芳干起搬运十分吃力。刚开始，常常把手推车推到其他人的轨道上。要不就是撞车，要不就是撞机器和大墙。害得工友们惊诧诧地叫，像遇到特大交通事故。王芳被撞得脸青鼻肿。她咬着牙，一不怕死，二不怕苦的样子，坚持轻伤不下火线，继续亡命地投入搬运工作。都说，王芳，何必啊！那么亡命，歇歇！王芳不歇，继续满腔激情地投入工作。王芳有多劳累多困难可想而知。工厂里，她始终干劲十足精神饱满，下班回到小屋，整个人像散了架，躺在床上动都无法动。

　　厂里给王芳分了一间八平米的格子屋。砖和水泥砌的。比起鼓楼村用黄泥巴筑成的房子，不错得很。这种房子叫楼房，在鼓楼村，连支书刘老根，也没有享受过这样的待遇。后勤科的人告诉王芳，厂长考虑到王芳是人事局分来的中专生，才单独给了这间房子，其他人，四个人一间呢！王芳很快就知道，一般工人，确实是四个人住一间。不过，像人事科长，后勤科长，车间主任这一级的干部，就是三室一厅的套间房。厂长他们，住的就更宽，像宫殿似的。王芳没有见过三室一厅的套间房，想象不出套间房的样子。不过，她睡在八平米的格子房里，常常问自己，王芳，你什么时候才能当上车间主任，科长，住上三室一厅的大房子啊！想着这些，王芳在搬这运那的时候，就有用不完的劲。王芳的目标很明确，当务之急，得迅速从搬运工人变成财务人员。

　　拿着用汗水浸泡出来的工资，王芳没有回老家鼓楼村。领到工资马上回鼓楼村，是王芳三年来的梦。但王芳没有按这个梦的指引去办。王芳把领到的工资买成烟酒糖果，去了车间主任、人事科长家。王芳更想去厂长家，想来想去，还是没去。王芳清楚，两瓶酒、一条烟，怎去厂长那里呢？贵重的，一个月工资，哪够？王芳还担心，万一厂长不要呢？发怒呢？把自己看成拉关系找门子呢？王芳去车间主任那里，去人事科长那里，都说，小王，何必那么客气嘛！王芳非常谦虚恭敬，说感谢领导关照！感谢领导培养！就是想到领导家来看看，从山旮旯里考出来，在县城，无依无靠，以后，你们既是我的领导，也是我的亲人啊！要允许我经常到你们这里来走一走坐一坐啊，千万不要把我往门外赶啊！王芳的话，说得车间主任、人事科长也动了感情，人家第一次领到工资，不回去看爹妈，而是来看你，都说，小王，哪里话，怎么会把你往外赶呢？放心，想来，来就是，有什么事情，说一声。还不断表扬王芳，说，不错，不错啊！能吃苦，能干事，好好干，肯定苦尽甘来。

　　王芳领到三个月工资后去了厂长家。积累的工资已经能够给厂长买不错的烟酒。厂长对王芳的烟酒看都没看。王芳像小偷一样把烟酒放在厂长客厅的角落。厂长还是说了一些表扬加鼓励的话，小王是不错的，不错的，大家反映很好嘛。要王芳好好干。王芳闭口不谈调动。其实理由非常充分，专业对口嘛！学的是财会，替工厂管钱管物理所应当嘛！王芳汇报了工作情况，谈了工作打算。害得厂长不耐烦地点头说好！好！很好！

年终，王芳实现了奋斗目标，不但被车间评为先进，还被厂里评为优秀工作者。车间的姐妹说，王芳，先进拿来有什么用哟，王芳，你是财经学校毕业的中专生，该去找厂里，调到机关坐办公室。王芳的脸上淡淡地笑着，一边说着谢谢，一边说，晓得了。倒显得人家替她闲操心的样子。

王芳参加工作半年后回到鼓楼村。王芳去过车间主任、人事科长、厂长家了。王芳积攒了一笔钱，给父母买了衣服、糖果。在县城，属便宜那一类。在鼓楼村，就是奢侈品了。不年不节，谁家会添新衣服，还有糖果？成了吃国家供应的公家人就是不同。羡慕和赞叹全堆在王富贵一家子身上，比支书家还高出一大截。王芳置办了四大桌酒席，把鼓楼村有些头脸和王家的伯爷叔辈请来喝酒吃肉。害得王富贵在王芳的屁股后面不住地劝，说，娃子，要不得，做人得讲良心。王芳妈除了唉声叹气还是唉声叹气。王富贵不断哀求着说，你爹你妈的脸全丢完了。王芳已经不是鼓楼村的王芳，她是县城的王芳了。一双小眼睁得又大又圆，一双小眉毛竖成两把钢刀。王芳说，怎不讲良心了？怎丢人了？王富贵两口子哪里回答得了？

王芳挨着挨着给客人敬酒加菜，不住地劝大家多吃多喝。往日，酒席上说话最多的该是支书李老根。那天，李老根除了喝酒就是吃菜，像一个木偶，一点也不像支书，话都不说。酒席上，王芳宣布取消和李海的婚约。李海已去广东打工，听不到。王芳把礼金退还给李老根。王芳告诉了各位亲朋自己在县城的工作单位，大家有事情尽管来找，到了县城，一定请来耍，需要办什么事情也请说一声。

酒席还没完王芳就走了。王芳说厂里的事大，走不开，得马上回去上班。有谁知道城里上班是个什么样子呢？像欢送国家领导人出访，一大群人把王芳送出鼓楼村。王芳不住地向人群挥着手，说，回去！慢慢吃慢慢喝啊！

7

二十八岁那年，王芳确定了终身大事。

并不是说王芳生理上有什么问题，她什么问题都没有。她在搬运车间就开始谈恋爱。并且谈得认真，一丝不苟，像在车间干工作争先进一样。王芳不是安心要做一辈子螺丝钉的人，她有很多美好的遐想。她目标明确，首先要改变现状，从搬运车间调出来，成为坐机关的干部。在努力工作努力协调方方面面关系的同时，王芳没有放弃改变自己人生的另一条捷径。

王芳渴望着找一个好丈夫，找一个能够帮助自己改变境况的男人。比如，找一个领导，找一个技术员，找一个有培养前途的优秀青年，某年某月突然就提拔上去了，顺理成章地夫贵妻荣改天换地了。这都是王芳一厢情愿的事情。王芳选择别人，别人也选择她。长相普通得不能再普通，一大堆姑娘中间，就算眼睛出了错，也不会盯在王芳身上。王芳去车间主任、人事科长家送过烟酒后，他们就开始热情地给王芳介绍对象。王芳也曾委婉含蓄地请求周边的工友给自己介绍对象。但王芳一直没有成功。要么是比王芳条件还差，想依靠着王芳改变自己的境况，要么就是王芳愿意，人家不愿意，对着介绍人发一大堆火，介绍的什么人啊，你看她那个样子！能谈？然后扭头而去！王芳年龄发疯似的往三十大坎上跑。害得那些关心她的红娘，也不住地开导，姑娘，不能再挑了！害怕嫁不出去似的。

王芳只得在候选人中挑了一位。那个人就是王芳的丈夫李想。王芳选择李想，并不是李想有多么高大伟岸英俊潇洒。李想和王芳一样普通得不能再普通，站在人群里，没有女孩会正眼看他。他在工厂上班，厂子就在王芳工厂隔壁。王芳选择李想是因为李想的父亲。

王芳选择对象的时候一直在考虑，本人不是干部父母是干部也行啊！父母是干部的，有几个看得起王芳？幸喜李想的父亲不是什么大干部。李想的父亲是车间主任。这让王芳有些遗憾，车间主任毕竟小了一点，如果是厂长什么的就好多了！王芳很快又释然了，老子是车间主任，儿子就在他身边，到时候，还不把儿子拉扯上去，至少也得弄个车间主任吧？王芳觉得，嫁一个车间主任也好！王芳毫不犹豫地把自己嫁出去，从恋爱到结婚，速度之快，就连先前催促她赶快拿主意的红娘，也掉过话头，不无担心地说，姑娘，要拿准啊！

婚后不久，王芳从车间调到机关。虽然不是梦寐以求的管钱管物，但毕竟进机关了。调到机关那天，王芳把那些厚厚的奖状，全搬到办公室。

李想没有什么理想。他认为找到王芳这样的女人做老婆过日子很好，在工厂上班挣钱很好，下班，和几个工友打打小牌喝喝小酒，很好。他根本没有想过要当什么先进挣什么表现，更没有想过要在什么年龄段当上车间主任什么年龄段当上副厂长厂长。他从来就没有这样的目标和抱负。他甚至认为父亲那个车间主任根本没有什么当头，一点儿都没有他现在那个样子舒坦、自在。他甚至多次从父亲的健康考虑，劝父亲把那个车间主任的小官儿辞掉算了。他一点儿也不知道那个车间主任的重要性，就是因为那个车间主任的职务，王芳才走进他李想家，不然，茫茫人海，王芳怎选择李想呢？

结了婚的王芳对李想进行着不屈不挠的思想改造，恨铁不成钢的样子。王芳说，李想，要过好日子得靠自己呢！王芳又说，李想，得努力呢！

李想对王芳的话似懂非懂，说，我们现在的日子不好？我现在还不够努力？王芳说的努力和李想说的努力不是一个概念。李想的努力是指他在工厂上班认认真真，既不添乱也不捣蛋，按时按量地把厂里分配的任务完成。除此之外，还努力什么呢？王芳的努力是指工作之外，是为未来的好日子谋划。李想哪里懂得这些。王芳满怀耐心，为李想设计了一步一个脚印的努力计划和实施方案，什么时候到谁家走动，什么事情得某某点头，今年什么先进一定要争到手，什么荣誉一定要拿。偏偏李想不以为然，说，王芳，累不累啊？

王芳不怕李想不理解，从准备走出鼓楼村开始，她有的是毅力和耐心。王芳耐心地劝导着，李想，不下苦功夫怎行？李想，得努力呢？不然，我们的孩子怎么办？我们就是这个样子了！王芳拍着滚圆的肚子，以为拿出肚子里的孩子，李想就转过弯来了。

这个样子有什么不好？李想不懂。

王芳不认识似的打量着李想，这个样子你以为很好？王芳从来没有觉得自己的日子舒坦过。她得努力，坚韧不拔地往前走。怎么能停滞不前呢？尤其是丈夫李想，更应该不顾一切地努力呢！

李想说：王芳，累不累啊！

王芳劝：李想，想过好一点，不累怎行？

李想说：王芳，你怎啦？

王芳说：李想，我怎啦？

李想说：王芳，你是不是有点问题？

王芳说：李想，你才有问题。

李想说：王芳，要努力你去努力！反正我不行！

王芳说：没有努力你怎知道不行？王芳鼓励着，一点儿也不放弃。

偏偏李想不听王芳的劝说和鼓励。两人就吵，就闹。吵过了，闹过了，王芳又开始不厌其烦地做思想工作。有些时候，正在弄饭菜；有些时候，正在吃饭；有些时候正在看电视；有些时候是在路上，他们要去什么地方或者一起去办什么事情。王芳做李想的工作最喜欢选择在床上做爱的时候。李想对床上那点事情十二分地上心，正当李想斗志昂扬进入状态的时候，王芳开始做起工作来。王芳说，李想，要过上好日子，得努力呢！李想，不努力，就完了。王芳就开始不厌其烦地谈她的计划和打算。李想一下子从王芳身上翻下来，坐在床边，闷上好一阵子，才说，王芳，你这人怎这样？王芳一点儿也不气馁，振振有词地说，李想，不是我怎样啦？是你怎样啦！这样不行！这样就完了。两口子又争吵起来。

8

幸喜李希望降临人世。

王芳的方向很快调整到李希望身上。怀上李希望，王芳到书店买了很多优生优育的书籍认真学习，还做了不少读书笔记，一些重要的篇章还加以背诵。她常常用学来的知识要求李想，要他这样那样，不能那样这样。弄得李想常发脾气，说，王芳，你究竟要培养一个啥子人物出来？王芳满怀希望地抚弄着滚圆的肚子，说，我就希望他有出息，至少当个厂长！怀上李希望后王芳开始胎教。她常常摇头晃脑地背诵一些诗歌美文天文地理自然科学，希望腹中胎儿能得到良好教育。李希望三岁进幼儿园，已能背诵五十多首唐诗十多首宋词，让街坊邻居，有说不完的恭维和羡慕。都说，李希望这孩子，以后，肯定是个人物！这让王芳平添了很多笑脸和信心。

王芳看到了前进的方向。

王芳首先要让儿子上全城最好的幼儿园。不能让李希望输在起跑线上。一开始，王芳就要儿子领先别人。幼儿园不属义务教育。全城最好的幼儿园只有一所，想上的家长不止王芳一个。李希望三岁的时候，王芳家庭发生了一些变化。她所在的那家工厂，日子一天不如一天，辛辛苦苦下来，一个月只能发半个月工资。李想工厂效益还好，却搞改革，公爹因为年龄，从车间主任上退下了。李想并没有按照王芳希望的那样，接替父亲当上车间主任。不要说车间主任，连班组长也没捞上一个。这让王芳很痛心，很失望，她在公爹面前痛哭流涕。有什么办法？李想就那个样子，连公爹也不住摇头说，让他接班，不行！真的不行！在李想接班的问题上，王芳只得接受现实。在李希望上幼儿园这个问题上，王芳寸步不让，哭过，闹过，打过，寻死觅活过。最后，李想父母筹一点，王芳拿一点，李希望上了全城最好的幼儿园。

　　李希望很快就该上小学了。王芳仍然要让儿子上全城最好的小学。小学是打基础的关键时期，万丈高楼平地起，基础不牢，地动山摇。这些道理，王芳懂。上全城最好的小学得找关系。王芳哪来关系？没有关系就只有交高价。李希望上幼儿园的三年间王芳家又发生了一些变化。起先效益还不错的李想工厂改革来改革去只能发部分工资，到后来，竟一点儿工资也发不出来。厂里很快驻进清算组，厂子破产，拿一笔钱，要工人走人。工人哪个愿意要那点儿钱？要工作，要上班。他们把政府围了，堵了。闹一阵后，也没办法，自不自然地，拿了钱找别的事情干去了。

李想把安置费甩给王芳，倒在床上睡大觉。开始几天，王芳还可以理解，厂子破产，谁不难受呢？但是，难受有屁用啊？日子还得过！一日三餐不要钱啦？李希望读书不要钱了？李希望还要读初中高中上大学呢，用钱的日子全在后面！总得找点事情干嘛！实在不行，屋门口摆一个麻辣摊子，或者当搬运做小工也得生活啊！王芳把睡得像一头猪的李想摇醒，说，李想，得醒了！李想任王芳摇，就是不起床，赖在床上继续睡。王芳火了，骂，李想，你他妈的还是不是男人！李想任王芳骂和闹，就是不起床。王芳一把把李想从床上拖起来。李想比王芳高出整整一个脑袋，要不是她心中憋着巨大的怒火，哪里能把李想拖得起来。李想只好从床铺里爬起来。王芳劝慰道，李想，得找点事情来干啊！李想，不能这样自暴自弃啊！王芳苦口婆心强压怒火。

李想说，王芳，你要我干啥子，工厂都垮啦！一副天垮下来魂不守舍的样子。我干啥子嘛？你给我找工作嘛！李想在床铺里痛哭。

王芳又气又急，说，李想，你还是不是男人？没有工作就不活了？

李想也火了，拉扯开喉咙，男人怎么啦？男人就不哭了？男人就不要工作啦？没有工作你说怎活？

王芳也扯开喉咙吼，男人就该有出息，就该出去找工作找钱，工厂垮了就不屌活了？就该死人了？当搬运是不是工作？做小工是不是工作？摆个小摊子是不是工作？

李想任王芳发射连珠炮，心不在焉地说，王芳，要当搬运你干，要干小工你干！我要回工厂，除了工厂，我啥子都不干！说着说着，重新躺在床铺里睡起觉来，哪里理王芳的苦口婆心和语重心长。

王芳工厂也一日不如一日，厂里常常上两天班耍三四天，耍的时间越来越多，工资越来越少，很多时候，还整月整月地发不出工资。王芳一点儿也没有迷失方向，对在床上睡懒觉的李想喊，李想，你就不会拿一点儿时间来过问过问李希望！王芳知道，到这个时候，要改变他们的状况，只有李希望了。

王芳抓紧培养李希望。比如上特长班啊，加强体育锻炼啊，培养文学音乐绘画细胞啊，这些，少不了要花钱。王芳两口子的收入，要干这些，自然困难。再困难也要干，吃青菜萝卜也得让李希望上这样那样的特长班，现代社会讲究的是人的全面发展，德智体音美，琴棋书画，哪样少得？

王芳在抓紧培养李希望的同时不忘开导李想：李想，可以干的事情很多啊，至少接一接送一送陪一陪孩子总可以吧？怎个这个样子呢？

李想不这样认为，一边抱怨一边反驳说：要怎个样子？王芳，都这个样子了，还要把你儿子培养成一个小贵族，做你的梦吧！老子没有那样的闲心！没有那个心情！怎啦？就是心情不好，没有班上心情会好？打打小牌喝喝小酒怎啦？喝了打了老子心情好！在王芳的反复思想工作后，李想选择了从床铺里爬起来，离开家庭，走向酒桌，走向麻将桌。王芳不会停止开导，尤其是在李希望上全城最好的小学上，李想，你怎个是这个样子？你自己的孩子该不该想办法？王芳让李想想办法并不是奢望他能找到什么通天的关系。王芳是希望李想能去找找他的父母，从父母那里要回一些李希望读高价书的钱款来。李想不接受王芳的开导，不去父母那里，鬼火乱冒，到这个时候了，还上啥子最好的小学，老子没钱！两口子又是吵又是闹又是打。

不管如何吵如何闹如何打，李想的父母始终不拿钱，赔着小心说，好几个月没有领到退休金了！然后不住地抱怨医院看病如何如何贵，人老了，多少天就得进一次医院进几次药店，然后提醒说，听某某说，某某小学不错，某某某小学也不错，是不是考虑上某某小学嘛！

王芳怒火中烧，说，晓得了！晓得了！王芳什么也不再说，咬着牙，流着泪，从少得可怜的积蓄中拿出钱，替李希望交了高价。李希望进了全城最好的小学。

9

王芳厂里来了一群人。一大群人簇拥着一个人。连厂长和厂里的一班头头脑脑们，都在那个人前后忙上窜下，一副讨好巴结的样子。工厂实在没办法了，准备引进一个房地产老板，把工厂卖给他搞房地产。

王芳做梦都没有想到那个老板是李海。王芳正坐在办公室里给李希望织毛衣。天气凉了，李希望得有一件毛衣。去店铺买，费钱。王芳不愿意把钱花在这上面。自己织的毛衣和店铺里买的毛衣没有什么两样，并且还要结实还要暖和，钱应该用在李希望上特长班、读好学校、喝牛奶上面。王芳一边织着毛衣一边听着外面有动静就从办公室走出来。王芳已经没有在搬运车间奋勇争先的干劲。她的希望已从工厂转移到李希望身上。包括天天看报纸，都是看如何培养孩子，如何才能提高孩子智商，如何培养教育才有可能考上北大清华。王芳常常把一些重要的知识认真地抄录在笔记本上，有时，还写上大段大段的心得体会，然后，她就把学到的东西用在李希望身上。工厂还有什么希望？无论如何努力，自己还能当厂长、科长？就算当了，又如何？工厂摇摇欲坠，连工资也要三五个月后才能领到。就算拼尽全力，当一个那样的厂长，还不如不当。李想也别指望了，喝着小酒打着小牌乐不思蜀的样子，能指望什么呢？王芳是有追求的人，王芳是需要希望的人。

她的希望只有放在李希望身上了。

尽管过了十来年，李海在王芳脑海中还是有印象。她先是觉得那个人有点面熟，过一阵，想起了，不是李海吗？跑到工厂来干什么？摆酒席退婚后，王芳没有回过鼓楼村。王富贵和王芳断了交往，尽管王芳已经是吃国家供应的公家人，王富贵觉得王芳把他的脸面丢尽了，他在鼓楼村根本没有办法做人了。唯一的办法就是没有这样的女儿。断交往就断交往，王芳觉得婚事退得天经地义。不回鼓楼村就不回。王芳是有骨气的女子。和李想结婚，王富贵两口子没来。王芳无所谓，不来就不结婚了？照样把婚结得热热闹闹。该拜天地的照样拜，该拜父母的照样拜，李想的父母不是父母？王芳对李海知之甚少，或者说完全是空白，王芳怎么会留心李海呢？李海是王芳什么人？王芳和李海一点儿关系都没有了。他们是不同层面的人，隔着十万八千里的距离。

偏偏李海在王芳工厂出现了。

李海走后，王芳才晓得李海竟然成了房地产老板，才晓得李海是来买工厂搞房地产开发。怎么会这样呢？鼓楼村那个农村户口的李海怎成老板了？还要来买这些吃国家供应的公家人的工厂？王芳搞不懂，没有吃上国家供应的李海，竟然成了老板？竟然还要来收购自己的工厂？而自己这个考上中专，成了公家人的金凤凰，反而要下岗走人了。

这世道究竟怎啦？

如果不遇上李海，不知道李海要来买自己的工厂，王芳可能不会冲动，就算和李想吵吵闹闹，过后，就算了。王芳冲动并不是后悔和李海的婚事，吃商品粮的王芳和农村户口的李海退婚一点儿也不后悔。她冲动的是李想。一知道李海当老板了，王芳马上就给李想打电话。无论如何打，就是打不通。

李想昨天就出去打牌了，什么地方，没说。他有个二手手机，还是王芳给她买的，其实李想认为那纯粹多余，有那个东西没有那个东西，对自己都一样。王芳不这样认为，大家都有的东西，凭什么我们该没有？王芳不能让李想矮人一截。这段时间，李想除了睡觉，就是出去打牌，喝酒。牌的输赢不大，酒，也没喝掉几个钱。李想的口袋里，能有几个钱呢？和哪些人打牌，和哪些人喝酒，李想不说，王芳也不多问。与其让李想在家里睡觉生闷气，倒不如让他出去打打牌喝喝酒，说不定，某一天，突然，就变个人样了。

李想已经多次整晚整晚地在外面打牌喝酒不回家。王芳胸中积着不少火气。

为什么要急着给李想打电话。要告诉李想什么呢？要他以李海为榜样，向李海学习？通过李海让李想振作起来？混出一个人模狗样？王芳很茫然。王芳一晚都没有睡着，一早起来，一双眼睛肿得像桃子，王芳自己也不知道自己怎睡不着，怎哭了？李海和自己有多大关系呢？

王芳洗了脸，给李希望煮鸡蛋，调牛奶。尽管时间紧，对儿子的饮食起居王芳一点儿也不马虎。多少时间把鸡蛋放进铁锅（王芳拒绝用高压锅，尽管那样时间会快很多，也节约不少燃气，但王芳在一份杂志上看到，说用高压锅会损失微量元素，于是，王芳坚持用铁锅给李希望弄吃食），多少时间得把鸡蛋弄起来，既不把鸡蛋煮老，那样营养会流失，也不能把鸡蛋煮嫩，嫩了，细菌可能没杀死，吃了说不定会传染禽流感。王芳出了问题她可以扛着，李希望的身体弄出了事端如何是好？不是把大树连根拔起吗？煮鸡蛋调牛奶让王芳把心思都用在了李希望身上，暂时把李想忘了。

偏偏这个时候李想回来了，踉踉跄跄的，像一株趴在墙上的狗尾草，一阵风，就东倒西歪。李想又战斗了一个通宵。他一边接二连三地打着哈欠，一边喷嚏连天，昨晚，还受了一点儿风寒。

如果这时李想不回来，王芳冲动的波浪可能就没有多少。李想既然回来了，王芳的冲动也跟随着李想一同回来了。火气就不能不冒出来。李希望平时由王芳送，李想那个样子，让他去，王芳还不放心。偏偏王芳要对李想安排布置。王芳说，李想，把面吃了，送李希望上学去！王芳的冲动主要在昨天晚上，现在，平息了不少的星星之火正在渐渐燎原。王芳仍然克制着。她不愿让儿子看见父母吵架，她和李想吵架都选择在李希望不在的时候，吵吵闹闹对李希望成长不利。对李希望不利的事情王芳不干。为了李希望，她可以忍。王芳正在煮面条，她毫不迟疑地给李想也煮了一碗。

李想哪里知道王芳见了李海，并且还一晚上没有睡着。从认识王芳到现在，王芳根本没有给李想谈过李海，李海和李想有什么相干呢？李想太疲倦了，想到床铺里躺一躺。他在牌桌上已经战斗了两天两夜，如果不是身上两百多元现金输得彻底，他还不会从牌桌上撤下来。既然撤下来了，先前鼓荡得满满的劲，一下子就流泻得无影无踪了。李想想睡觉，连回来的路上都差一点儿打起了呼噜。王芳的话他哪里听得进去，头脑里只有一个念头，就是睡觉！睡觉！其实李希望对李想也很重要，只是这个时候已经被睡觉挤得远远的了。李想头脑毕竟还清醒，还找得着家，找得着家里的床铺。他径直奔向床铺，倒下去，呼噜呼噜地睡起来，连鞋子、衣服都没来得及脱。

王芳声音提高了不少。意思还是先前的意思，却多了不少燃烧的怒火，还有不少恶意的挑衅。她甚至希望李想能暴跳如雷，和自己打上一架。她心中憋着的东西太多，太难受，得爆发出来。

李想听不进去，睡着了。

看着李想那个样子，积蓄了一夜的愤怒，像火山一样，突然间爆发了。王芳顾不得对李希望的言传身教了，冲到李想身边，往他耳朵里浇灌着巨大的声响。王芳吼，李想，死啦，起来！王芳声音里夹杂着不少脏话，像一个骂街的泼妇。要是平时，王芳很注意，尤其李希望在的时候。她深知一言一行对李希望都会产生潜移默化的影响。不能给李希望带来不良影响。但她确实控制不住了。

李想并不是有意要和王芳对着干。什么意思也没有，就是想睡觉，把耽误的睡眠补回来，不要有人来打搅，哪怕睡在街边什么角落也可以，何况是温暖的家舒服的床铺。他太疲倦，太需要休息了。

王芳不想让他休息不想让他舒服。李想对发怒的王芳一点儿也没有以牙还牙的意思。他选择了沉默，继续呼呼大睡。

王芳更加愤怒，如果李想能痛痛快快地和她打上一架，或许会好受一些，哪怕是像鼓楼村那些喝醉了酒的乡下男人那样，发疯似的暴打自己。偏偏李想像一团软绵绵的棉花，半点动静也没有。像火把丢进干柴堆，王芳想不燃烧都不行了。她索性撩起衣袖，把李想从床铺里往外拖，一边拖，一边较着劲：你睡，起来！站起来！看你还能睡，算你有本事。

李希望对妈妈的动作看不过了。他平时见到的都是妈妈温良恭顺、礼节礼貌的那一面。这个时候的妈妈像母豹子一样，哪里见过？李希望胆怯着，害怕着，忍不住过来劝妈妈。要是平时，李希望的话对王芳具有很强的清醒作用。偏偏这个时候，李希望的话不灵了，还有不少火上浇油的成分。王芳要多委屈有多委屈，要多愤怒有多愤怒，自己把所有的精力和心血都放在儿子身上了，关键时候，竟然还站在他老子身边，怎不对喝酒打牌的李想说？劝一劝也好啊！怎针对自己啦？自己到底怎么啦？

王芳顾不得那么多了，不顾忌了，不掩饰了。她去拉，去抓，去扯，就一个念头，就是不要李想睡觉，就是要李想不得安宁，你李想今天就得起来，就得带着儿子上学去。

李想被王芳拉扯起来，像一头就要送上肉墩子的肥猪，任由王芳这个不称职的屠夫打理。但是，在极其短暂的瞬间，李想沉重地倒下了，他可能以为倒下去还能呼呼大睡。倒下的李想不是睡下去，是砸下去，像一块从悬崖上砸下来的石头。他太重太高大了，又睡在床上，王芳抓扯他不容易，抓扯起来了，要支撑住他更不容易。刚好，床的旁边，放着一条凳子，老木凳。李想的头砸在老木凳的腿上。老木凳起先不在那个地方，它好好地在饭桌旁边，正好王芳要发泄愤怒，飞起一脚，它就四脚朝天飞到了床边。

李想的头重重地砸在板凳脚上。李想大叫一声，很快，有血从头上流出来。李想不再动弹，继续睡他的觉。

王芳有的只是惊恐。她紧紧地抱住李想，一个劲地喊叫着李想，要多急迫有多急迫，要多亲切有多亲切，要多温柔有多温柔。但李想就是不说话，像睡着了似的，不理王芳。

还是李希望聪明，比妈妈醒得快，赶紧跑到电话边，打120。

10

王芳是厂里第一个买断工龄走人的人。厂里工人开了大会，制订了上访计划，坚决不同意买断，坚决不领买断的钱，到市政府上访，怎啦？想让我们下岗就下岗，想让我们破产就破产啊！

那样的会，王芳没去参加。厂里一发通知，王芳就去把手续办了。没有人指责她，都晓得她急着用钱。谁忍心指责她呢？

过了一段时间，李海才知道王芳在他买地盘开发的工厂里。抽一个时间，去找王芳。王芳用买断的钱，在离家不远的农贸市场租了一个摊位，做起小菜生意。一家三口，日子得过啊！

王芳扯开喉咙在那里叫卖，很卖力。李想已经从医院出来，人是醒过来了，却像一段木头，说不出话。医生说，能捡一条命就不错了。为了治李想，王芳卖掉了住房。李希望混在一群卖菜人家的孩子中间，在一堆用于装修房屋的泥沙旁边，玩着用泥沙建高楼大厦的游戏。脸上，手上，衣服上，全是泥沙。

只有一张小脸灿烂地笑着。显然，游戏要比特长班补习班容易得多。要是以前，王芳断不会让李希望和这些孩子混杂在一起，星期六星期天，都排着满满的特长班、补习班。现在，这些班，全取消了。王芳说，能学一点儿学一点儿吧！早已没有先前鼓得足足的劲儿！

李想坐在一张椅子上，椅子是特制的，加了钢条，很牢固。王芳不用担心卖菜去了李想有个三长两短。

王芳扯着喉咙，吆喝着，菜摊前，围了不少人。

李海想过去和王芳说点什么，又不知道该说什么。远远地，站在那里，看着。

终将过去

1

父亲猛吸旱烟。旱烟的辛辣味在空气中上蹿下跳，田光明早想猛烈地咳嗽。父亲的咳嗽没有响起来，他只好忍着。等父亲的咳嗽响起来，他的咳嗽才铺天盖地地响个不停。

父亲说，要走出沙坝坪这个山沟沟，只有使劲读书。

城里头的日子，好得多哟！拿工资，吃公家粮，不挨太阳晒不受大雨淋，旱涝保收，安逸哟！父亲眼里满含憧憬。他一边咳嗽一边搬来一条竹凳，猫着腰，踩上去，踮着脚，手触摸到了木柜上面的木箱子。他从裤兜里摸出钥匙，开锁，摸出一个布包裹，打开。是一些清点整齐的角币，一元币，两元币。父亲说，这里有四十六块钱。明天我去你大舅家再借点钱。你去复习！

田光明差一点儿给父亲跪下了，他一直想去复习。和他一起落榜的好几个同学，都去学校复习了。班主任陈老师捎了好几次信来，要他去复习。陈老师鼓励说，像他这种情况，复习一年，肯定考得起。

田光明高考离上大专线差五分，班上第三名。班上有两个同学考上了，一个考上大学，一个考上大专。两个同学都复习了一年。

田光明把陈老师的话说给父亲听。从落榜那天起，他就像鬼影子一样跟在父亲屁股后面。父亲一言不发，勾着腰忙农活。

田光明也缠过母亲。母亲不用缠。一找她，眼泪就上来了。母亲说去复习，复习一年，肯定考得起。她叹着气，乡下农活太苦太累，只有拼命读书，考出去，要不然，连媳妇也说不上。

田光明满脸泪水。这三年，都在拼命读书，每天早上，他比学校的起床铃早起一个小时读书，晚上，学校的睡觉铃响了，他还躲在教室外边的路灯下或者床铺里看书学习。他走路吃饭都在读书想着书里面的事情，怎就没考上呢？

母亲给他擦泪水，安慰说，都给田家争光了，考了第三名。

田光明哭着说，第三名有啥子用啊，还不是没考起？

母亲劝，有用得很。他们去年还不是班上的第三名第四名，复习一年，今年不就考起了？

这正是他需要的。

家里，母亲说了不算，父亲说了才算得了。母亲多次向父亲谈复习，父亲连屁都不放。有一次，母亲说得火起，究竟要不要娃去复习，你好歹说个话嘛！父亲被逼得没办法，终于开口，火气很大，说我怎不想让他去复习嘛？我怎不想他考出去吃公家粮嘛！母亲火气也很大，既然你愿意，就说个话嘛，给他说一声嘛，你看他现在那个丧魂落魄的样子，怎得了哟？父亲说，你以为我不想给他说，他整天像个僵尸鬼一样跟在我屁股后面，你以为我安逸？母亲说，那你给他说啊！父亲恶狠狠地说，你不当家不晓得油盐柴米贵，复习学费要好多钱？吃的用的要好多钱，你算过没有？母亲的犟劲上来了，有些撒泼，我不管，娃一定要去复习，没有钱也要去复习。父亲的火气很大，你说得好听，没有钱怎个复习！母亲说，钱钱钱！你干脆把我卖了算了！父亲的火气更大，你卖得了几个钱啊！

田光明已经绝望，他以为父亲不让他复习了，他无数次埋怨过咒骂过，望着那个徒有四壁的家，只好认命。

现在他很想抱着父亲痛哭一场。

父亲要他放心去复习，一家子就是吃糠咽菜卖血卖骨头也要让他去复习。

父亲取下烟锅，吐出一脸的烟雾。父亲说，我得把丑话说清楚，如果这次复习还没考起，就只有回来种地了。

母亲惊诧诧地叫起来，大骂道，你狗嘴里说点吉祥话嘛，说那些不吉利的话干啥子啊！复习一年娃子肯定考得起！

父亲很不以为然，如果我说他考得起就考得起，说他考不起就考不起，那我天天说他考得起。父亲拉回嘴脸，对他说，想离开农村出去吃公家粮，这一年，你只有拼了命地干！

晚上，田光明的饭碗里，多了一个剥了壳的煮鸡蛋。

2

高考模拟考试下来，田光明开始发烧。

学校给高三年级放了三天假，要学生休整。市教育局把全市部分高三老师集中起来，包吃包住，集中改卷。

田光明没回家，在学校等模拟考试成绩。他病了，躺在床铺里起不来。寝室里，有同学没回家，也是在等成绩。等成绩的同学，多是成绩好的，有希望考上大学或者大专的。学校和老师把他们当宝贝看着，怕有闪失。班主任陈老师到寝室反复做工作，不就是一次模拟考试嘛！你们现在的任务是好好休息，这一次考试后，还有考试呢！其实，陈老师也很着急，他没有表露，像这个样子，到了高考考场，不紧张出病来？就算有天大的本事，如何发挥得出来？

田光明和几个学生没有走，他们留下来等成绩。模拟考试全市出题，学生和老师都非常看重。

考试结束当晚，田光明病了。同学们赶紧报告给班主任陈老师。陈老师五十多岁，教化学，背微驼，人有些瘦，却很精神。对田光明这些成绩好的学生，有什么风吹草动，老师非常上心。

陈老师赶紧过来问他哪里不舒服。

田光明说没有哪里不舒服，就是心慌，睡不着。

心慌什么啊？

老师，万一这次我考差了怎么办哟？

这次考差了，下一次考好一点！

老师，万一下一次我也考差了呢？

没事，高考考好了就行了。

老师，万一高考我也考差了呢？

陈老师很生气，很想发火，他找到这个学生的病根了，哪有那么多万一呢？哪来那么多的心思和焦虑呢？像这样下去，到了高考考场，如何得了？陈老师不能把生气和担忧表露出来，劝慰说，据他带高三多年积累的经验，像田光明这个情况，保持下去，考个大学，没有多大问题。陈老师说得有依有据，田光明到学校参加复习，学校组织的考试，次次都进了班上前五名。田光明进的是复习班，学校把复习的同学集中编班。往年，复习班的学生，一个班，大学大专能考上十多个。陈老师叹着气说，万一考差了，再复习一年嘛！他教的学生中，复习两年三年考上大学的，不止十个八个！

田光明说，家里不会再让我复习了！眼泪唰唰唰就下来了。

陈老师掏出手巾给他擦眼泪。陈老师抚摸着他的头，说不要想得太多，你家的情况，老师清楚。陈老师说，孩子，今年你肯定考得起，至少，也是一个大专。

老师，考上一个大专，我就知足了。

老师，我一定要考出去！

你一定考得起。

老师，万一，万一我没有考起呢？

没有万一。万一今年没考起，明年继续复习。钱的问题，老师来想办法。

模拟考试成绩出来，田光明考了班上第二名年级第八名。田光明就读的顺江河中学，再不济的年份，也会有二十多名学生考上大学大专，好的时候，会有三四十人考上大学大专。田光明的病一下就好了，突突突地抱着书本在教室里啃起来。

3

临近高考，田光明病了，发烧。

班主任陈老师到寝室看他。陈老师熬了鸡汤，用保温桶带过来。陈老师还带了两个苹果，红彤彤的，还没吃就能闻到香。陈老师一勺子一勺子地给他喂鸡汤，给他削苹果，一小块一小块地送到他手中，要他吃。这是田光明第一次吃苹果。

田光明一边喝着陈老师的鸡汤吃着陈老师的苹果一边簌簌地流眼泪。田光明说，老师，真的对不起您，我实在不争气，后天就高考了，怎又病了啊！

陈老师抚摸着他的头，说，孩子，你是不是担心考不上？

天天做噩梦，梦见自己没考上！

孩子，你肯定考得上。

老师，我现在生病了，想考也考不上了。

孩子，我知道你病在哪里！陈老师摸了摸他的头，摸了摸他的心口，说，孩子，你的病在这里！

陈老师说，孩子，你的病我能治！

田光明一下子从床铺里爬起来，问，老师，您真的能治好我的病？我能参加高考？

是的。

陈老师说，孩子，你望着我。陈老师望着他。他望着陈老师。陈老师说，孩子，凭我二十多年的教学经验，你现在这个情况，完全能考上大学，至少也会考上一个大专，请相信我。

老师，万一没考上呢？

没有万一，你肯定考得上。如果万一没考上，明年继续复习，学费生活费，老师来想办法。

老师，那怎么行呢？

怎不行？反正老师也没有儿子，以后你就是老师的儿子！陈老师只有一个女儿，大学毕业在市上工作。

老师，我如何感谢您啊？

你考上大学就是对老师最好的感谢！

孩子，起来，老师给你治病。

老师，您能治病？

是的，孩子，现在开始，什么也别想，跟着老师，去操场，跑 5000 米。

那天，田光明跟着陈老师，在操场跑 5000 米。陈老师带着他去家里，冲了一个热水澡。陈老师要他回宿舍好好睡一觉。

第二天，同学们都在准备高考。陈老师带着田光明在操场跑步。跑完，陈老师带着他到家里冲热水澡，要他喝鸡汤，吃苹果。然后，陈老师陪他回寝室，陈老师说，好好睡一觉，明天，肯定考得好。

高考第一天，很顺利。

高考第二天，也很顺利。

到第三天上午，考化学，田光明突然发烧，事前没有征兆，进考场前均正常，试卷发下来，他开始颤抖，填写考生姓名，手握钢笔不停抖动。监考老师发现了，赶紧叫医务人员。田光明止住，说自己能行，没有什么大问题，一定要参加考试。医务人员提着急救药品跑过来，摸额头，测血压，说有一点低烧，没有什么大问题。医务人员说，小伙子，不要紧张，放松一点儿，很快就好了。医务人员拿了一点药，倒了一点开水，要他服。医务人员拍拍他的肩，笑着说，好了，没事了，放心考，没问题了。医务人员说，每年都会碰到好几起，太紧张了。等医务人员离去，考生早已刷刷刷地答题了。

拿成绩那天，田光明早早起床，胡乱地吃了早饭，给父母说一声，去学校拿成绩，就往外走。父母亲本想说两句，话还没到嘴边，人影子已经不见了。

田光明没去学校拿成绩，他在离家不远的山垭口静静地坐着。高考考完，学校提供了一套答案，答案是老师做的，虽然做不到百分之百正确，却也差不了多少。学校让学生据此估算成绩。前两天考的，他记得清楚，一对照，考得还可以。第三天考的，竟是一锅糨糊，记不得了。他预感到，今年又考不上了。

田光明坐在山垭口望着弯弯的山路。他们复习班，有四个同学拿了成绩得走这山垭口回家。坐在这里，会遇上他们。田光明很想知道成绩，又很怕知道成绩。他很想知道是否考上了，又很害怕没有考上。他反复问自己，如果没考上，怎么办啊？真像父亲那样在沙坝坪脸朝黄土背朝天地过一辈子？他告诉自己，真是那样，还不如死了算了。他要离开农村，去过城里人的日子。如何成为城里人，他知道只有读书。

太阳快要下山，等来班上同学。班主任陈老师也来了，远远的，就看见陈老师的身影。开始还有一些疑惑，陈老师怎么会来呢？突然，他明白了，陈老师一定是来告诉自己考上了，自己不是没去学校领成绩吗？一定是怕自己担心，肯定是来告诉自己好消息的。田光明向陈老师冲过去，问，老师，我考起了？

陈老师拉住他，说，走，跟我一起回家。

田光明不走，心一下凉了，焦急急地问，老师，我没考起？

陈老师抓住他的手不放，说回家再说。

田光明不走，哭了。老师，我没考起，我不回家。

陈老师叹了口气，说其实你考得还是不错的，就是化学考得实在太差，如果发挥到平时水平，完全能考上。陈老师说连他也不相信，化学这一科是他上的，他对田光明的化学水平很清楚，绝对不只这点成绩。他怀疑是不是改卷出了问题，当然，这种情况很少见，但不排除。他准备联系一下教育局，看能不能去查查卷子。

田光明告诉老师不用查了。他说了那天考化学的情形。

陈老师连连叹气，说怎么会这样呢？

田光明哭着说，老师，这是不是我的命运啊？

陈老师说，什么命运？命运靠自己掌握。陈老师告诉他，离录取线差两分。陈老师说，说不定录取的时候，录取线会降三两分呢！有些年份，出现过这种情况。

田光明哭着说，老师，我肯定没有那么好的运气。

陈老师说，孩子，我今天来，是特意来告诉你和你的家长，新学期开始，你继续到学校来复习，学费和生活费，老师来想办法。老师当初这样说的，现在仍然这样说。

老师，我不复习了。

你想干什么？

我不知道。

你不想走出农村成为城里人？

想，我一定要离开农村，一定要成为城里人。

那你就回学校来复习！老师等着你！陈老师要去田光明家，和他父母好好谈谈。

田光明不让陈老师去。他说，老师，求求您，千万不要去我家。陈老师说，为什么？他说，老师，如果我考上了，非常希望您去，现在没考上，很不愿意您去，请您原谅。田光明说，老师，总有一天，我会请您到我家，喝酒吃肉。

陈老师打量了他好一阵，摸了摸他的额，拍拍拍打了他的肩，说我在学校等你，老师说话算话。

陈老师叹了口气，转身，沿着来的路，回去了。

4

　　田光明趁父母亲下地干活，把高中的书和学习资料，用大竹背篼装了，背到老祖坟前，一把火烧了。书和学习资料真不少，大竹背篼装得冒了尖，流了不少汗，才背到老祖坟前。田光明把书和学习资料点燃，向老祖坟磕头，跪拜。面对熊熊燃烧的那些书和学习资料，他的心尖，像被什么抓扯般痛。他向那些长眠在泥土里从未谋面的老先祖发誓，他田光明一定要走出沙坝坪，成城里人过城里人的日子。

　　连招呼都没打，他就离家走了。他还是有些怜惜父母亲，晓得他们一旦发现他这个大活人突然不见了，肯定十分着急，四处找寻，既耽误时间，还可能闹出病痛。他找来笔和纸。钢笔没有烧。几个没有用过的作业本，没有烧。他舍不得。他顺手撕了两张白纸，给父母亲留了一封短信，告诉他们，既然没考上，他绝对不去复习了。他现在出去闯世界。等他把天地闯出来，就回来接他们出去过好日子。他要父母亲不要找他。

　　田光明还是做了一点准备。他身上还有十元钱，高考期间，父亲拿的生活费。他没用完。家里能藏钱的地方他挨着挨着翻了一遍。他知道这样干要不得，对不起父母。但是，如果不准备一点钱，在外边连坐车都没有办法。咬咬牙，还是在家里翻箱倒柜。他安慰自己，等在外边挣了钱，马上就寄回来。把能藏钱的地方找遍了，找到二十五张人民币共十二元钱。他知道这些钱是母亲卖鸡蛋凑的，说不定就是给自己凑的学费呢！他把两张两元和两张一元留下，其余的全部拿走。

他煮了六个苞谷。在路上吃苞谷可以省钱。

外出有一些目标。他想到了张富贵。张富贵和田光明一个村，田光明认得他，父母亲常说起，学校老师偶尔也提起。张富贵一连读了三年复习班，没有考上，外出打工，五年不到，成了老板，办起工厂，买起汽车，娶了城里人做老婆。班主任陈老师说，要走出农村，读书考大学是一条路，像张富贵那样打工当老板也是一条路。

田光明想了好多天，他想像张富贵那样外出打工当老板。

他不是不想给父母说。刚一说外出打工，像张富贵那样，鬼火乱窜的父亲没等他说完，就骂，要他在家好好学干农活，不要东想西想，外出打工的多少人？多得很，像张富贵那样当老板的有多少？整个沙坝坪，就张富贵一个，你家伙有人家那个命？

田光明不敢再说，只能窝在心里。

张富贵在省城。田光明准备去省城。张富贵比他大十来岁，他认识张富贵，张富贵不认得他。他想，不认得没关系，一说，应该知道。

田光明把十六元钱用一个塑料袋包紧，裹好几遍，放在内裤里面的口袋里。在顺江河中学读高中，母亲怕他把钱搞丢了，在他内裤里缝了一个小口袋，要他把钱放在小口袋里，小口袋上面母亲特意缝了一条拉链，钱放进去，拉链一拉，保险得很。

这次，装进去的钱比往次多，鼓胀鼓胀的，弄得下面的物件很不舒服。他用力拍打，挤压，走一段路后，好了一些。书包并没有送到老祖坟前烧掉，他把煮好的苞谷装进书包里，动身外出。其时，正是收割时节，父母亲天没亮就去忙收割。这为他出行提供了好条件。本来，父亲要他去地里收割稻谷。他撒了谎，说拉肚子，想在家歇一阵，等稍好一点儿再去地里。父亲一听就骂，说哪有那么娇贵，一家人吃的都一样，凭什么你老子你妈没有病你病了？父亲以为他偷懒，火气很旺，骂，不想干活就好好读书考上大学当城里人，像这样偷奸耍滑有屌用。还是母亲好，说娃还没有长大成人，一直读书，那么重的活，哪里受得了，就让他歇半天吧！母亲以为农活重了，田光明想找个幌子歇一歇。听着父母吵，他暗下决心，等挣了钱，一定不让父母亲干农活了，把他们接到城里去，好好享福。吵骂一阵，父母亲下地忙收割去了。

田光明准备从乡上乘车去县城，再从县城乘车去省城。到乡上候车处，问开车的师傅，师傅没去过省城，车费，只知一个大概。就是师傅说的那个大概，把去省城的车费除了，身上的钱就没有了。如果运气不好，可能连车费都不够。他想省点钱，走路去县城。乡上到县城，四十多里路，他没有的是钱，有的是力气，五六个小时就走到了。那时，天肯定黑了，没关系，如果还有车，就直接乘车到省城，如果没有，就在候车室找个地方坐坐，坐到天亮再乘车也行。但他很快改变主意，决定马上乘车到县城。如果钱不够，从县城走路去省城也行，从乡上走路，他怕父母追上来，把自己抓回去。

县城车站他第一次来，来来回回找了好多次，才找到售票窗口。一问，紧张起来，钱倒够买车票，但是，买了车票就只剩下一块多钱了，到了省城怎么办啊？他犹豫着。售票员不让他犹豫，说小伙子你要买票就快点掏钱，不买就让后面的上来买，不要磨磨蹭蹭的。田光明既想买票又不想买票，既想坐车去省城又想走路去省城。他举棋不定。售票员有些不高兴，大声催促。排在后面的人也催促。他只好从售票窗口挪出来。

他到客运站周边询问，有没有请小工的，他想在客运站周边打几天小工，洗碗端盘子都行，挣上几个钱后再去省城，问了好几处，有卖面的，有卖饭菜的，有卖干货水果的，都说，小伙子，你那个文质彬彬的样子，该在学校读书啊！怎跑到汽车站来挣钱了？他说，以前在学校读书，高考没考起，只好跑出来打工，请大家照顾一下，给一碗饭吃。他这样一说，就有一家开炒菜馆的女老板，对他说，店里倒差一个人手，洗碗择菜，样样活都得干，就是不知道学生哥吃不吃得了苦。吃饭管够，晚上可以在店里住。条件肯定不好，把餐桌拼起来，铺一张席子就可以睡觉，毕竟用不着另外花钱找住宿嘛！女老板三十多岁，和那个售票员一样胖。女老板看见他迟迟疑疑，笑着说，得试用一月，合格了，才谈工资。女老板说，试用不合格，她会随时让他走人，她这里一个萝卜一个坑，不可能养没用的人。她请他放心，试用期间，干一天，给五元工资，饭菜包吃管够。田光明对这个差事相当满意，很想在这个餐馆干一个月后再去省城，反正哪里都是打工。他又犹豫不决，怕父母亲找来了，他们一坐车到县城，在车站一找，不就把自己找回去了？

田光明再次到售票窗口买票。那个胖女人居然认出了他。说，想好了？要买票？

他不说话，从内裤里取出钱，递过去。

胖女人惊呼呼地说，是卖冰棍挣的吧？

他不说话，接了票去找开往省城的客车。

坐在一起的一位三十来岁的汉子告诉他，到省城，要六个多小时。不塞车，到省城汽车站，应该是晚上八九点。如果堵车，就不知道什么时候了。晚上八九点到，在汽车站找个地方坐坐，一坐就天亮了。最急迫的是得想办法填饱肚子。他从家里带出来的六个煮苞谷，到县城吃了两个，他控制着，不敢放开肚子，如果放开肚子，剩下的四个，他能一股脑儿地吃个精光。身上只有一块多钱了，连吃一顿饭都不够。他计划着，晚上吃两个。第二天早上吃一个，第二天中午再吃一个。到了省城，当天得找到工作，不然，就只有饿肚子睡街头了。他很后悔，走的时候，真该多煮一些苞谷，用背篼背了，吃上十天半月，就不担心饿肚子了。

天黑的时候，车在一个地方停下。司机叫大家休息吃饭。很多旅客都去了司机指定的餐馆。田光明在座位上坐着。司机要他下车。他说我在车上休息。司机说车上休息也不行。坐在一起的汉子告诉他，都是这个样子，司机把大家喊到餐馆，老板会按人头给钱。他觉得奇怪，说我们没在餐馆吃饭老板怎会给他钱啊！汉子说，小兄弟，你不懂，这是规矩。他说，这样的规矩好怪啊！汉子说，小兄弟，你才从学校出来吧？他说，是啊，是啊，没有考上大学，只好出来打工。汉子说，小兄弟，出来打工，和读书是两回事情啊！汉子也没有在餐馆吃饭，他从口袋里拿出面包吃。田光明计划晚上吃两个苞谷，路上，因为饿，已经把计划的两个苞谷吃完了。他很想再吃一个。但包里只有两个苞谷了，吃了，明天怎么办啊？他忍耐着，控制着。汉子递给他一个面包说，小兄弟，吃点儿东西。他说，我怎好意思吃你的东西呢？汉子说，小兄弟，你一定饿了，两个苞谷哪里够啊！原来，一举一动汉子都看得清清楚楚。他真的不想吃陌生人的东西。但他实在想吃东西，尤其是面包。他在学校小卖部看到过，看见同学吃过。忍不住，他接过面包。他一边吃，一边说着感谢。他在心里说，以后，有钱了，一定要好好感谢这个大哥。吃完，汉子又递上一个，要他多吃一点，吃饱。他有些不好意思。但是，忍不住，接过又吃起来。他一边吃一边说，香，真的很香！

汉子叫周小虎。

5

到省城汽车站已是深夜两点。大厅的座椅上，零零星星东倒西歪地睡着一些人。田光明找了一个靠近角落的座椅坐下来。吃了周小虎的两个面包，肚子倒不饿，但瞌睡来得厉害。他身上只有一块多钱，哪住得起旅店？摸摸内裤里面那个小口袋，一块多钱仍在。他又摸了摸，看了看书包里面那两个苞谷。苞谷还在，天气热，有了馊味。他很想把两个苞谷一口气吃了，他最终还是决定等到天亮了再吃。如果馊味不大，吃一个。如果味道实在太大，就把两个全吃了。把钱和苞谷检查完毕，打着长长的哈欠，他开始在椅子上睡觉。

睡得迷迷糊糊，他梦见找到张富贵了，张富贵很热情，很快帮他找到工作，在一家工厂上班，还穿专门的工作服，上班前，张富贵特意请他到一家餐馆吃饭，有回锅肉、鸡鸭鱼，满满一桌，把肚子吃得都快胀爆了，张富贵不住给他夹菜，要他多吃一点。他推辞说，不能吃了，再吃，肚子就胀破了。

田光明被掀下，醒过来，摔在水磨石地皮上，像无数条恶狗啃咬般痛。屁股上有肉，还能忍受。头上全是骨头，骨头碰到水磨石地皮，像要被砸开似的。他痛得很想喊爹喊娘。疼痛很快让他清醒过来，知道不是在家里，不是在学校，是在省城汽车站大厅的椅子上。他想看看怎不小心从椅子上掉下来了。

一个上身赤裸，满脸横肉的壮汉站在他面前，壮汉手背上绣着一条龙，龙张着大嘴，像要把人世间所有东西都吃进去。

壮汉说，小子，哪个让你睡在这里？

田光明纳闷了，客运站的大厅，坐在椅子上睡觉，要谁同意？其他的椅子上，不也睡着人吗？选择椅子的时候，他特意选择了角落的位置，他不明白，怎惹恼了眼前这个壮汉？

田光明说，这个位置是你的？要坐你坐吧，要睡你睡吧！

他站起来，尽管痛得厉害，他不想和壮汉争论，他准备到其他地方找一张椅子，继续睡。天亮后，得赶紧去找工作。

壮汉说，小子，你是真不懂还是假不懂？壮汉一把抓住他的衣领。他从家出来，把唯一一件白衬衣穿上了。那件白衬衣，是两年前，学校五十周年校庆统一买的。

田光明说，我是真不懂。

壮汉继续抓住他的衣领，说不懂没关系，我告诉你，要在椅子上睡可以，得交钱。

田光明搞不懂，为什么？椅子是你家的？

壮汉说，是的。壮汉把拳头捏得水淋淋的，随时都可能砸下来。

田光明害怕拳头，怯怯地问，多少钱？

壮汉把拳头扬了扬，说不多，两块钱。壮汉指着那些睡在椅子上的人，说你问问他们，哪个没交？

他身上哪有两块钱？就算有，也不能交，交了，在省城，怎办啊？

田光明说，我不坐你的椅子总可以吧？他准备在大厅里走一走，走一走，瞌睡就没有了，天就亮了。

壮汉可能第一次遇到这种情况，一只手继续抓住田光明衣领不放，一只手变成拳头，来回晃动。壮汉说，小子，龙哥知道不？

不知道。

告诉你，这是龙哥的地盘。快点儿把钱拿出来。

我不坐了。

你已经坐了，睡了。快点把钱拿出来。

我没有钱。

壮汉愤怒了，拳头就要砸下。壮汉说，你杂种敢耍老子？快点把钱拿出来。

田光明说，你打吧，我真的没有钱。

壮汉的拳头狠狠地砸向他。

半路上，拳头被拦下。

拦住壮汉拳头的是周小虎。周小虎说，你不是要钱吗？他给了壮汉两元钱。他原来睡在汽车站的另一个角落。

周小虎说，兄弟，没走？在汽车上，田光明告诉周小虎，下了车，他要去省城找老乡张富贵。周小虎告诉他，下了车，他先找一家旅店住下来，天亮了得赶快去忙生意。田光明找张富贵找到汽车站的椅子上了，周小虎住旅店也住到汽车站的椅子上了。两个人像突然间被脱得精光，望着对方，哈哈哈地笑起来。

交了钱，可以在椅子上呼呼大睡了。哪里睡得着。周小虎说，兄弟，明天还要去找你的老板老乡？他从包里拿出两个鸡蛋，要田光明吃。望着两个鸡蛋，迟疑一阵，他立马动起手来。周小虎一边给他拍背，一边说，慢一点儿。田光明一边吃着鸡蛋一边说，不去找，找谁？一脸的无可奈何。过生日的时候，母亲才给他煮一个鸡蛋，一下子吃了两个鸡蛋，脸上满是红光。

周小虎说，跟我一起干，干不？

跟你一起干？田光明满脸的惊讶和疑惑。他想的是到省城找张富贵。他说，跟你干什么？

你到省城来干什么？

打工。

打工干什么？

挣钱。

挣钱干什么？

挣了钱当城里人。

我现在就让你挣钱当城里人，干不？

不要骗我。你是干什么的？

你看我像干什么的？骗子？拐卖人口的？怕不？

田光明仔细地打量着周小虎，越看越觉得他像骗子，像拐卖人口的，但是，又想，他骗自己干什么呢？拐卖自己来卖到什么地方呢？田光明读过一本叫《福尔摩斯探案》的书，他很想探个究竟。

6

周小虎和田光明差不多。

周小虎和田光明一个县，也在乡下。周小虎想好好读书，考大学离开农村当城里人。他读书很刻苦，他读的那所中学，和顺江河中学没法比，一年能考上大学的，就两三个。参加高考没考上一点儿悬念都没有。高考结束，外出打工。打了两年，不打了。他觉得像这样打下去，就算打一辈子，也在城里买不起房子，娶不上老婆。

打一辈子的工，挣点钱回家娶个老婆，干不干？周小虎问。

田光明说不干。他不是为了打工而打工。不管是拼命读书还是跑到省城打工他都是想成为城里人。

周小虎说，要想成为城里人得有钱，有很多钱。

田光明拼了命地读书想考大学考大专，是想毕了业，国家会安排在城里工作，名正言顺地成为城里人。现在，大学中专没考上，唯一还有一条路，就是挣钱，挣很多钱，在城里买房子娶老婆生孩子，让孩子一生下来就过城里人的生活。

周小虎说，挣很多钱得当老板，打工不得行。

田光明也不知道需要挣多少钱才能在城里买到房子娶上老婆成为城里人，他找张富贵，想走张富贵的路，先打工，再想办法当老板。当了老板顺顺当当就成城里人了。

周小虎说，打十年工，不吃不喝，能挣多少钱？三十年，能挣多少钱？

这个账田光明没算过，周小虎一说，一下子就算清楚了，打一辈子的工，都不会成为老板，根本不可能在城里买上房子娶上老婆。

周小虎说，得动脑筋，靠脑子赚钱，想办法。打工挣钱成不了城里人。要成为城里人，得想办法当老板。周小虎说他现在就是老板。

田光明笑了，你骗人，老板会睡汽车站的椅子？

周小虎不管他的笑，说，谁说睡汽车站椅子的老板不是老板？

周小虎说，田光明运气真是好，幸喜遇上他，至少少走二十年弯路，提前二十年成为城里人。周小虎说他是田光明的福星、贵人，他会带着田光明成为城里人。

田光明不敢相信自己遇上了这样的好事情，他茫然地望着周小虎。

周小虎打了两年工开始做生意。他说，当老板就要做生意，做生意其实很简单，什么东西赚钱就干什么。

贩毒，拐卖人口，可以赚很多钱，周大哥干吗？

周小虎不悦，责备说，你这人喜欢钻牛角尖哟！贩毒，拐卖人口，是可以赚很多钱，但是，被抓住了，会枪毙，人都死了，拿钱来干什么？一句话，掉脑袋的事情，干不得。

不掉脑袋，能赚很多的钱，包括进监狱，周大哥也干？

周小虎觉得田光明不可理喻，提醒说，钻牛角尖，钻进去容易，关键要钻出来。

田光明不知道怎么钻出来。

周小虎说，关键要算好账，看合算不合算，比如，能赚一百万，让你在监狱里待三五年，你干不干？反正周大哥肯定要干。

人世间有在监狱里待三五年，赚一百万的生意？

我是打一个比方。

假如是我，不干。

周小虎嘿嘿地笑。

周小虎的第一笔生意是贩卖核桃，他在昆明打工，发现昆明的核桃便宜，把打工挣的钱全部买成核桃，两大麻袋，肩挑背扛，乘火车，坐汽车，拉到省城，拉到省城周边的市县，不到一月，核桃全卖完，挣的钱比打一年工挣的还多。

田光明说，周大哥，做生意真的那么好挣钱？

周小虎只是笑。周小虎第一次贩核桃赚了钱想赚更多的钱。他把第一次赚的钱全拿到昆明去买核桃，买了九麻袋，也是坐火车，坐汽车。到了省城，发现核桃已经降价，哪里卖得出去？他带着核桃跑了周边的一些市县，价格全降了，到处都是卖核桃的人。一打听，才知道，前段时间，从昆明，某老板发了一个车皮的核桃到省城火车站。周小虎赶紧把核桃全抛掉。一算账，连先前赚的钱也赔进去了。

周小虎倒卖过布匹、化肥、钢材、水泥，能赚钱的都买过卖过。周小虎说，做生意，就是把别人口袋里的钱装进自己口袋里。

周大哥口袋里肯定装进很多钱了？

周小虎很坦诚，说还没有。不过，他的口袋里很快会装进很多钱。他找到秘诀了。这个秘诀，找了好多年，现在才找到。田光明真是好运气，刚一遇上自己，就是发财的机会。他要田光明跟着他好好干，赶紧挣钱成为城里人。

周大哥，我有这样好的运气？

有！

周小虎猛拍他的肩，跟着周大哥干点大事情！

田光明竟站立不稳，像一株狗尾巴草，晃动不定。

周小虎贩卖白酒。

田光明所在的荔城，产白酒，几乎每个乡镇都有酒厂，连一些村，也有酿酒的作坊。他家年年种高粱，每到高粱收进家，父亲都要留下数十斤，花点工钱，去村里的酒作坊换上十来斤白酒，家中有一土坛，父亲将白酒放在土坛里，用一个熟透的柚子压在上面，吃饭的时候，用一竹提取出，不多不少，三小酒杯，喝完，父亲开始吃饭。

他闹不懂，老家白酒有什么好贩卖的。

周小虎只是笑，说如果连你都清楚了，我这生意还有什么好做的？

田光明跟随周小虎去省酒厂。他们没去省酒厂办公楼，去省酒厂宿舍楼。省酒厂宿舍修得多，修得好，走了好多个来回，房子都差不多，田光明分不清东南西北。周小虎显然来过多次。天黑的时候，周小虎领着他去敲了三家房门。敲的时候，他把东西递给田光明，要他看守好。周小虎准备了三个蛇皮口袋，里面，是一些苞谷。来的路上，他交代说，苞谷是从老家特意带过来的。田光明说，没有啊，周大哥，你从老家哪里带有苞谷啊！苞谷是在省城农贸市场买的。周小虎说，你傻啊，喊你这样说就这样说，人家会去查？

去第一家，周小虎让他把另外两个蛇皮口袋找地方放好。田光明想不出放在哪里，说干脆一起带上，也花不了多少力气。他怕放在什么地方被什么人拿走了。

周小虎教训说，你傻啊，把三个口袋带过去，是告诉人家你去了三个地方吗？他想想也是。他不知道另外两个蛇皮口袋该放在哪里。周小虎随手往旁边草丛一丢，说谁稀罕你这两个破口袋。人家还以为是装的垃圾呢，哪个会去捡？就算捡去了，好大一个事情嘛！

　　周小虎一边敲门，一边快速地从身上取出一叠东西往蛇皮口袋里放。田光明知道那是钱。

　　门打开。周小虎堆着满脸的笑，往门里挤，他一边往门里挤，一边用力地拉田光明。周小虎拉的是田光明手中的蛇皮口袋。田光明不知道周小虎究竟要拉蛇皮口袋还是要拉自己，他不由自主地跟着挤进里面。他很慌张，从来没有进过省城的楼房。更不要说是省酒厂的楼房。路上，周小虎告诉他，省酒厂生意红火，进省酒厂当工人，得省市领导开条子才进得去。有些省市领导的孩子，也在省酒厂当干部。田光明不知道自己现在见到的是不是省市领导的孩子。

　　正慌张，周小虎的话早已哗啦哗啦地滚出来：刘姐啊，您好您好，吴科长在吧？哦哦哦，吴科长啊，在家啊，您好您好！没有事情，一点儿事情都没有，该汇报的都汇报了。没有什么，真的没有什么，老家的玉米棒子熟了，带几个过来，尝尝鲜。真的没有事情。我走了啊！话完，放下蛇皮口袋，开门，把田光明往门外推，关门，往楼下走。

　　来到楼下，草丛中，蛇皮口袋和里面的苞谷好好的，一个没少。

田光明有些害怕，说周大哥，我们这样做，会不会出事？

周小虎很不高兴，训斥道，会出什么事？我们做什么了？他很快发现语气过重，叹着气，掏开心窝子解释说，兄弟，我们有什么？不这样，人家凭什么帮你？

田光明想想，确实也是。

他们用同样的方法走了另外两处。一个是赵科长，一个是胡科长。

田光明很纳闷，周小虎去，为什么三个科长全在家啊？

周小虎哈哈大笑，很得意，说如果连这点本事都没有，周大哥还如何做这个生意？

三天后，田光明随周小虎回县城，住进县政府招待所。县政府招待所是县城最好的旅馆。他不忍，说用得着花这样的冤枉钱吗？周小虎摇着头，见多识广的样子，说不冤枉，一点儿都不冤枉。他要好房间。

周小虎没有那么多钱收购白酒。他有办法。他拿出省酒厂和他签订的白酒购销合同，拍打着，非常宝贝地说，这就是钱。

他的办法很简单，和那些乡镇酒厂签订购销合同。周小虎出的价格比市面上高，比省酒厂收购他的价格还高。他就一条，价格好说，酒质要好，砸了老家白酒的牌子事情就大了。谈到钱，他说，钱还少得了你的？他把那份合同拿出来，让厂长们看。厂长们看着那份合同，说省酒厂我们倒是信得过，假如你把酒拉到其他地方去了，我们找谁要钱啊？周小虎哈哈大笑，说违法犯罪的事情我敢干？省酒厂饶得了我？周小虎要他们反复看，但他把收购价格用黑胶布蒙得死死的，手指紧紧地捏着，他说，其他的都可以看，价格不能看，这是商业秘密，如果告诉你了，我的生意还怎么做啊？他这么说，竟没有人再要细看。田光明困惑着，那些乡镇酒厂的厂长们，为什么不直接把白酒卖给省酒厂呢？周小虎哈哈大笑，如果能够卖，早卖了，省酒厂要买的白酒，哪是轻易卖得进去的。周小虎告诉他，省酒厂把这些散装的白酒收购起来，装进省酒厂的酒瓶，用上省酒厂的牌子，价格成倍地翻。周小虎说他为了签订这个合同，已经干了一年多。田光明很担心，省酒厂收购的白酒价格，比周小虎在那些乡镇酒厂收购的还低啊，中间这个缺口，拿什么来填啊？

半月不到，收购了大半车白酒。田光明随周小虎押运着酒罐车往省城赶。

到了一个叫玉溪河的地方，车停了。周小虎给司机一笔钱，拿出桶和扁担，去河边。田光明摸不着头脑。到了河边，周小虎问他，这水怎么样？田光明说这水好清澈啊！周小虎说，他家就在附近，村里人就吃这水。

周小虎挑了水往酒罐里灌。

田光明说，这样做行吗？

周小虎说，怎么不行，酒不是水吗？

田光明焦急地说，到时省酒厂不收怎办啊？

周小虎要他把鼻子伸进酒罐里去闻，不是酒的气味吗？周小虎哈哈大笑，说，怎么会不收我们的酒呢？

田光明没好气地说，省酒厂是你亲戚？

周小虎说，我们把省酒厂搞成亲戚。

一共挑了五趟水。周小虎说，现在，你知道为什么会赚钱了吧？

他们押着酒罐车风风火火往省酒厂卖酒。

到了省酒厂，天快黑了，有人等在那里，其中一个是吴科长。吴科长似乎不认识他们。车子开到一个大酒罐面前，直接往大酒罐里输送。旁边有计量器具，酒输送完，数量也出来了，开票人员很快开出票据，票据上，合格两个字，写得很清楚。

第二天，周小虎带着田光明去省酒厂财务科领钱。领钱很顺利。周小虎告诉他，省酒厂不缺钱，只要有了这张白酒入库通知单，拿钱就顺利了。不知什么时候，周小虎已经让领导在上面签了"同意"的大字。领钱的时候，财务科要领钱人签字。周小虎让田光明签。田光明不签。他想，钱不是我拿的签什么啊！周小虎解释说，以后，这些事情，他不来了，由田光明这个经理来办。田光明仍不签。财务科人员生气了，催促了。周小虎不高兴了，说叫你签你就签嘛！他只好在领款人上面签下大名。他心中窃喜，第一次发现自己的名字竟然那么重要，签了就能领钱，不签，就领不到钱。

周小虎拿了钱立刻赶往县城，要那些厂长们赶快来领钱。厂长们领到钱款，高兴得很，都要请周小虎下馆子喝酒。周小虎拒绝了，说以后，这样的日子长得很呢！要他们赶紧回去，酿最好的酒，他通通收购。周小虎成了能够带来财富的活菩萨。

周小虎给了田光明五百元，说是奖金，至于工资，每月照领。这是田光明第一次见到这么多钱。他不要，他要周小虎下次少往酒罐车里加一些水。周小虎说，你有病啊！田光明说他害怕。周小虎说怕个尿，水吃了死得了人？周小虎要他把钱拿好，你不是要在城里买房子娶老婆过城里人的日子嘛！

　　周小虎拍打着他的肩，把钱硬塞给他，说好日子还在后面呢！

　　田光明把那五百元钱给父母亲寄回去，写了信，告诉他们，他遇上好人贵人周大哥，给他当业务经理，一点也不用担心，日子好得很。

7

　　田光明出事，事前一点儿征兆也没有。

　　他已经多次跟随周小虎去省酒厂交酒。在省酒厂财务科，他签字，周小虎领钱。领了钱，周小虎给了他两千元奖金。他吃惊得很，说，周大哥，我哪能领您那么多钱啊！您给了我工资呢！周小虎给他的工资已经是每月一千元。周小虎把钱硬往他怀里塞，要他把钱拿好。他们在一家酒馆里要了几个好菜，上了一瓶省酒厂的好酒。他对周小虎的破费很过意不去，真心实意地劝阻。周小虎特意叫了一个老王八炖土鸡，是那家酒馆的招牌菜。这样的菜他没吃过，只是随周小虎坐车闲谈的过程中听他天南地北地说起过菜名。他一看那个菜价就惊慌得要周

· 212 ·

小虎赶快退掉。周小虎说，现在有钱了，得好好尝尝。挣钱为什么？就是用钱嘛！席间，周小虎多次给他盛菜，要他多吃一些。他无法推辞，整个王八，差不多就是他一个人吃掉了。周小虎还要他多吃一些，找来两个碗，把汤一分为二，像分掉那瓶酒一样，喝了个精光。喝完酒，吃完王八炖土鸡，周小虎对他说，他要回老家去，老父亲得了重病，得回家看看，要耽误几天。周小虎要田光明回公司，那些乡镇酒厂的厂长们来谈生意，只管谈起走，他回来就签合同。周小虎反复谈到田光明的工资，说他是好兄弟，他会把工资涨到五千元。田光明惊慌得很，他猜周小虎是喝醉了，就算喝醉了，也不能这样说啊，五千元，是多少钱啊，他多大能耐啊，凭什么该发五千元给自己？临别，周小虎喷着满嘴酒气，说要抱抱他。田光明惊慌得很，两个大男人，抱什么啊？他问，周大哥，你怎么了？周小虎说，没什么，就是舍不得兄弟！竟流了眼泪。他释怀了，大笑，周大哥，不就是几天嘛！

周小虎在县城租了三间房屋，前面两间做公司办公室，后面一间小屋光线差，不足八平米，做田光明的卧室。田光明对拥有这间城里小屋感到非常幸福。他反复表达着感激，说，周大哥，我该如何报答您哟！周小虎大笑，不以为然地说，这个房子算个啥，以后，我们住更好的房子。搬到租住房屋那天，周小虎不知道从哪里抱出一块牌子，悬挂在房屋正中。牌子上赫然写有四个大字：兴隆公司。周小虎仰望了好一阵县城瓦蓝瓦蓝的天空，又盯着牌子看了又看，哈哈大笑，说他要的就是公司兴隆，兴隆公司。躺在那张属于自己的床铺上，田光明给父母亲写信，告诉他们，他找到工作了，跟周大哥一起做生意，当业务经理，周大哥是好人恩人贵人啊，还安排了房屋，是城里的一间房屋啊，等以后有了钱，就在城里买房子，把父母亲接到城里来当城里人。他也给班主任陈老师写了信，告诉他不用挂念了，找到工作了，当业务经理，等在城里找到钱，买上房子，一定请陈老师来看看，来喝酒吃饭。

田光明当晚赶回县城。

第二天，打开公司大门上班。

第三天，继续打开公司大门上班。到中午，来了三个人，说是公安局的，要他跟他们一起走。他自然不走，说我为什么要跟你们走？他紧张得很，他是第一次遇到公安。公安人员不给他多说，拿出手铐铐了他就走。

到了一间屋子，他们审讯，要他老实交代，周小虎去了哪里？

田光明说，回老家看老父亲了，他老父亲病重得很。

公安人员笑，说，你撒谎尽管撒吧，在我们面前说话要负法律责任啊！周小虎还有父亲吗？五年前就死了。

他惊叫道，周大哥会骗我？

公安人员继续笑，是他骗你还是你骗我们啊？

公安人员问，钱藏在哪里？

他说，什么钱啊？他从床铺下面取出一张存折，他不敢把现金放在床铺下面，他怕丢掉，周小虎给的奖金、工资，他留了一点儿零用钱在身上，其余的，全存进银行。他说，这是我的钱！

公安人员说，这是赃款，通通没收。

他说，周大哥发给我的工资奖金怎成赃款了？

公安人员说，到时你就知道了。公安人员反复追问他从省酒厂领走的酒款在哪里，反复向他宣传坦白从宽抗拒从严的政策，提醒他，人还年轻，如果被判上十年八年，一点也不值得。

他说，钱是周小虎领的，你们去找他不就清楚了？

公安人员很生气，钱明明是你签字领的，我们不找你找谁？

他明白了，周小虎拿着酒款跑了，那是一笔不小的钱款啊，他盘算着，自己不吃不喝，没有五十年，哪里还得清？一想到五十年都无法还清，他放声大哭。

公安人员不让他哭，要他把钱交出来，不然，那些乡镇酒厂的厂长们，不把他煮来吃了才怪。

他说让他们煮来吃了还好点，那样就用不着还钱了。

公安人员问周小虎向省酒厂供销科领导送钱的事情。田光明承认去过省酒厂供销科几个科长家，送过苞谷，送过红薯，至于钱，他真没送，他一个刚刚从学校出来的学生，哪来钱？

公安人员说，人家都承认了，你还不承认？

他说，你可以让他们来对质嘛！你们可以找周小虎来对质嘛！

后来，田光明才知道，事情是从省酒厂供销科出的，检察院的人员把省酒厂供销科的人抓了，事情越搞越大，连厂长、副厂长都卷进去了，卷进去的倒不是周小虎送的那些苞谷红薯，苞谷红薯在案子中小之又小，顺带着牵连出来了。周小虎听到风声，一领到酒款，就消失了，公安人员找到田光明。

田光明在拘留所关了近一年，判刑七年六个月。

8

田光明服刑的监狱在一个大山沟里。

田光明，出列！带班狱警的一声巨吼，划破监管区的沉寂。这是监狱的集训队。服刑人员都要经过三个月的入狱集训。

是！报告政府！田光明勾着腰，从队列里挪出来，怯怯地回答道。

刚才你在干什么？带班狱警厉声问道。他的眼神，像两把锋利的刀子，要把田光明的躯壳一一揭开似的。刚才，他们行走的路段，旁边是一道高墙。墙上还有密集的铁丝网。高墙的那边，是监狱的一大片菜地。菜地里，时常有刑期短的服刑人员，在那里劳动。狱警清清楚楚地看见，白亮亮地一闪，一个物件，飞过高高的围墙，去了菜地那边。狱警反反复复地宣讲过，服刑人员严禁私自接触，包括比画手势，传递纸条，在什么旮旯角落留暗号。监狱四周，都有监控、警察。

没干什么！田光明回答。他的头勾得更低，声音更怯，狱警的一声咳嗽，似乎都能够把他打得东倒西歪。

真的？

真的！

狱警知道他在撒谎。狱警反复问是在给他提供机会。服刑人员之间勾连，后果是禁闭、加刑，入狱教育第一天，学的就是狱规狱纪，上面说得清楚明白。

狱警把田光明带到办公室，继续问。狱警在监狱干了二十多年，管过的罪犯，没有一千，也有八百，差不多修炼成火眼金睛了。如果不是多次看了田光明的入狱材料，如果不是有些可怜这个瘦弱的有些文质彬彬的年轻人，他不会这样。他已经是在诱导了。

没干什么！田光明硬挺着。

监狱的防暴队员很快送来情况。那确是一张白纸，一张做成纸飞机形状的白纸，拆开，白纸上，大大地写着四个大字：我想挣钱！

狱警好生奇怪，自然要问。

谈到为什么要挣钱，田光明来了精神。他回答，周大哥欠下的那些钱，他翻来覆去地想，得想办法还。

案由狱警清楚。狱警问，你都到监狱了，还想着挣钱还那些钱，你在哪里挣钱？你不吃不喝，要多少年才还得上？

田光明像一头犟牛。那些钱，反正得还。

狱警提到一个事情，监狱有三个煤矿，去煤矿挖煤，监狱会给一些补助，该补助和挖煤的工作成果作一些挂钩，多挖，补助就多，补助记在服刑人员账上，出狱的时候，可以带走。年终，经申请，也可以支出。有的服刑人员，一月，挣好几百元。狱警叹着气，里面很艰苦，条件差，好多服刑人员，还没有进监狱，就托关系，想方设法不去那三个煤矿。

田光明像是找到了好去处，请求狱警帮忙，他很想去挖煤，能够挣一点儿算一点儿，能够还一点儿是一点儿。

集训结束，田光明去了挖煤的监区。时不时地，狱警去看他，还给他送衣服鞋袜。

狱警们都笑，说老李，你快把田光明当儿子了！

狱警老李什么都没说，只是嘿嘿地笑。

田光明想挣钱还债的事情在监狱里传得比较开。下煤矿当天，在黑咕隆咚的地洞里整弄，田光明吓得直想哭。爬到地面上，瘫软得像一只没有一点气力的老狗。脸没洗，衣服没换，躺在床上，如濒死的老牛，垂死挣扎般喘息不断。这时，一个声音高叫着他，问他是不是真的想挣钱。是组长叫他。组长块头大，比他高出半个脑袋，因为打架斗殴到了这里。

谈到挣钱，田光明来了精神。田光明笑，说肯定是真的，他谈到周大哥欠下的那些钱，得想办法还。

组长说他有个办法能帮田光明挣到钱。组长的办法是，田光明给他提供服务，他按数量质量给钱。比如，组长挖煤的任务，可以由田光明完成一部分，他给田光明一些钱。收工回来，腰和腿痛得像要断，田光明可以帮他捶捶，揉揉，捏捏，他给田光明一些钱。还有，他的衣服，也可以帮他洗，包括内裤、袜子，他给田光明一些钱。钱对于他，不是问题。

田光明来了精神，眼睛亮起来。他跳到组长身边，问组长是不是真的，千万不要骗人，说话一定要算话。

组长一本正经，说绝对说话算话，他这样是帮田光明，他什么时候骗过人？钱，对他不是问题，他在外面有企业，到时，他让人打一些钱款在账上，把钱款划到田光明账上就是。他还拿出一张纸，让田光明把账记好，过一些时候，结一次账。

田光明二话没说，就给组长揉起肩捶起腰捏起腿。

春节前夕，山里下起厚厚的雪。远远的地方，时有鞭炮响起。狱警老李给田光明带来一件羽绒服。他告诉田光明一个好消息，田光明挖煤的补助，很快就可以结算。他特意找人查了，还不少，他告诉田光明一个数字。他一再叮嘱，不要太亡命，千万不要累垮了身子。田光明高兴得差一点儿跳起来，这是他到监狱以来，听到的最高兴的一件事情，这是这个新年快要来的时候，送给他的最好礼物。如果老李不是狱警，他不是服刑人员，他真想抱着老李跳起来。如果这里不是监狱，他真的想买一瓶酒，来几盘家常小炒，和狱警老李喝上几口。

田光明告诉狱警老李，他还挣有一笔钱。他请老李帮忙，在春节之前，把他挣的这些钱，拿去还周大哥欠的那些债，能够还上一些是一些。

狱警老李吃惊地望着田光明，他不知道，在这个监狱，还能够在什么地方挣到钱。他郑重提醒，千万不要违反监规狱纪。

田光明要狱警老李尽管放心，监规狱纪，绝不违反，他是劳动挣钱。

田光明去找组长拿钱，他要把这笔钱，连同他的补助，请狱警老李帮忙寄出去还债。账本一直藏在裤腰里，怕搞掉了，万一组长不认账，那就麻烦了。账本上面，记得清清楚楚，一算，就清楚了。其实，田光明天天都在算组长应该给多少钱。他有意让组长自己算。

组长像不认识田光明似的，望着他。组长笑嘻嘻，我什么时候说过要给你钱？我凭什么给你钱？组长像一座山，要压过来。

田光明一时没有回过神，不是说得好好的吗，不是每一次都在上面签了字的吗，怎说变就变了？

组长骂，你他妈的到了监狱还想着要挣钱，我看你是想钱想疯屎了，是不是脑壳里面哪根发条松了？老子帮你拧紧一点。组长伸出手，居高临下，去拧田光明的耳朵。

把钱给我！田光明大叫，他的眼睛里射出的全是火焰。

哎哟，要造反！组长叫起来，手脚愤怒起来，以前老子是逗你玩，你他妈的还当真了？谁说要给你钱了？老子让你干点儿事情，是看得起你！组长哈哈大笑，很开怀。

给不给？田光明像一只点燃的野豹子，连头发上都是火苗。

老子从来没有说要给你钱，老子有屎的钱！组长一把抓下田光明那个宝贝似的账本，嚓嚓嚓几下，账本就成了纷纷扬扬的纸屑。

老子跟你拼了！田光明像一只发疯的野狗，扑向组长。他发疯似的吼，叫，给我钱！给我钱！像要弄出地震。

田光明很快被带到狱警办公室。他的手上已经挂上绷带，脸肿得像一只肥胖的大熊猫，上面覆盖了不少纱布。主管他的狱警，摊开笔记本，做询问笔录。

为什么打人？

他不给钱。

啥？不给钱你就打人？

说好了的。他要赖。

你就打人？

我得把钱寄回去还债。马上就过年了。

这样你就打人？

嗯。

我看你是钻进钱眼里去了。

欠债得还。

知不知道打人要记过关禁闭？

知道。

知道了还打人？

他不给钱。

不知道什么时候，狱警老李也来了。老李说，值吗？得关十五天禁闭，这个春节，你只有在禁闭室过了。老李过来，摸摸他的头，像抚摸自己的孩子，有些恨铁不成钢。

值！组长得把钱给我。田光明说话的声音很大。说着说着，他的脖颈就犟上了，一根根青筋，像蛇吞下了巨大的食物，鼓胀得厉害。忍不住，他的眼泪，就开始往下流。

春节，田光明在禁闭室里过。

服刑约三年多后，田光明见到了周小虎。周小虎来监狱探视。田光明惊讶得嘴都合不拢。他说，你不怕他们抓你？周小虎说，不会的，事情都过去了，抓我干什么？

通过周小虎的嘴，才知道，省酒厂已经垮了，当初和周小虎做生意的那些乡镇酒厂，已垮得差不多了。周小虎说你虽然坐牢了，仍然是兴隆公司的经理，每月工资五千元，四年来，已有二十多万元。

他感到莫名其妙，什么时候，自己坐牢坐出二十多万元工资了？他不要。他说，周大哥，你把人害惨了，无论如何，你不该让我来坐牢。

周小虎说，大哥没害你，大哥说过，在监狱里待上三五年，赚一百万，这样的生意，大哥肯定要干。

周大哥干这样的生意？

周小虎岔开话，想替大哥坐这样牢的人很多。

你让他们来把我换出去。他们愿意干你让他们来干，我不干。田光明犟上了。

你在这里面，等于在公司上班，天天给你发工资。

我不上这样的班！我不要这样的工资！我要出去！

想上这样班的人多，想拿这样工资的人多。做人得讲良心，大哥把钱给你放在你名下，帮你拿去投资，赚钱。你出来后就是城里人就过城里人的日子。周小虎耐心疏导。

我现在这个样子，当什么城里人哟！

有钱就能当城里人。

田光明叹着气，说，周大哥，你硬要给我发工资，就把这笔钱拿去，把那些欠的酒款还了吧！田光明告诉周小虎，他在监狱的煤矿劳动，挣了一些补助，这次，正好周小虎来了，把那些补助领出去，把那些欠款还了，能够还一些是一些。他也曾让狱警老李他们，把自己那点补助，寄出去还债，狱警老李他们也想寄，但找不到寄到哪里寄给谁，只好作罢。这一次，正好周大哥来了，寄到哪里寄给谁，周大哥肯定清楚，请给狱警老李他们说一声，他们好办。

周小虎笑，说兄弟你真的善良、可爱，如果没有还上那些酒款，我敢来看你？公安不抓了我才怪。周小虎责怪，在监狱里挣什么钱？搞什么挣钱还债？开什么玩笑，可能吗？那要等到猴年马月啊！

田光明不高兴了，既然这样，你为什么要背着兄弟干那些事情啊？

周小虎恼怒了，我背着你干什么了？

田光明也恼怒了，你清楚！

周小虎缓和了语气，叹息着说，大哥是清楚，你说，不这样，怎赚钱？

周小虎拿了那笔钱，跑到外省，既做生意又炒股，三年不到，那笔酒款，翻了好几倍。周小虎回到老家，把那些酒款一一还上，还按银行贷款利率支付了利息。周小虎已经在县里市里开发房地产，还当上了市政协常委。

田光明说，非要这样吗？

周小虎说，你说，怎整？

田光明茫然，他不知道。

周小虎伸出手，想去拍打田光明的肩，没拍着。他们之间，隔着一道透明的玻璃墙。

9

田光明在监狱生活了五年零六个月被放出来。

周小虎派车来接。随车还有一美女，姓王名珊，周氏兴隆集团公司办公室副主任。

第二天，周小虎在市里豪华的酒楼为他接风。他从来没有见过这样的场面，哪里知道外面天翻地覆的变化。他胆怯、腼腆。他不想参加，一再请求，不要吃什么接风酒了，如果周大哥不嫌弃，就找一个小酒馆，随便喝一顿酒。周小虎在电话那端说，怎么可能？听从安排即可。周小虎已经用上手机。王主任也用上。王主任把电话拨通让他给周小虎说话。田光明第一次见到手机，王主任把自己的手机往他手里塞，他哪里用得来，过了好久，才结结巴巴地对着手机说话。周小虎在市区给他安排了一套三室两厅的房屋。他不想去。但他不知道该去哪里。他身上有了一万元现金。周小虎让王主任给的。他不要。王主任硬往他怀里塞。王主任一身香气扑过来。他呼吸急促，脸红心跳，哪里还敢推辞。他不知道如此一笔大钱该如何用。车上一路无话，他忍不住问，周大哥的公司有多大啊？王主任笑道，大得很，好几百人呢！他不再问，他不知道好几百人的公司有多大。

· 224 ·

接风宴上，周小虎端着酒杯挨着挨着介绍田光明，说他是周氏兴隆集团的大功臣，就像蜀国的关羽张飞。酒席上坐的都是集团中层以上领导。田光明在酒席上手脚无措，只能反复说，周大哥，你这样说我如何受得了？你才是我的大恩人大贵人。

周小虎宣布田光明是周氏兴隆集团公司副总。周小虎说田光明很久以前就是公司副总，以前是，现在是，将来也是。酒桌上响起热烈的掌声。

他继续手脚无措，说，周大哥，你那么大的公司，我何德何能，哪里当得了什么副总哟？他一脸惊慌。他说，如果周大哥不嫌弃，就让我在你下面哪个公司打个工吧！

周小虎说，开什么玩笑，你不当副总，谁有资格当副总？

他说，周大哥，我不是在做梦吧？

周小虎开怀大笑，说好日子才刚刚开始！

周小虎大声宣布，他要向田副总转交工资。周小虎说，为了让田副总的工资保值增值，他未经同意，擅自做主，用田副总的工资，在本市一个叫田家巷的地方，买了一些旧瓦屋，不多，陆陆续续，十二套五百多平米。周小虎将房产证交给他，说，这是你的资产。

宴席上的人全都吃惊地望着那摞房产证，眼睛像遭了强烈刺激。田光明头昏眼花，一片模糊。什么时候，自己有这些工资了？什么时候自己有这些瓦屋了？

周小虎拍打着一摞厚厚的房产证，继续笑，这上面不是你的姓名？田光明看得清楚，确确实实写着自己的姓名。他一脸惊恐,像什么噩运就要降临。周小虎亲热地拉过他,嘴凑到他耳边,悄悄说道,我们要赚很多钱,我们要成为真正的城里人!现在,钱你有了,是真正的城里人了!

酒席早已热闹起来,惊叫起来,大家纷纷赞叹,董事长好眼光,早就知道那地方要搞开发搞拆迁?田家巷的拆迁补偿,五千多元一平米,田光明那十二套旧瓦屋,应该有近三百万元的补偿款。没搞拆迁前,那些破旧瓦屋,一平米,就一千多元。

周小虎哈哈大笑,说哪有那么大的神通,我是为田副总赌一把。人生,就是要敢于押上去。周小虎端起酒杯,一饮而尽,豪情万丈地说,我这个人,什么都没有,就是胆子大,敢赌一把。

大家万分委屈的样子,为什么董事长不帮我们在田家巷买老房子啊?

周小虎哈哈大笑,说你们是田副总吗?你们会坐在监狱里,让我拿着你们的工资去赌一把吗?

田光明纳闷、惶恐、疑惑,自己什么时候有了近三百万元?他不知道是不是在做梦。他死劲地看了又看那些房产证,上面确实写着自己的姓名。那些房子坐落在哪里,他浑然不知,怎突然有关联了?

哈着浓浓的酒气,周小虎对他说,兄弟,当初我们怎么说的?在城市,买房子,娶老婆,生孩子。这些事情,现在,你通通都可以了。

他像一个木偶,既不懂如何喝酒,也不懂如何吃菜。他遇到的,是连做梦都没有梦到过的。

周小虎叫来办公室王主任，要她从明天开始，就负责给田副总介绍对象。周氏集团的副总不能没有老婆，并且要有一个像模像样的老婆。

王主任马上乐颠颠地说，一定完成董事长交办的任务。

王主任向周小虎敬酒，向田光明敬酒。王主任满含妩媚地说，董事长，您看，把我介绍给田副总可以吗？

大家哈哈大笑。

田光明不知所措，窘得手脚都不知道该放在哪里。

周小虎劝慰说，没事，没事，过一段时间就习惯了。

周小虎抓住王主任不放，要她老实坦白，是不是看上田副总的万贯家财了？

王主任俏笑，是啊，嫁给田副总，就有房有车有钱了。董事长啊，这样的男人不抓紧抢还等何时啊！

大家继续大笑。

大笑之后，喷着一嘴的酒气，周小虎的嘴再次贴在了田光明的耳边，说，兄弟，你那个牢，坐得值不值啊？

他浑身打了一个激灵，突然有点生气，说周大哥，我还要去坐牢吗？

10

田光明准备去看班主任陈老师。

他想好好请陈老师吃一顿大餐喝一顿大酒。他现在有钱了，在城里有房子了，成城里人了，他很想见陈老师。周小虎让车子送他。他坚决推迟，说使不得，使不得，公共汽车有的是，方便得很。周小虎说，你是公司副总，派车天经地义，周氏集团的副总坐公共汽车？这是企业形象问题。田光明很不适应大家叫他副总，他觉得自己这个副总坐在云端里，一点儿也不真实。周小虎说，没事，时间久了，叫着叫着就习惯了。田光明觉得自己永远都不会习惯。周小虎高矮要派车，他只好撒谎说，不去了，不去了。周小虎见他说得坚决，也说，老师有什么看头？该回去看看父母。田光明点着脑袋，说是的，是的，歇上几天，就回去看父母。周小虎说，到时，一定让公司的车送，要他把父母接到公司来好好耍几天。

　　田光明背着周小虎，悄悄坐公共汽车去看陈老师。他给陈老师买了两瓶茅台酒两条中华烟，一个大口袋提着，赶到顺江河中学，才知道，陈老师已经退休。他很懊悔，稍微想一想，就该知道陈老师退休了，真是坐监狱把脑子坐出问题了。他在顺江河中学遇到了语文老师。语文老师也快退休了。他在语文老师那里知道了陈老师的地址和家庭电话。陈老师搬到市里他女儿那里住去了。他赶紧把茅台酒中华烟送给语文老师。语文老师很高兴，表扬说，学生发达了，还来看老师，不容易得很啊！田光明说我发达什么啊，是想老师了。语文老师更感动，说毕业出去的学生，谁还想学校想老师啊？他说，我想呢！语文老师说，想你就回来啊！语文老师接过他的烟酒，说一看你这些东西，肯定是发达了。真是好学生啊！

田光明拿着语文老师给的地址，往市里赶。早知这样，用得着到学校来吗？他又想，不到学校来，怎见得到语文老师呢？怎见得到变化巨大的校园呢？他想，以后，得经常来学校看看。他甚至想，过一段时间，把那些教过自己的老师请着，好好喝一顿酒吃一顿饭，当然，是小学、初中、高中的老师，分三次请。

　　田光明在公共汽车上给陈老师打电话。周小虎给他配了一个手机。开始，他坚决不要，说我拿来有什么用哟！周小虎说，公司中层干部都有手机，你是副总，怎能没有呢？他见周小虎很坚决，只好收下。哪晓得，竟派上用场。给陈老师打电话，打了好几次，没人接。过了好久，电话通了。他说我找陈老师。话还没说完，眼泪就下来了。电话那头的陈老师，被问话和语气搞蒙了，着急地问，找哪个？出什么事情了？

　　陈老师头发全白了，身子骨还硬朗。田光明把重新买的茅台酒中华烟放在他家，把他往餐馆请。

　　陈老师一脸惊喜，发达了？赚大钱了？

　　田光明让服务员上最好的最有特色的菜。菜摆了满满一大桌。陈老师惊叫道，哪里吃得了？浪费了可惜哟！陈老师有些不高兴，有钱也不能这样浪费啊！

　　田光明说，陈老师，我好想请您吃饭喝酒哟！他一边说一边给陈老师倒茅台酒。

　　喝着酒吃着菜，他说，陈老师，我心慌得很害怕得很。

　　陈老师笑了，说心慌什么害怕什么哟？找了大钱还心慌？

成了城里人还害怕？

田光明说，陈老师，我是专门来向您请教的。我晚上睡不着，像是睡在云端里，飘在哪里都不知道。

陈老师说，向我请教？我一个教书的退休老头子，既赚不来钱，也不懂技术，请什么教哟？

喝着酒吃着菜，田光明向陈老师讲了他和周小虎的故事。

陈老师沉默良久。田光明向他敬酒，敬菜。陈老师说，我也像听故事。不过，现在看来，你没有考上大学倒是好事情。陈老师讲了他的两个得意门生，一个考上西安交大，一个考上南京大学，毕业了，一个去上海，一个去深圳，买五六十平米的房子，靠贷款，压得气都喘不过来。

田光明说，老师，我晚上睡不着。

陈老师笑，钱多了怕人抢你？

田光明说，像做梦。

陈老师仍笑，说好多人在梦里都遇不到你这样的好事情哟！

田光明说，老师，我会不会遇上什么事情了？他想起在读书的时候，看到一个故事，说一个叫卢生的人在邯郸的旅店里住宿，入睡后，做了一场享尽荣华富贵的好梦，什么好事情都遇上了，等梦醒来的时候，小米饭都还没有煮熟。他问陈老师，自己会不会是那个卢生。

陈老师更笑，说怎么可能哟？现在是现代社会，那些房产证上不是你的姓名？

田光明说，是啊，是啊，我反反复复看了好几百遍。

陈老师说，这就对了，那你还担心什么呢？

田光明说，总觉得不踏实。那些房产证怎突然和我联系上了？

陈老师又是笑，说有什么不踏实啊，时间久了，就习惯了。

田光明想想也是，就不住地向陈老师敬酒敬菜。吃了一阵菜，喝了一阵酒，陈老师问，有了钱之后想干什么？

田光明说，回家，盖一幢大房子，盖一幢全村最大最气派的房子。把钱变成房子踏实。回沙坝坪踏实。

陈老师说，是该回家看看父母，父母养你不容易，现在有钱了，是该回家孝敬父母了。陈老师说，不过，盖全村最气派最大的房子有那个必要吗？

田光明为难地笑了，说只有盖最大最气派的房子，才好在沙坝坪娶老婆，我这种情况，坐了那么多年牢……

陈老师长长地"哦"了一声。陈老师对盖最大最气派的房子在沙坝坪娶老婆大不以为然，郑重提醒说，不在城里娶老婆了？不当城里人了？当初拼命读书考大学考大专为什么？不就是想成为城里人过城里人的日子吗？怎就整回去了？陈老师叹息着，他教的学生，真正从农村成为城里人的，少得很！扳着指头算，也算不出几个。他要田光明务必想好，人生就是后悔药买不到。

陈老师这一说，田光明迟疑了。他说他想回沙坝坪盖房子娶老婆，是因为在城里心慌得很害怕得很，整天都像在做梦，云里雾里的，一点儿也不踏实，连周大哥也不踏实。其实，他做梦都想当城里人，天天都想当城里人。他问陈老师，不回沙坝坪，那该怎么办？陈老师接连喝了好几杯酒，帮他冥思苦想，很久也没理出一个头绪，只好说，按你的想法说说看。

田光明说，回沙坝坪盖房子，娶老婆，生孩子。

陈老师说，那以后呢？

田光明说，让孩子好好读书，以后考大学，考名牌大学。谈到孩子读书，他满脸兴奋。他说他一定要让孩子好好读书，考大学，考名牌大学，现在有钱了，没考上没关系，只管复读，复读三年五年，十年八年，都没关系，他有钱。

谈到读书考大学，陈老师有了笑脸，说这就对了。那以后呢？

田光明摇晃着头，说不知道了。

一瓶酒见了底。酒意全上来了。

田光明说，我怕一觉醒来，什么都没有了！

陈老师说，怕什么哟！有什么不踏实哟！想睡觉了闭上眼睛只管睡！

田光明一把抓住陈老师，像一个溺水的人，惶恐得很，老师，我会不会就是那个卢生哟！

陈老师断然地说，不可能！你不是卢生！

田光明向陈老师讲了狱警老李。他非常感谢狱警老李。他很想请狱警老李喝酒吃饭。狱警老李的腰痛得厉害，他现在有钱了，得想办法给狱警老李买一些治腰痛的药。

11

田光明回家，盖房子，盖一幢全村最大最气派的房子。家里那座五间瓦房，像老父亲那样，破烂得连气都喘不过来了。父亲一直想拆了重新盖。一听说要盖房子，父亲的眼里立即燃起熊熊的希望之火。父亲说，他一直都在攒钱，积攒了五千多，其中包括当年田光明第一次在周小虎那里领到的五百元，就压在那个木箱子里。他窸窸窣窣地取钥匙，准备把钱取出来。他十分遗憾地告诉田光明，他一直想把这老房子拆了重修，盖一楼一底的楼房。然后好好给田光明娶一门媳妇。现在儿子回来了，说什么都该建新房娶媳妇。不过，钱还差得多，得想办法向亲朋好友借。至于说要盖全村最大最气派的房子，哪个庄稼人都想，有了全村最气派的房子，还娶不上一个好媳妇？但是，钱呢？

田光明止住父亲，说，不用你的钱。

父亲一下愣住了。母亲也停止正在忙碌的柴火。田光明回家，父母杀鸡煮腊肉，准备好好吃喝一顿。父亲说，不用我的钱，用谁的钱？

田光明说，我的。

父母亲吃惊得很，同时问，你发财了？

田光明说，我有钱了。他拿出五万元现金。要盖全村最大最气派的房子。

父亲把现金看了又看，又是捏，又是摸，又是打。他一辈子都没见过这么多钱。他说，钱是真的。母亲也和父亲一起摸、捏、拍打那些钱。母亲也说，钱是真的。

父亲对母亲说，我家田光明发大财了。

母亲也对父亲说，我家田光明发大财了。

父亲把那五万元现金抱在怀里坐了好一阵。母亲也把那五万元现金抱在怀里坐了好一阵。父亲说，不是做梦呢！母亲说，钱在怀里抱着，做什么梦哟！母亲喜滋滋地说，我家田光明，要说沙坝坪最好最俊的媳妇。父亲说，就是，就是。

父亲一脸喜气突然没有了，他像突然想起了什么。母亲望着父亲那个样子，也渐渐没有了喜气。父亲说，这些年，你坐牢，怎坐出那么多钱来了？

田光明说，还有更多的钱。

他向父母亲讲了和周小虎的事。

父亲说，像评书上讲的那些龙门阵哟！

父亲说，这个周小虎真是一个好人哟！是你的大贵人大恩人哟！一定要对得起人家哟！

父亲说，现在看来，你这个牢，坐得值哟！

母亲也附和说，就是哟，就是哟！是老祖先人积德我家田光明运气好哟！

一家人喜气洋洋。

父亲要求田光明，周小虎的事情，千万不要在村里说。家里的新房，不要盖五楼，村支书家的才一楼一底呢！父亲已经把叶子烟换成田光明给他买的玉溪香烟，有滋有味地吸起来。他说，软纸烟硬是不同。他要母亲也尝尝。父亲抽叶子烟的时候，疲劳的母亲，时不时地拉过他的旱烟管，吸上两口。喜滋滋的母亲，似乎看见儿媳已经娶进屋，也抓了一支玉溪烟，有滋有味地吸起来。

父亲一边吸着玉溪烟，一边说，这些钱，像做梦哟！

母亲说，我就是做梦都没有想到会有那么多钱。

看着父母亲那个样子，田光明嘿嘿地笑个不停。他在家里睡得香。

不说周小虎的事没有半点儿意见，要他把房子修来只和村支书家一样高，他不干。他坚持，要修全村最气派的房子。

父亲来回地搓着手，担心地说，会不会出什么事情哟？先前喜滋滋的气氛没有了，倒是什么霉运像要降临似的。

他说，钱是自己的，出什么事情哟！

父亲劝，就算要修五层楼的大楼房，现在也不要说。

父亲说，不要对外面的人说我们有这么多钱。

看父母亲那个样子，他很想笑，幸喜没有告诉他们现在自己有多少钱，不然，晚上肯定睡不着。他又想，在城里，自己不也是睡不着吗？

父亲要他去办修房子的手续。办事情得按规矩来。

他去找村主任，当然，少不了带两瓶酒两条烟。送上烟酒的时候，他说了不少感谢话，他还说，等房子修好，一定请村主任来家里好好喝一顿酒，他真的很想感谢这些乡里乡亲，要不是父亲一直交代不要让外人知道自己在外边找了大钱，他真想送给村主任三五百元钱，村主任和他家，有些远亲。

村主任要他写个申请，先找社长盖个章。村主任找了一份村上其他人的申请，让他抄一份。

他在村主任家把申请抄了一份，提了两瓶酒两条烟，带着申请去找社长。社长去山那边打小工去了。社长老婆说要晚上才回来。他把烟和酒放在社长家。第二天，他去社长家，社长爽快地在申请上签了"同意"并盖上社里的公章。

他拿着盖了社上公章的申请去找村主任。村主任说没问题，和村支书、村文书碰一碰，马上就盖村委会的章。他邀请村主任喝一顿酒。他是发自内心的、主动的。他很有把钱从怀里掏出来花的冲动。

村主任、村支书、村文书几个村干部，快快乐乐地和他喝了一顿酒，爽爽快快地在申请上签了"同意"并盖上村委会的印章。他分别给村委会的几个干部准备了一条香烟一瓶酒。

村主任对他说，镇上的手续，干脆我给你跑。

镇上，田光明不熟悉。村主任愿帮忙，他求之不得。

隔两天，村主任把镇上的国土管理员请到村上，他准备了一顿酒席，村干部们作陪，按村主任的吩咐，他特意为国土管理员准备了一个装了人民币的小红包。村主任说，国土管理员忙得很，天天都有人请，抢才把他抢到村里来了。管理员拍打着村主任的肩，说村主任的面子，一定要买的。喝完酒，接过红包，管理员爽爽快快地在申请上签了"同意"。

他拿过申请，说现在可以修房子了吧？

管理员安慰说，快了，快了，镇长回来，批了，就可以动工了。镇上对房屋审批很重视，由镇长亲自审批。镇长省上开会去了。要三五天才回来。

镇长从省上回来，很快被村主任请来。也是一顿酒席、一个装了人民币的红包，只是比管理员的更厚实。喝完酒，接过红包，镇长爽爽快快地在申请上签了"同意"。

他说，这下，可以盖房子了。

镇长说，还不行，最近乱搭乱建特别多，县政府刚刚下了文件，现在，盖房子，得县长批。

他说，那要等什么时候啊？

刚好这个时候，周小虎打来电话，他极不情愿地把手机从口袋里摸出来。大家见他有手机，非常吃惊，镇上，镇领导才有手机！村支书村主任都还没有。周小虎问他干什么，说好多天没有见到他了。他只好如实说，回老家来修房子，正在跑手续，跑了好些天，手续还没跑下来，正等着县长签字呢！

周小虎在电话里说，你修房子办什么手续？尽管修嘛！

他说，乡下修房子要批呢！

周小虎说，批什么，现在哪个老板在老家修房子会去批？周小虎说他前年，在老家修房子，给县长打一个电话，立马就开始盖楼房。

周小虎说，你现在是老板了，不是农民了，要盖房子你直接盖就是。周小虎在电话里感觉到他的担心，说他马上给县长打电话，明天就修，用得着如此婆婆妈妈地办那些手续吗？

周小虎和他在电话里的对话镇长等一干人都听见了，都责怪说，为什么不早说，早把事情说清楚，用得着如此折腾来折腾去吗？镇长说，房子明天修，那些审批手续，由他去找县长审批。正在喝酒，县长的电话打来，打给镇长的。县长要镇长解放思想，田光明家的房屋，先修，审批手续，抓紧给他报过去，马上批。

很快，周小虎的电话再次打来，问事情落实得怎样？县长是不是打电话来了？

周小虎要他回公司一趟。

12

周小虎要给他说老婆。

田光明准备在村里盖一幢最大最气派的房子，然后娶老婆。周小虎笑了，说你还想回农村？农村还没住厌？他不好意思地说，自己是一个坐过牢的人，想把钱赶紧变成村里最大最气派的房子。他在城里总是睡不着，老是担心，一觉醒来，什么都没有了。

周小虎训斥道，城里人不做了？到手的城里日子不过了？你疯了！很有些恨铁不成钢。

周小虎说，想嫁给你的人多得很！

想到娶老婆，他有些羞涩，说我坐过牢哟！

周小虎责骂，坐牢怎么了？坐牢坐成城里人不好？

田光明不知道自己做错了什么，迟疑地望着周小虎。

周小虎说，你现在是周氏兴隆集团的副总，你有钱，有钱就可以买房子买车子娶老婆当城里人。

田光明说，我总觉得那些钱和房子不真实，担心一觉醒来，就消失了。

周小虎说，你该不会坐牢坐傻了吧？

田光明说，我觉得云里雾里的，像是在做梦。

周小虎笑，说你摸摸那些钱看看那些房产证不就清楚了？

田光明说他天天都在看，看得眼睛都要从眼眶里钻出来了还在看，根本不敢闭眼睛，怕一闭上眼睛，那些钱和房产证，就消失了，没有了。

周小虎没好气地说，你就天天睁着眼睛吧！

周小虎告诉他，王珊愿意嫁给他。

田光明吃惊得嘴都合不拢，问，王主任？

周小虎笑了，是啊，你不愿意？

田光明一下子缓不过气来，说长得像图画上女明星一样的王主任会看上我？他说话已经结结巴巴，难为情地说，不要开我的玩笑。

周小虎一本正经地说，谁和你开玩笑，如果你愿意，我把你们喊在一起，说一说。

田光明说，天下有这样好的事情？我不是在做梦吧？

周小虎把田光明和王珊请到一家酒店的一间雅间。

田光明第一次和王珊这样面对面坐着，他闻到了一种让人心跳加快的芳香，他不敢抬头看王珊，如果不是周小虎硬把他拽过来，他说什么也不敢来。周小虎本来说不来，周小虎不来田光明就不来。田光明一路上都在嘀咕，人家王主任怎会看得起我哟？周小虎说，你是副总，她是办公室副主任，怎看不上你？

田光明不要周小虎走，他说周小虎走他也走。

周小虎急了，说我在这里你们怎么谈？

田光明说，谈什么啊？

周小虎说，结婚生子啊！

田光明的脸"唰"的红了，像占了王珊好大便宜。他还要说什么，周小虎早走了。他正想向远去的周小虎说一点什么，王珊已经笑盈盈地望着他，说吃菜啊！

田光明只好吃菜，很多菜他都没吃过，他知道价钱贵味道好，但他什么味道都没有吃出来，他没头没脑地说，厨师是不是没有放盐？

王珊笑了，望着他，看他吃菜。

田光明停止吃菜，说，不好吃？

王珊继续笑，说，没有盐，怎好吃啊？

田光明恍兮忽兮，他问自己，这个像图画上的仙女会嫁给自己？

王珊说，我们好好谈谈，好吗？

田光明说，谈什么呢？

王珊说，结婚！生孩子！

田光明的脸再次红了，他真的不敢想象如此美丽的王主任竟然和自己说这些话，他怯怯地问，谁和谁啊？

我和你啊！

他差一点儿惊喜得昏厥过去，像图画上女明星的王主任竟然要和自己结婚、生孩子，他想不昏厥都不行。自己上辈子积了多少德才修得这样的成果哟！

清醒过来的他声音颤抖，怯怯地问，为什么啊？

王珊说，你是男的，我是女的，就要结婚生孩子啊！

田光明说，世上那么多男的，为什么你不和他们结婚生孩子，世上有那么多女的，为什么她们不和我结婚生孩子？

王珊笑得很妩媚，说你是田副总啊，我是王副主任啊，你有钱有房子啊，我不漂亮吗？漂亮你不喜欢吗？

喜欢。

喜欢就好。

如果我的钱没有了房子没有了，你就不和我结婚生孩子了？

怎么会呢？

我担心它们跑了。

我不担心。

我是一个坐过牢的人。

你不坐牢会有钱有房子吗？如果你同意，过几天，找一个好日子，把结婚证办了。

田光明不敢相信，你说什么？

王珊说，你不愿意？

田光明说，我怎觉得是在梦里。他做梦都想成为城里人过城里人的日子。他兴奋激动得快要飘飞起来。

王珊把香喷喷的脸凑过来，说你摸摸，不是在梦里。真的，绝对是真的。

13

过三天，田光明和王珊去民政局领结婚证。周小虎说找通易经八卦的人看过，就这一天是黄道吉日。周小虎问田光明什么意见，田光明一愣一愣的，他根本没有想到王珊会嫁给自己，他把钱和房产证看了很多次，始终不敢相信王珊会嫁给自己，他以为是梦境，是玩笑，他说，人家王主任怎会看得上我啊？

王珊笑着回答，说我就是看上你了，走啊，去民政局领结婚证啊！

田光明迟疑了，说这么大的事情，是不是该给父母说一说啊？

周小虎说，说什么啊，这么好的姑娘，难道你父母亲会反对？求神仙都求不来哟！

田光明想想也是，连求神仙都求不来的事情也让自己遇上了，自己运气实在太好了，他忍不住，把王珊仔仔细细地打量了一遍，两遍，三遍，他实在不敢相信，这样好的姑娘就要和自己结婚睡在一张床铺上了，自己积了什么德哟？老祖先人积了什么德哟？想起当初和周小虎贩卖白酒，周小虎说得明明白白清清楚楚的，突然就消失了，结果自己进了监狱，他不敢往下想。望着像图画上女明星一样的王珊，他对自己说，娶得了这样的女人做老婆，就算再次坐牢，也值。忍不住，他说，哪天，你们会不会突然就消失了？他觉得有很多事情搞不懂，头很痛。

王珊笑眯眯地对他说，结了婚，我就是你老婆，天天陪着你，消失什么哟！

田光明说，那我是不是太幸福了？

王珊继续笑，说你娶了我，会很幸福。

他差一点儿醉倒在地。

在民政局，田光明问那个办结婚证的人员，说你这里办的结婚证是真的吧？办证的人员不高兴了，说同志，你怎么这样说话呢？不是真的，难道是假的？田光明喜滋滋地说，真的就好，真的就好！

领了结婚证，田光明说结婚证由他来保管，王珊说你想保管你就保管吧！结婚证一共两本，工作人员一本给他，一本给王珊，他一下把王珊手上那本抢在手里，他的脸红彤彤的，像喝了好多酒，他实在不敢相信自己有老婆了，并且是王珊这样像图画上明星一样的城里女人，他把两本结婚证抓在手里，说我怕你跑掉了。

王珊说，我都是你老婆了，我往哪里跑？

田光明抱着结婚证，把王珊往自己住处领。王珊说，我都是你老婆了，我不跟你一起回家往哪里去？他把结婚证抱得更紧。住处是一套三室两厅的房子，装修和一应家具都是周小虎安排公司人员进行的。他只住了一间，其余两间还是刚刚住进来的样子，尽管周小虎早将房产证拿给他，房产证上也明明白白地写着"产权人：田光明"。但他始终觉得这房子不是自己的，连客厅的沙发、电视都没用，他不知道哪一天，说不定突然就从这房子里搬出来了。

房子里突然多了一个人，并且是一个像图画上明星一样的女人，并且是和自己领了结婚证的女人，打开门，田光明显得手足无措。

王珊吃惊地问，房子你没用？

田光明说，我怕哪一天，就让我搬走了。

田光明用那间卧室，他每天把枕头、被子整理得和刚进屋时一模一样。刚来时随身的那个书包，他放在卧室的角落，每天，他把衣服整理好放在书包里，什么时候搬出去，背了书包就可以走。

田光明把两本结婚证小心翼翼地放在书包里。

王珊说，你放在床头柜里啊！

田光明说他怕结婚证跑了，放在书包里保险。

王珊问，书包怎保险？

田光明说他背起书包就可以走。

田光明鼓足巨大的勇气，对王珊说，我想看看你。田光明呼吸急促，心跳加快，脸红筋胀。

王珊笑了，说你看啊，我都是你老婆了，你时时刻刻都可以看啊，只要你不怕烦，不怕厌。倒是王珊笑眯眯地看着他。

田光明不敢看王珊，低下了头，说，一辈子都看不厌，一辈子都看不烦。

王珊撒着娇，说，那你看啊，看啊！

田光明还是不敢抬头，说，我配不上你。

王珊不说话。

你为什么会嫁给我？

我不是说了嘛！你有钱有房。王珊的笑硬挤的，睫毛上，挂有泪。

有钱有房的人多，你为什么不找他们？

光明，我们不谈那些，你抱一下我。王珊伸出手，敞开怀抱。她眼睛微闭，眼泪大颗大颗往下掉。

我就是想看看你，什么都不干。

你看啊，我都是你老婆了，你想看哪里都可以，你想干什么都可以。

你真的是我老婆了？

还有假？王珊伸出杨柳一样的手去抱他。

我有老婆了！田光明大吼大叫。泪水，在他的脸上东奔西跑。

田光明和王珊抱在一起。

田光明脱王珊的衣服，他根本不熟悉流程，费了很多劲，根本脱不掉王珊的衣服。

王珊在他耳边说，慌什么啊，我都是你老婆了，我自己来。王珊开始自己脱衣服。

王珊把自己脱得一丝不挂。

王珊把田光明脱得一丝不挂。

田光明已经是一块熊熊燃烧的火炭。我想看看你！

你看啊，你自己的老婆你尽管看啊！

田光明口干舌燥。下面那个物件，早已生机蓬勃。他把王珊一把抱了，往床铺上放。

王珊娇嘘嘘地说，轻一点，慢一点！

田光明早已燃烧，往王珊身上骑。

王珊本能地惊叫一声。

田光明胯下那支早已通红锃亮的钢枪，正准备插往王珊那片桃花源，先前生机勃勃的物件，突然间，疲软了。

正在等待的王珊很快感觉到了，说，怎么了？

我怕！

你怕什么啊？

我怕你突然消失了。

我是你老婆啊！王珊抚摸他，帮助他。田光明那物件就是无法生机勃勃。王珊抚摸着他的物件，说，光明，我是你老婆啊！你操你老婆啊！你操你老婆天经地义啊！

王珊流泪了，默默地穿好衣服，说，我什么事情都告诉你！

王珊和田光明都是乡下孩子，她运气比他好，考上了大学，王珊读的那所大学是一所很一般的大学，既不是985，也不是

211，大学毕业，她闯过广东，到过上海，有一次，看到老家周氏兴隆集团招聘，薪酬可观，她条件也具备，就从广东回内地了。干了一段时间，才知道，自己这个办公室副主任，任务是陪一位和集团关系极为特殊的官员。该官员老婆无法生育，希望王珊为他生育一子，王珊的肚子里，已经有了一个三个月的胎儿。

为什么不早告诉我？田光明把床铺拍打得山响。

周总不让说。

那个当官的是谁？田光明的眼，一片血红。

我不能说，你就是杀了我也不能说。

田光明厉声叫道，你们这是借屋躲雨的勾当。

王珊没有言语。

我借。我会对你好。田光明的声音低了，缓和下来。

14

周小虎要以公司的名义，热热闹闹地为他们办一场结婚典礼。田光明和王珊坚决不同意。

田光明带着王珊回老家拜见父母。周小虎让公司派车，开始，田光明不让，后来，看着王珊要呕吐的那个样子，不再坚持，真让王珊坐公共汽车，不知道要呕吐成什么样子。

田光明突然带回来一个像图画上明星一样漂亮的媳妇，沙坝坪的人像过节似的高兴，都赶到田家来看新媳妇。父母亲看着像图画上的新媳妇，看着像潮水一样往自己家里赶来看热闹的人群，高兴得合不拢嘴，整日里，把一张老脸都笑酥碎了。父母亲把积存的花生、干桂圆、糖块，死劲往人们口袋里塞，要他们吃，多吃，使劲地吃。新修的楼房，已经开始挖地基，数十个人手，来来回回地忙碌着，父母亲早在老房子的厨房新起了一口大柴灶，燃烧着熊熊的柴块，煮着工人们的一日三餐。田光明一回来，父母亲赶紧腾出他们住的房屋，准备让田光明和王珊住。母亲对腾出来的房屋十分不满意，说等新房子建好了，就好了。父母亲对田光明带回来的媳妇十分满意，多次向家神和列祖列宗的牌位燃烛烧香磕头礼拜，并接连不断地诉说感激，田家积了多少德哟！保佑我家田光明娶了一个天仙似的媳妇哟！田光明自然不会去挤占父母亲的房间，说他在老家住不了几天就回公司，把自己以前住的那间房屋收拾收拾就行了。田光明就去收拾。王珊也跟着去。母亲对父亲说，多好的媳妇哟，老祖先人积了多少德哟！我家田光明多好的命哟！说着说着，眼泪就掉下来了。

父亲把他叫出来，说圈里的两头猪，全杀了，再去买两头，杀四头猪，把沙坝坪的人都请来，把亲戚都请来，好好地乐一乐。父亲说他已经托人找北坡的王道士查看过黄道吉日，准备好好地给儿子儿媳，办一场声势浩大的喜酒。父亲说，这么好的姑娘嫁到我们家，是田家的福气，是老祖先人积德，不能亏待了人家。

田光明不同意在老家办酒席。

他要父母亲把先前准备修五层楼的大房子，全村最气派的大房子，改了，修成两楼，够一家人住就可以了。

父母亲吃惊得很，问，怎么啦？出什么事情了？钱没有了？

没有啊！

他说，以前想盖全村最好最大最气派的房子是想娶媳妇嘛，现在媳妇娶回来了，还盖那么气派的房子干吗啊？

父亲正色地说，我们不能对不起人家啊，多好的媳妇啊！

父亲说，你是不是有什么事情瞒着我们啊？

母亲也说，有事情一定要给我们说啊！

田光明说，没有啊，你们看，我现在多好啊！

父母亲说，就是啊！

15

不久，王珊生下一个白胖胖的男孩。公司很多人都来道贺祝福。周小虎送了一把黄金锁，并亲自给孩子锁上，前来祝福的人都惊叹，说这把金锁，要值上万的钱吧？周小虎哈哈大笑，说有发票为证，一万八千八百八十八元。

大家抱着孩子叽叽喳喳地说话。突然，有人说，这孩子，不像王主任，不像田副总，像谁啊？

田光明猛然冲过去，把孩子抱在手里，恶狠狠地对说话那个人说，你什么意思？我自己的孩子不像我像谁？

那个人赶紧赔罪，说他什么意思都没有，只是随便说说。

田光明虎着脸，随便说说也不行！

周小虎张罗着，准备好好为孩子办一场满月酒，王珊和田光明断然拒绝。

周小虎猛拍田光明的肩，还递上一支烟，把火给他点上。周小虎开怀大笑道，我们从农村出来，现在，成了城里人，房子有了，钱有了，老婆有了，孩子有了，得高兴高兴啊！

田光明沉默以对。烟倒是接了，吸着，咳嗽不断。

周小虎叹息着说，兄弟，我们出来混，哪能十全十美啊？十全十美有没有？有，可能就是你们顺江河中学当年那两个考上清华北大的，我读书那个学校，到现在，还没有一个考上清华北大的。你说，不这样，我们怎整？真的，我是为你好！周小虎继续拍打着他的肩，说着，说着，眼睛竟湿润了。

田光明继续沉默以对，连烟烧着了手指，都不知。

16

孩子满月那天，田光明准备找一家好饭馆，一家人好好吃一顿。王珊拒绝，说她下厨，由她来好好弄一顿饭菜，田光明只需要按她开出的清单，把原材料买回来，给她打打下手就行。田光明说，那怎么行？王珊抱着孩子，说怎不行？我是你老婆啊，老婆给一家子弄吃喝有什么不行？

王珊要田光明陪她喝点酒。田光明拿红酒。王珊把红酒拿回去，拿出白酒。田光明阻挡，阻挡不住。儿子睡在旁边的摇篮里，睡得正香。周小虎安排公司两位员工，轮换着照顾王珊坐月子，王珊把她们都打发回去了。

王珊说，张小菊失踪了。张小菊是集团财务部财会人员。

田光明说，不是才四天吗？算什么失踪嘛！公司以为她家里有事情，家里以为公司里有事情。

她会去哪里？

我怎么知道她去哪里？公司不是在找吗？

为什么嘛，好好的。

你怎么知道她好好的？

随便说说嘛！

市财政局的王局长，不是说换届要当副市长吗？神不知鬼不觉的，就失踪了。

你坐在家里，怎什么事情都清楚哟？

不是有电视、报纸、电话吗？

我也在报纸上看到了，那叫什么失踪，那是畏罪潜逃，两个月不到，就被抓回来了。

田光明问，张小菊会不会畏罪潜逃？

王珊惊讶得合不拢嘴，说你怎么知道？

田光明说，我怎么知道？随便说说。

田光明说，张小菊会不会和哪个男人一起跑了？

王珊说，怎么会？从来没有听说过她的风言风语啊，我经常看见他们两口子牵着儿子在街上散步。

田光明说，会不会遭了黑社会，或者杀死后藏在了什么地方？他想起了，前几天电视里报道，邻市一位老板，被人杀了，藏在冰箱里，一年多后才被发现。

王珊悠悠地说，你不要吓我。我怕。她扭过头去看摇篮里的儿子，吃足奶水的儿子，睡得香甜。

王珊给田光明满满地倒了一杯酒，也给自己倒了一杯，然后碰杯，一口干了，说，如果有一天我也这样不明不白地消失了，你不要这样胡猜乱想啊！

田光明惊叫道，怎么会哟！

王珊望着田光明，淡淡地笑，说怎不会哟，莫名其妙地就不见了。她叹着气，擦拭着眼。

17

儿子满月后第三天，王珊失踪了，一丝影儿音讯也没有。

周小虎也失踪了，一丝影儿音讯也没有。

来了很多警察，把周氏兴隆集团查封了，连田光明家也贴了封条。田光明正抱着儿子喂奶粉，王珊一失踪，儿子就断了奶，饿得哇哇哇地哭。他只好用奶粉替代。他买最贵的奶粉，但是，吃惯了奶水的儿子哪肯吃奶粉？他忙得焦头烂额。

调查人员找他谈话。他想起数年前，自己随周小虎贩卖白酒，周小虎招呼都没打，就消失了，自己替周小虎去坐牢。他说，要我去坐牢我马上去，但有一件事情我得处理好。

调查人员要他老实交代，周小虎、王珊去了哪里？就算跑到天涯海角，照样抓回来。调查人员让他把周小虎、王珊藏匿的钱财房产全交出来，调查人员告诉他，是省纪委在办这个案子，已有市领导被双规，周小虎、王珊涉嫌犯罪，情节严重，党的政策是坦白从宽，抗拒从严。

田光明说，周小虎、王珊没有藏匿钱财房产在自己手里。他把书包打开，把存折和房产证件拿出来，说都在这里，你们都拿去。他想起自己高考没考上跑出来打工就背着这个书包，从监狱出来，还是背着这个书包，现在，又要进去了，房子啊，钱啊，什么的，又通通没有了，只有这个书包还在。田光明不知道，这次进去，会不会再去狱警老李那个监狱，会不会再次遇到狱警老李。他挺想念狱警老李。陈老师说现在是现代社会，他不是那个卢生，他自己都不知道自己究竟是不是。他看到了书包里的结婚证，拿出来，说，这个，也交给你们。办案人员说，这个，不要。他认认真真把结婚证重新放回书包里。突然来了那么多警察，怀抱中的儿子，似乎懂得了一些人世间的东西，竟不再哭，有滋有味地喝着牛奶。他的心突然感到温馨起来，充实起来，自己哪是一无所有，怀里不是还有一个实实在在的儿子吗？不是还有两本实实在在的结婚证吗？自己真的不是那个卢生，卢生有儿子吗？有结婚证吗？没有。他想起当年刚刚遇到周小虎的时候，周小虎和他谈做生意，说什么东西赚钱就干什么。他说，贩毒，拐卖人口，可以赚很多钱，干吗？周小虎说，抓住了，要枪毙，人都死了，钱拿来干什么？他说，不掉脑袋，能赚很多钱，包括坐牢，也干吗？周小虎说，这要算好账，看合算不合算。他想，这次，周大哥一定也把账算好了，他的账肯定很合算吧？

调查人员问他还有什么要说的。

他说，还有。在坐牢前，请允许他回一趟老家沙坝坪，他要把怀抱中的儿子，交给乡下年迈的父母亲，只有他们两个老人，才能让他放心。他要拜托父母亲，好好抚养自己的儿子他们的孙子，再穷再苦再累，一定要让他好好读书，以后，考一所好大学，最好是985、211的大学。

老汉和牛

　　王三老汉抬起衣袖抹着嘴，不是饭粒抓了他的胡子，胡子上什么都没有，是多年的习惯，习惯这个东西不好改。他气呼呼地放下碗筷，抬起屁股，去牛栏里取犁拉牛。

　　建楼房的时候没有牛栏，儿子石娃不让建，这年月，哪家哪户还养猪养牛？建牛栏不是把钱往大河里丢往大火里烧？这样的事情石娃不干。依得石娃的脾气，把牛拉到县城东门口，让李屠夫砍了，少说也卖三两千块钱。王三老汉像杀了他亲爹刨了他祖坟，伸出一双枯树枝般的老手，去抓扯石娃。王三老汉怎抓扯得到石娃？石娃和他比起来，就像灵巧矫健的野兔有意捉弄家门口那条早已褪掉黄毛只剩下一串串呵欠的老黄狗。

　　石娃跑得远远的。

　　王三老汉打雷似的声音追着石娃跑，老子才不信，你狗日的敢造反！

　　石娃哪敢造反？只得给老头子盖了一间牛栏，供奉他那头牛和那张犁。石娃不死心，新房落成搬家，悄无声息地，把那张犁和垃圾混在一起，丢在路边，希望哪个捡垃圾的三下五除二就弄走了。石娃还没有走回来，王三老汉已经恓恓惶惶地喊叫起来，石娃，老子的犁，犁啊！石娃，你狗日的敢丢老子的犁，老子剥你狗日的皮！石娃赶紧悄无声息地把犁扛回来，放在牛栏里，扯谎说，给你搬进牛栏嘛！心头却想：这犁，怎和老头子的心尖尖连在一起了？动到起，就像挨刀子一样嚎起来？王三老汉不管石娃，抚摸着犁，"嘿嘿嘿"地笑，让石娃身后平白无故地多了一双眼睛，不自在得很。

看见老头子牵着牛扛了犁出来，石娃的脸上堆满笑，那笑很不自然，拼凑的成分多，有些乱七八糟，和客厅里那些花花绿绿的图画一样。王三老汉不理石娃，对牛说，老常，我们走！

石娃巴结老头子，讨着好，笑嘻嘻地，问，爹，通了？

似乎牛才是王三老汉的儿子，他继续和牛说话，走！老常，找好吃的去！像害怕石娃劫了他的牛，不停地把劲使在牛鼻绳上，牛有了一些风风火火的意思。

石娃不和老头子一般见识，继续说，等会儿我们请您啊！一副喜气洋洋大功告成的样子，似乎钱就要装进他的包包头，还送上一顶不小的高帽子，说，爹，你一去，事情起码成了一大半！

王三老汉"哼！"的一声，径直牵着牛扛着犁，走了。

老常爱吃罢地乱、丝麻草。罢地乱就像王三老汉爱吃的回锅肉，肥嘟嘟，油浸浸地铺在田野里，老常不紧不慢地吃着嚼着，既解馋，又实惠。丝麻草就像王三老汉爱喝的小烧酒，老常把那东西卷在嘴里，反反复复地嚼，回味悠长，芳香四溢的样子，很久，都不愿咽下去。似乎进了胃，那味道，那幽香，全掉进茅坑了。

老常就是王三老汉身边那头牛。王三老汉见到它的时候，收音机里正在播评书《朱元璋演义》。那个黑脸将军常遇春常常让王三老汉听得拍桌子叫好。一看牛的架势，身段，铜铃大的眼睛，"哞哞"的一声声大吼，不是一个活脱脱的常遇春大将军吗！王三老汉友好地拍打着它的头颅，大叫一声"老常！"它竟四蹄翻腾，摇头晃尾，"哞哞哞"地向王三老汉大叫不止。

老伙计，今天请你吃回锅肉，喝烧酒。回锅肉管够，烧酒至少一斤！王三老汉一路寻找着，比平时添了不少友好。

王三老汉的回锅肉和烧酒有代价，他抚摸着老常的头颅，说，一会儿，石娃那家伙来喊，千万别去啊！

老常似懂非懂，抬头望王三老汉。王三老汉斩钉截铁地吩咐道，就是八抬大轿抬你，也不去！老常明白了，"哞哞"地点着头，晃着尾，似乎在说，那好，回锅肉，烧酒一定要管够。

王三老汉找了不少地方，还没有找到老常要吃的回锅肉和烧酒。地被水泥皮子盖住。春天到了，草却少得可怜。罢地乱、丝麻草这些老常的至爱，不知躲到什么地方。不要说当娃儿时候，就是石娃他们放牛那阵子，春雷一响，春雨一来，草们就像喝饱了吃足了，发疯似的往地面上窜，哪里需要镰刀，先躺在草里打几个滚，让牛由着性子吃过去，只管对着日头睡大觉，到太阳落山，牵着牛回家就是。如今草被房屋、水泥紧紧地压着，抬不起头，零零星星地散落在沟前坎后。

王三老汉很有耐心，拍打着牛，安慰道，老常，肯定会有！一到田野，老常就冲动起来，恨不得撒开四蹄，热烈地表示点什么。王三老汉紧紧地攥住牛鼻绳。田野其实不叫田野。田野四处是形形色色的厂房。房子多系临时搭建，能遮风挡雨，能安下一台一台的机器。厂房里机器在轰隆隆地叫，一团团的浓烟急不可待地冲向天空。在厂房的缝隙，还有不少土地，都种着一畦畦竞相开放的鲜花，一团团形形色色葱葱茏茏的苗木，一幢幢用薄膜盖起来栽种反季蔬菜的大棚。要是吃了人家的鲜花、苗木，毁了人家的大棚，如何是好？王三老汉赔着十二分的小心，抓紧牛绳，像不放心上课淘气捣蛋的学生，一个脚印一个脚印地监督着老常先在沟前坎后啃吃一些躲得胆战心惊的小草。老常来者不拒，并不刻意追求王三老汉许诺的"回锅肉"和"烧酒"，时不时地，还"哞哞"地高歌几声，牛尾欢快地晃动不停。

王三老汉得离石娃远远的，似乎石娃是瘟神。

王三老汉像想起了什么，冲着家的方向，骂，老子才不去丢人现眼！石娃连影子都没有，哪里知道在骂他？

昨晚，王三老汉家开了大半夜的会。

土地承包后，难得开会。就算选村长、社长，也难得上心。县城离生产队越来越近，离自家的土地越来越近，连它打呵欠扯鼾声，也清清楚楚。

找钱的门路越来越多。

谈到钱，大家眼睛睁得圆鼓鼓的。

石娃既不是村长也不是社长，还把人喊在家里开会。偏偏那些人要来。石娃他们开会，开始，王三老汉举双手双脚赞成。王三老汉尽管怕惹出麻烦，还是敬烟上茶，满怀希望地忙得手脚不停。他还拿出两瓶一直没有舍得喝的酒，买了两口袋卤猪脚卤猪嘴，放在人群中。

王三老汉以为石娃他们是舍不得地。

看着县城大口大口地吃过来，王三老汉的心尖尖在痛。他对老常说过无数遍，等推土机开过来，他就带着老常挡上去，告诉他们，我们要种地！但国家定了的事情，哪里挡得住？王三老汉叹着气。一听石娃他们要开会阻挡施工，心中那股子劲，一下子就提起来。他自告奋勇地提出第一个打先锋，带着老常，往推土机前一站，看哪个狗日的敢开过来！他还提出拉标语（以前他看见有人这样干过），找人在上面大大地写上几个字：

我们要土地！

我们要种地！

一屋子的人哄堂大笑，仿佛见了怪物，说，王伯，还想种地？

伯，还没种够？

哼！种得出几个钱？

原来他们不是心疼土地！

王三老汉哪里说得过他们？他们不要他说，没有人听他说。

他把火发在石娃身上，没来由地说，石娃，你狗日的想当村长社长？他想把石娃从人群中拉出来。既然不痛地，还开啥子会？

石娃哪里从人群中拉得出来？正热火朝天紧锣密鼓。石娃气壮得很，说，想当村长社长怎啦？犯法？理也不理他，忙他们的事情。

王三老汉只能憋着一肚子的火，端着凳子，往牛栏里去，找老常说话。

推平那座馒头山，县城四十米景观大道就跑到王三老汉家门口。县城建设指挥部的人来开过多次会，宣传政策，态度和蔼。生产队一半的土地被征用。王三老汉的房子暂时保留，两块承包地，被县城吃了进去。

指挥部的人丈量面积，清点附着物，掏出计算器，噼里啪啦地算着。都往高限上靠，钱算出来，存在银行，银行卡已送到石娃手中，还给王三老汉转户口买保险。

王三老汉对指挥部的人说不要钱不要保险不要城头户口，要地。指挥部的人给王三老汉学文件，讲政策，做工作，不急不躁，耐心细致。王三老汉叹着气，勾着腰，把就要变成县城的土地，一次又一次地看个不停。

既然不心疼地，折腾来折腾去干啥子？

家里的地，早不种了。石娃承包给一对很远的乡下父子，种反季节蔬菜。白花花的大棚，像坟墓，稀奇古怪的，把时间和节气全倒过来了。

开会的人大都和石娃一般年纪。平时，他们在县城忙这样那样的事情。石娃声音大，好像他就是村长社长。石娃说，这次，是把钱拿回来的最好时候。不拿钱，要用地，休想！

屋子里的人越说越激动。好像就急着等钱买米下锅。他们哪里是心疼地？他们哪里种过地？连犁如何使牛如何吆喝都不知道。他们在县城干着这样那样的事情，高兴了，回来住一住。多数时候，他们住在县城，和城里人说话办事。他们有摩托，再不济的，也有自行车。骑着摩托在县城里"突突突"地跑上跑下。家里有事了，他们把摩托停靠在家门口，大声武气地说着话干着事。事情办完了，县城里，很快又有了他们的身影。家门口，正停靠着一大堆摩托。他们高度一致，明天一大早，都去工地，挨次挨次地站了，不把那个钱拿出来，要想用地，休想！不是要搞开工仪式吗！县长要来嘛，还有电视台报社的记者。事情搞得越大越好，就是怕事情小了没人理睬。县长来了更好，就怕他不来，不来就到县政府找他。见到记者更好，就是要他们报道。

只要把那个钱给了，他们还是同意交土地。王三老汉的心一阵一阵地绞痛，想法和他们差八帽子远。

老人孩子走前面，男女老少通通去，黑压压的一大片，看哪个狗日的推土机敢动半步。石娃大声武气自告奋勇，他和他老爹，第一个，一大早，牵着牛，扛着犁，打头阵。石娃甚至说，他把牛牵到推土机上去，要牛往推土机上拉屎撒尿，牛的尿水往发动机上一冲，再雄的推土机，都完蛋。人群里爆发出一阵一阵欢快的大笑，都说石娃主意高。

　　把土地要回来，打头阵，王三老汉一万个愿意。他们是要那个钱，不是要土地，王三老汉一万个不愿意。石娃对老头子满怀信心，他在人群里拍胸脯打包票，老头子和他的牛，包在他身上。

　　王三老汉坐在牛栏里一阵阵地冷笑。

　　四年前，县城就往王三老汉他们生产队这边跑，吃掉了一小部分土地。要不是县委书记换人，调整了县城发展战略，王三老汉他们的土地，早被县城吃光了。县上把钱赔给镇上。刚好村小摇摇晃晃成了危房，比八九十岁的老太婆得了重病还危险，得立即抢救。县领导来了，给了十万块钱。十万块钱修不起学校，要求镇上匹配。镇上哪来钱，刚好有这笔款子，就垫上去。开始大家想着反正是给娃儿盖房子，没说啥。镇长也说，镇政府担保，一年一年地还，还不了多少年。

　　哪想一垫，就垫起了。其实，镇长说还钱，还是有门道的。一个学生一学期收一百两百的建校费，还债的钱就有了。都是这样干的。哪晓得前两年国家改革，学生读书都不要钱了，哪个还敢收建校费？玉田村的人去找镇长，镇长调到另一个镇做了书记。人家怎好过问？就找新镇长。去年开春，镇财政所撤了，钱归县上管。新镇长对气势汹汹围着他要钱的群众态度友好，像招呼亲戚一样把他们往办公室里请，又是敬烟又是泡茶。镇长笑容可掬，平易近人，一点儿也没有镇长的架子。尽管才从县级机关下来，丝毫没有赖账的意思。镇长应承着，把困难和问题摆出来，镇政府连财政所都拆了，哪来钱？财政所拆了，镇上的钱，还是该镇长签字使用，手续烦琐点，到县财政局，照样能把钱拿出来。镇长哪愿还几年前的债，得找理由。镇长说，这样吧，我把情况给县教育局汇报汇报。现在，钱，县上管。镇上的教育，都收归县上管了。

去要钱的都是石娃他们那帮愣头青，村支书、村主任躲在后面。石娃他们去找县教育局局长。教育局长态度照样友好，说确实有那么回事情，镇上教育是县上管，但是，收上来以前，镇政府欠的债，还是他们还。教育局长大念苦经，现在教育就这个现状，要玉田村的群众多理解，欠债确实太多。就你们那个村小，不算欠村上的，包工头那里，还欠着十四万呢，那个胖子老板，天天跟在后面。教育局长痛苦万分的样子，劝导说，反正都是村上的学校，就算做功德无量的大善事！一旦有钱，马上拨过来。教育局长的疏导让石娃那帮愣头青暴跳如雷大吵大叫。教育局长任石娃他们发泄，微笑着，神定气闲，时不时地，把开水壶提过来，续上水，说，慢慢说，喝点水。似乎他也是陪同石娃他们到教育局来要钱的。

石娃他们在教育局和镇政府之间来来回回地跑了多次。他们当然不会去把村小的教室锁了，村上还有一些娃在那里读书。倒是修村小的那个胖子老板，把村小的教室锁了，扬言道，什么时候拿钱，什么时候开门。事情还没有闹到镇政府教育局，石娃他们"突突突"地骑着摩托车跑回来，把胖子老板黑压压

地围着，恶狠狠地逼问，你要怎子？胖子老板怯了，哪里还敢
锁教室，乖乖地把锁打开，让学生们进教室上课。

　　哪有田野的样子？田野上该有庄稼吧？有庄稼人吧？几年
前还能看见庄稼和庄稼人。村里人把地租给更远的乡下人，让
他们盖起白茫茫的一片片大棚，种鲜花，种反季节蔬菜，种苗
木；租给老板办工厂，年年收租金，东一处西一处地冒出不少
的厂子和烟囱。鲜花、苗木，反季节蔬菜，城里人喜欢，往县
城送，县城再送到更远的地方，换回一扎一扎的钞票和一张张
笑脸。草房换瓦房了，瓦房换楼房了，还添洗衣机、电冰箱、
彩电、摩托车。县城就在前面，前几天，县城的嘴巴已经伸到
王三老汉的家门口。村里人跑到县城，那里好挣钱，到处都是
票子。听他们口气，在县城，连弯腰捡钱还嫌腰痛。
　　王三老汉要种地。他喜欢赶着牛驾着犁把春水、春泥、春
天仔仔细细彻彻底底地侍弄，守着种子慢慢发芽，冒叶，拔节，
长高，抽穗，扬花，渐渐地长成金黄黄沉甸甸的颗粒，然后一
把汗水一把汗水地把它们收获回家。老常身子骨还好，拉着犁
在水田里疯跑没什么问题。倒是把它关在牛栏里，整天"哞哞"
地叫唤不停。还有那犁，上等香樟木，不用，迟早会出毛病。
再说，到了春天，许老哥来到田野，怎说啊！
　　许老哥来过这里。王三老汉和许老哥挨次挨次地陪着老常，
驾着犁在水田里疯跑。地的油水全被老常和犁翻涌出来，连春
天，也似乎要被老常那家伙一犁铧一犁铧地耕进泥巴里。他们

替换着，一个人立在田坎上，一个人驾着犁赶着老常，嘴里挂着叶子烟，大声武气地说着庄稼和土地的事情。

事情似乎就在昨天。

老常来的第二年，王三老汉没地种了。石娃把地包给了更远的乡下人种大棚蔬菜。石娃对怒气冲天的王三老汉说，早该把地包了，种屎的地！石娃看王三老汉公鸡下出大蛋的那个闹热劲，怕他种出瘾来，干干净净地断了他的念头。

王三老汉把地收不回来。家里的大小事情，已不是他拿主意。修楼房的钱，石娃出的。买家具的钱，石娃拿的。王三老汉枕头下压着几个存折，他把钱拿出来。石娃看也不看，说，你留着慢慢花！王三老汉找过承包土地的更远的乡下人，人家把合同拿给他看，上面有石娃红彤彤的手印和大名，还指着白茫茫的大棚，要赔损失！只要还能种地，赔损失王三老汉不怕。但人家不愿意，不跟王三老汉啰嗦，说，你喊石娃来！

没有地种，王三老汉只得牵着牛扛着犁在田野上来回转。倒是承包土地种大棚蔬菜的更远的乡下人，时不时地提醒说，叔，注意你的牛啊！没有地犁的老常对白茫茫的大棚满怀好奇，时不时地，把头探过去，让惊叫和提醒暴风骤雨般响起：叔，快！快！你的牛！更有甚者，还在老常身上，施以恶狠狠的拳脚。老常不甘示弱，勇往直前地往大棚里冲过去。惊叫更加暴风骤雨般地响起。王三老汉一边对打老常的人大吼道：你要干啥子！一边紧紧地攥住牛鼻绳，恶狠狠地骂老常，你要干啥子！

许老哥来的次数越来越少。

牛和犁其实不是王三老汉的。

六年前，大清早，和平常没有什么两样。王三老汉打开门，一个老哥立在家门口。扛着犁，犁八成新，擦拭得干干净净。身后，一头牛，是身强力壮的大牯牛。牛和老哥较着劲，把牛鼻绳绷得紧紧的，一步一步地啃吃着坝子边上零零星星的青草。

老哥年龄比他大些，六十上下。到这个岁数，在前边的县城，该领着退休金，要么接送孙子，要么在茶馆什么地方，娱乐麻将纸牌什么的了。

看着牛和犁，王三老汉很亲切，并且还有抚摸和操作的冲动。前两年，王三老汉家还有牛。牛是土地承包的时候养的，老了。石娃一直要杀了卖肉，得几个钱算几个钱。王三老汉拦着，说，除非等老子死了。王三老汉日骂石娃，你狗日的就缺那几个钱？王三老汉伺候着牛，等它闭了眼睛，然后，把它送到田野，挖一个深坑，埋了。还把家里的两张犁，也随着牛，埋了。

王三老汉木着脸，断然地说，我们家不犁地！他知道，话得狠点，像当初他外出帮人犁地一样，都有一股黏乎劲，不把活拿到手，断不会轻易离开。老哥一个劲地赔着笑脸，像当初他一样。王三老汉倒也扛着犁牵着牛打过工，那是多年前的事情。现在，村里谁还扛着犁牵着牛打工呢？王三老汉很有优越感，多了不少可怜他的成分。

老哥赔着笑，不管王三老汉的木脸，说，老哥，要牛不？

王三老汉倒想要头牛，可惜，石娃不干。家里的牛死了，石娃像送走瘟神，就差没有放鞭炮庆贺了。刚刚土地承包的时候，家家户户都养牛。这些年，哪家哪户还养牛啊？

他不管王三老汉的困惑，继续说，老哥，还有这犁，要不？

土地刚刚承包的时候，家家户户都喜欢置犁，没有三五张犁的人家，想找儿媳妇？休想！现在，哪个选女婿还会看他家有多少张犁？

王三老汉想有头牛，有张犁，陪着自己，种自己的地。王三老汉迟疑着。

他不管王三老汉的态度，要他看看，说，老哥，多壮的牛多好的犁啊！他抚摸着犁，依依不舍的样子，说，老哥，香樟做的啊！

王三老汉知道香樟做的犁是好货中的好货。一看就知道那头牯牛是拉地的好把式。仔细端详，还真的有些像以前自家的牛。

他缠着王三老汉，要他看。这人真日怪。

他一把抓住王三老汉，说，老哥，帮帮忙，给这牛和犁找个主家！那牛似乎听得懂主人的话，竟停止吃草，抬头，冲王三老汉"哞哞"地表示着友好。

他说，老哥，一看你就是庄稼把式。

王三老汉确实是庄稼把式，连牛的话他也懂。但那是前些年的事情。

他说，老哥，牛，犁，给你！

王三老汉有些吃惊，给我？少说也值两三千块钱啊？

多少钱？

不要钱！

天下哪有这样的好事情？单那牤牛，杀了卖肉，也是两千块，还有那光滑亮堂的牛皮。王三老汉说，什么条件？才不上他的套，这年头，邪门歪道多，收拾的都是贪便宜的。

果然，他说，老哥，有条件。他像看穿了王三老汉的心思，说，老哥，你得答应，不能杀了牛烧了犁，得让牛拉犁。

养牛自然为了拉犁。王三老汉说，还有什么？

他说，没有了。要说还有的话，就是有空的时候，来看看牛和犁，看牛拉着犁在田里奔跑。

他姓许，王三老汉叫他许老哥。他家的地，征用来建县城，补偿了，安置了，农转非了，房子也得拆迁了。得给自己的牛和犁找个主家，总不能杀了牛卖肉啊！总不能把犁送进大火啊！许老哥找到王三老汉家。

王三老汉笑起来，和许老哥眉飞色舞地谈起牛。

没花一分钱，许老哥家的牛和犁进了王三老汉家。

王三老汉也得给牛和犁找个主家了，像当初许老哥把牛和犁送到自己家来一样。

王三老汉像当初许老哥一样，往县城反方向走，走到县城十年二十年都跑不到的地方去。

王三老汉挨家挨户地敲门。

要牛吗？要犁吗？王三老汉问。

开门的要不是白发苍苍弯腰驼背的老人，要不就是一个个的孩子探出头来，问，找哪个？喝水吗？

那些身强力壮的小伙子呢？那些吃苦耐劳的媳妇呢？大片大片的田野，没有牛和犁怎行？

都吃惊地打量着王三老汉。孩子告诉他，爸爸妈妈外出打工了。

王三老汉问，地呢？不种？

和他一般年纪的老人，有气无力地说，种多少算多少！

牛呢？王三老汉继续追问。

牛？大家笑了。你想吃牛肉？

王三老汉着急起来。问，没人养牛啦？

老人们指着一大群孩子，摇着头，叹着气，说，养牛？养人都没有那个气力！

王三老汉哪里敢把牛和犁托付给他们？往家里赶，跑到牛栏，守着老常，摸摸它的头，摸摸它的身，摸摸它的腿，像和死去的婆娘，说一些话。

说着说着，就叹起气来。

石娃对王三老汉的牛，簸箕多的不满。

老常病了，躺在牛栏里，动都不动。老常这家伙，来的时候精壮，眨眼间，和老汉一样，有了老态。

石娃不让治，说，卖给李屠户。

王三老汉鬼火冒，幸喜石娃离他远，要不然，一巴掌就扇过去。

兽医不好找。村里以前有兽医。村子一小半变成县城。接下来，全都要变成县城。石娃那帮愣头青，恨不得一觉醒来，推土机就开到家门口。村里没人养猪，北边倒有个养猪场。王三老汉去看过，猪住的地方，和人差不多，专门有医生，穿着白大褂，拿着机器，给猪查这样查那样。那里的医生不会来看王三老汉生病的牛。村里没有人养牛。兽医早改行干别的了。这些年，不知怎的，先是城里时兴，后来，连村里也传染上了，大家养狗养猫，家家户户都养，还不止一只，常常牵几个抱两个。王三老汉日骂，干啥啊！兽医有了用武之地，医猪医牛和医狗医猫有多少区别呢？他们摇身一变医起猫狗，更名为宠物医生，兽医站的牌子，也换成一个一个的宠物医院。

王三老汉跑到宠物医院请医生。

站在门口导医的护士小姐笑眯眯地解释说，宠物医院只给宠物治病。

王三老汉脸红筋涨，说，我家的牛不是宠物？老常确实是王三老汉的宠物，还是兄弟朋友。但不属于宠物医院的宠物。

走了好几家宠物医院，没有医生来医王三老汉的牛。

幸喜遇上贾兽医。贾兽医多年前到王三老汉家医过牛，尽管他穿着白大褂忙不接叠地诊治着一头一头的猫和狗。王三老汉把他认出来了。他也把王三老汉认出来了。

贾兽医劝住焦急急的王三老汉，说他愿意去看看。但得下班后，算帮忙。

贾兽医利用下班时间在王三老汉家折腾了两天。灌了一海桶中药三大瓢西药还像人那样牵起一根线线来输液。贾兽医一边折腾一边感叹说好些年没有给牛看过病了。他好像又回到当兽医的时候，又是撬老常的嘴巴又是敲老常的肚皮，还把老常的屁股掰开来查。

王三老汉又煮腊肉又杀鸡，还把女婿春节送的泸州老窖翻出来招待。贾兽医喝着泸州老窖，摇着头，说，病，玄！

王三老汉一脸着急，问，治不了？

贾兽医不高兴，喷着一长串酒气，说，谁说治不了？关键看舍不舍得花工夫。贾兽医说的工夫是指肯不肯花钱。

王三老汉从牙缝里迸出三个字，只管治！

贾兽医又在王三老汉家住了三晚上，喝完王三老汉女婿送的三瓶泸州老窖，报出医疗费，八百多元。

石娃一听跳起来。

王三老汉一双老眼鹰一样瞪着石娃。石娃只得把火气撒在鸡鸭身上（鸡鸭也是王三老汉的嫡系部队，依石娃，通通用不着养），把它们撵得飞的飞叫的叫，还加几句脏话。

老常吃了贾兽医的药，躺在那里，一点儿动静都没有。王三老汉守着老常，和老常说话。还放一张小床，晚上，睡在老常身边。睡着睡着，时不时地，爬起来，摸一摸老常，是不是发烧？问一问老常，饿不饿？有罡地乱、丝麻草、炒黄豆。

老常和王三老汉是老朋友了，懂老汉的心思，用嘴，舔老汉伸过来的手。舔着舔着，眼里有了泪，似乎在说，不行了，得走了。

王三老汉也有泪，说，老常，一定医好你！你死了，留我一个人，怎整？这情景有些像当初婆娘要离开的时候，那时，王三老汉拼命地对婆娘这样说。那时，王三老汉没有钱，他只能眼巴巴地看着。现在，王三老汉有钱了。

王三老汉给许老哥打电话。得把老常生病告诉他。他没在家，去了儿子那里。他儿子在省城工作，隔一些时候，他去省城，看孙子。

许老哥一听王三老汉的电话就着急起来。他在省城那边千叮万嘱，一定要治好他！钱，老汉我出！似乎害怕王三老汉不给老常治似的。王三老汉怎不治，恨不得马上就治好老常。

第二天，许老哥从省城往王三老汉家赶，连家都没回。许老哥一进王三老汉的家门就问牛，然后从口袋里往外掏钱。

王三老汉怎会要他的钱？

贾兽医一边收着医疗费，一边说，只有住院了。贾兽医告诉王三老汉，就是住院，还得由他亲自出面找院长，他们医院，床位紧张，天天都有狗有猫住院，牛住院，还从来没有。不过，他的面子，院长也不敢不给。

住院就住院！守着牛的许老哥和王三老汉异口同声。

石娃躲在隔壁，悄悄地，咬牙切齿地骂：贾兽医，我 × 你妈！

石娃冲着守在牛栏里的两个老汉，悄悄地骂：这两个老汉，疯尿啦！

王三老汉不知道石娃的不满，像黑暗中抓到一丝亮光，恨不得马上就把老常往贾兽医的宠物医院送。

石娃不干，拦着，说，牛值几个钱？

医疗费伙食费得花多少？

你狗日怎能这样算？那是命！王三老汉勃然大怒。

命又怎样？你不吃猪？不吃鸡？前天石锁家办酒，红烧牛肉，你吃得香。石娃不依不饶。

是一回事？

就一回事。

老子要死，你狗日敢不治？

你是你，牛是牛，牛不是我老子。

老子就是牛！牛就是你老子。

让李屠户来，卖一千八百，迟了，骨头一堆，屎钱不值。

你狗日的敢！王三老汉气得像一只发怒的老母狗，就像什么家伙从它的狗窝里生拉活扯地抢走了它的狗崽子。王三老汉边骂，边举拳头，打石娃。石娃哪还敢拦着，一眨眼，跑到鸡鸭群里，把怒气发泄在它们身上，弄得飞的飞，叫的叫。

王三老汉取空了两个存折。许老哥高矮要付钱。王三老汉拽住他，两人争得脸红脖子粗。王三老汉说，要这样，你就牵回去！许老哥连地都没有了，怎把老常牵得回去？

石娃冲着王三老汉的人影子，不住地骂，这老汉，疯屎了。

王三老汉哪里理他，拿了钱往贾兽医的宠物医院赶。

过几天，王三老汉和许老哥喜气冲天地牵着牛回来。还哼着放牛小调，晦气一扫而光。

治好了？

王三老汉笑呵呵地答，治好了！治好了！住院就是不一样。

王三老汉花医疗费4478元，伙食费人工费420元。

王三老汉说，值！

石娃不依，背着许老哥和王三老汉，说，冤！

王三老汉吼，反了你狗日的！举起手，要打。

石娃哪里让他打着，跑得远远的，骂，这老汉，疯尿了！然后，把王三老汉的鸡们鸭们，踢得飞的飞，叫的叫。

许老哥陪着老常在牛栏里住了好几天，给牛端汤喂药，像孝敬老子。王三老汉也把铺盖搬到牛栏里，陪着许老哥。

石娃说，牛成他们的婆娘啦！

石娃说，真他妈的两个老疯子！

王三老汉的手机响了。任石娃说破嘴，要他王三老汉把老常带到工地上去帮他们要钱，不干。他差一点儿就把手机压了。

王三老汉不喜欢手机那玩意，谁找啊，找谁啊，什么事，扯开喉咙一喊，不就行了？一个电话不打，月月还交座机费。手机是许老哥给的，二手货。许老哥说，来看牛的时候，先说一声，方便！

许老哥替他选了卡号。别人打进来，不要钱。打出去，才收费。打还是不打，全由自己做主。王三老汉接二连三地夸赞许老哥送的手机，说好！用得！其实王三老汉难得一用。就是许老哥，开始的时候，还打几个电话。后来，电话就越来越少。很多时候，王三老汉扛着犁，把牛拉到田野上，晒太阳，啃青草，常常，还带一口塑料盆子，找一个干净水凼（严格说，叫水凼不准确，哪还有水凼，只能叫水坑），端起一盆盆清水，给老常冲洗刷整。老常需要一个泡澡的地方，他喜欢钻进清水，摇头摆尾，时不时地，还把头藏进水里，呼噜呼噜地冒出一些淘气的水泡。牵着牛去水塘泡澡是很多年前的事情。田野里哪还有那样的地方？就是干净的水坑也不好找。厂子排出的废水倒形成不少水塘，怎敢把老常往那里送？王三老汉只好叫老常忍着，卷起衣袖绾起裤腿，舀起一盆一盆的清水，往老常身上冲着洗着刷整着。冲着洗着，王三老汉心里就有很多话想说，忍不住，就整弄起手机，想给许老哥说说牛，谈谈犁，念叨念叨越来越少的田野，很难找到的清水坑，还有那些冒着浓烟的厂子和一股股污水。这个时候，王三老汉一点也不心疼手机费。

许老哥很久没有打电话来问牛和犁了。王三老汉打过几次电话。一个甜甜的声音说，用户已关机。一定去看孙子了。王三老汉骂许老哥小气，肯定怕漫游费贵。就是漫游费，还是许老哥告诉的。

是许老哥的儿子。难怪号码生得很。声音哽咽，着急，说父亲快不行了，在县人民医院住院，刚醒过来，怪得很，老头子连小孙子都不看，偏偏要看那头牛和那张犁。

儿子抱怨说，要他老人家转到省城医院，比牛还犟，就是不转。

儿子焦急急地问，叔，牛还在吗？犁还在吗？怕王三老汉把牛杀来吃了把犁摔来烧了似的。

怎不在呢，告诉老头子，只要我王三老汉好好的，牛和犁就是好好的！

儿子紧追不舍，问，接你？

许老哥的儿子有小汽车，但小汽车怎能装下王三老汉的牛和犁？

活鲜鲜的一个人说不行怎就不行了？王三老汉焦急着。难怪电话打不通。他恨不得马上跑到医院，但他跑不动，还有老常和犁呢！

王三老汉拉紧牛绳，唤住正在往田边土角寻找青草的老常。青草越来越少，老常眼睛睁得又圆又大，寻着，找着。只要有食物，它就毫不客气地蹦上去。像大火上了房梁，王三老汉高叫着，不得了啦！你家主人快不行了，快走！迟了，不行了。王三老汉一边喊叫着，一边扛起犁，一边抓扯着老常，往医院赶。老常像听得懂话，停止了寻找，一愣一愣地跟着王三老汉，往前走。

石娃他们一早就开始行动。

石娃跑出自家房门，高喊一阵爹，见没有人影子，就往其他人家跑，一边跑，一边喊，一边催促，陆陆续续，后面跟出不少人，往工地上涌。

县城建设指挥部早和房地产商签订了土地转让合同。房地产商按合同早把款子打到指挥部指定账户。房地产商打出款子后越来越着急，一个劲地催促县委书记、县长，什么时候交地？工程什么时候可以动工？签了合同呢，合同上有违约金哟！

房地产商派出事务部的女主任整天守在县长办公室，不温不火地提醒着县长交地的事儿。县长很重视，多次召开会议，形成纪要，要政府办公室督查督办。县城建设指挥部指挥长由常务副县长担任，他给镇上的书记镇长下达死命令，必须按期交地。书记镇长鸡啄米似的点着头，在常务副县长面前立下军令状，说，一定！一定！房地产商才有了笑容，说，这还差不多，要不然，就上法庭！常务副县长说，怎么会呢？我们一向都是讲信用的。

常务副县长反复给下面的同志打招呼，涉及农民问题，一定要认真，要慎重，赔偿标准，一定要足实足劲，必要时，往高限上靠。克扣农民，饶不了！常务副县长既希望按时交地，又怕农民弄出事端。

没有人克扣，钱又不是自己出，都往上线靠。问题是玉田村提出几年前的事情，那时干那些事情的人早不在岗位上了。县城指挥部怎会拿钱？无依无据。只好给镇上施压，反复强调，一定要把事情处理好！不能影响交地的大事情！书记镇长只好把支部书记王富贵叫到办公室，反复做工作，敲警钟：农民的事情交给你！出了事情你那个支部书记就不当了！

王富贵面前，这句话，书记镇长可以说。一些偏远村，支部书记当不当要看本人情绪，闹不好，屁股拍几拍，走人，打工去了。玉田村不同，紧挨县城，油水比偏远村多。一年下来，王富贵忙这样领那样的补助，少不了三两万元。王富贵不会说不当支部书记了。他反复地向书记镇长拍胸脯打包票，一定尽心尽力地做好村民工作。王富贵说话有余地，尽心尽力，是自己的事情；自己尽心尽力了，村民那里，未必不阻工。如果他们硬要去，能把他们一个一个地背回来？王富贵小心地向书记镇长提建议，是不是把前几年那三十多万块钱还给村上，群众意见大啊！

　　镇上不仅修村小借了村上十多万元，镇上办了一个企业，又从村上借了十多万元。镇上的意思，玉田村入股算了，大家一起分红。看见企业倒死不活的样子，王富贵的脑壳摇摆得像旋转的陀螺，高矮不同意入股，要镇上还钱。王富贵压低着声音，怕别人听去的样子，对书记镇长说，事情他一直压着，要是村民晓得了，不翻天才怪，肯定要到县政府上访！书记镇长友好地拍打着他的肩，说，保密工作一定得做好！对你，我们完全是信任的！王富贵知道，自己那个支部书记，在钱没有还回来之前，镇上说什么也不会换的。但村民已多次向他提起，还以为他在里面弄了多少名堂捞了多少油水。王富贵反复向书记镇长提钱的事，意思很明显，钱还了，阻工的事情就解决了。提到还钱，书记镇长断然拒绝，也解释镇上的难处，要王富贵顾全大局，做好村民工作，按照县委县政府的要求，按时交土地，款子已付，审批手续齐备，闹啥子？书记镇长的意思很明确，钱的问题，就一个字，拖，拖一段时间，等调离了镇上，哪个来接着，让他解决吧！书记镇长知道县上的决心，几个村民跳出来阻工，到时县上把公安拉出来，抓两个人，还不偃旗息鼓了。书记镇长会调走，王富贵一辈子都在玉田村，天天见着老少爷儿们，哪里敢拖？回到村上，该开的会，他开。该讲的话，他讲，并且语气还很重。然后他就回家去了。

房地产开发商很有一鼓作气的味道，准备了十台推土机。他的考虑是，农民要阻工，你阻，你把十台推土机都阻了？只要一台没阻，老子就动起来。只要动起来，看你坚持多久。

县人民医院在城西，王三老汉在城东方向。去县医院，穿一个城。走过去，个把小时。

县里正在集全县之力聚全民之智创卫生城市。王三老汉扛着犁牵着牛走在县城的街道上成了一道风景。老常对街道很陌生，时不时地，望望起伏的高楼，光滑平整的道路，一排排的行道树。忍不住，还把头探向那些行道树，以为是什么美味，张开大嘴，想偷食一些。王三老汉怎让他得逞，发出一阵阵的警告和催促：

老常，不要惹祸！

老常，快点！快点！

王三老汉把牛绳捏得紧紧的。

好多小孩像看怪物，指着就要走过来的王三老汉和牛，惊诧诧地叫，爸爸，妈妈，那是什么啊？

年轻的父母也很好奇，他们也很久没有见人牵着牛扛着犁了。小时候，在老家，曾经见过。他们告诉孩子，那是牛，犁。孩子继续问，干什么啊！父母告诉他们，种地。孩子问，种地干什么啊？父母说，种地种庄稼，庄稼长出我们吃的白米饭。孩子继续问，我们怎不种庄稼？父母答，城里不种庄稼。孩子在父母那里问不出一个所以然，丢下父母，跟在王三老汉后面，欢叫着，指点着，稀奇得很。很快，王三老汉后面跟着一长串孩子。孩子的父母不放心自己的孩子，高喊着孩子的姓名，招呼着自己的孩子，也在后面紧紧跟着。老常见有那么多眼睛注视自己，有那么多手脚为自己舞动，有些兴奋，有些得意，时不时地，"哞哞"地叫上几声，时不时地，把牛尾使劲地摇摆起来，"啪啪啪"地弄出不小响动，算是向人群问好致意。

王三老汉把牛绳拉得更紧。

王三老汉很快被拦住。拦住他的只有一个人。要是往天，王三老汉连县城的大街都上不了，早被城管人员拦下。今天城管大队有大事情。

今天是城管大队大队长刘飞虎的乔迁之喜。刘飞虎不是没有房子，当大队长之后已经第三次搬家。大队长只是一个股级，在县城，算不上领导。刘飞虎不这样看，当官不在大小，关键看你管不管事。跟庙里菩萨一样，灵验不灵验。刘飞虎在大队当队员的时候，住的是两间平房。后来当中队长，搬了家，两室一厅。当了大队长，搬了一次家，是三室两厅。前段时间，搬到一个国际社区，买了一套空中别墅，光楼顶花园，就八十多个平方。大队长搬新家是大队的大事情，前几天，刘飞虎作了安排布置，搬家那天，谁忙这样，谁搬那样，安排得井井有条。等安排妥当，才想起，尽管是星期天，也得有人上班嘛！刘飞虎不含糊，望了望缩在办公室角落的协管人员老何，安排说，老何，到时把班给大家顶一下！刘飞虎不忘拍拍老何的肩，安慰说，等酒席完了，让小张、小马他们，换你过来，吃酒席！

吃酒席老何不敢奢望，晓得大队长是画个饼子安慰自己。老何不是没送礼。他自己都晓得礼少了。老何悄悄地问过小张，整个大队，只有小张，老何可以向他悄悄问一些事说一些话。小张才从大学出来，戴一副眼镜，只有小张没有觉得老何是协管员而低人一等。小张告诉老何，自己最少，也是三百元。老何工资九百块，他是协管员，协管员说得书面而文雅，实际就是临时工，奖金没有；福利，没有。刘飞虎常常对老何进行思想教育：你可以不干嘛，想干的人多得很，排起轮子等！信不？你马上挪屁股，起码一长串的人来找，还是刚刚毕业的大学生！老何怎敢挪屁股？没有那九百块的工资，他那个家庭，不垮塌了？老何这个差事，还是因为拆迁了他的房子，他随同拆迁户到县政府上访，县政府办公室一位副主任做维稳工作，要城管局硬解决的。老何搬的安置房，有三万多元是银行按揭的。老何的娃在读高中，成绩不差。老何说，就是砸锅卖铁，也要供儿子上大学！像自己，没文化，吃亏惨了。

老何的婆娘接连点头。对丈夫的话她习惯点头，像后颈脖上有什么开关，只要丈夫一说话，开关就自动打开，接连地点起头来。她在一家清洁公司替别人打扫清洁卫生。辛辛苦苦一个月，工资八九百块钱。老何每月的工资都交给婆娘。他不抽烟，不喝酒，如果要用点钱，就向婆娘要。婆娘把老何的钱管起来，每月向银行交按揭，给娃凑学费，加上一家子的生活，每月还存四百块钱。还有两年，娃就上大学了。上大学要成千上万的钱，不好好积攒，怎行？

　　老何和婆娘在床铺里翻来覆去地商量来商量去，最终决定给大队长送一百块钱。老何的道理很简单。咱是临时的，工资不如他们的小指头，礼金当然也只能按他们的小指头！怎比得？自己的钱和他们的钱不一样。老何买一个红包，把一百块钱十分郑重地放进去，害怕飞了似的，找来糨糊，严丝合缝地封整好。要老何把一百块钱直接交给大队长，他还是非常难为情，脸皮会发烧，红通通的。有一个新崭崭的红包包裹着，就没有那么多担心了。老何把红包恭恭敬敬地送给大队长，不敢说话，不敢抬头看刘飞虎，怕刘飞虎马上把红包撕开来看。刘飞虎忙碌着，招呼那个，应酬这个，看都没看老何，把红包顺势操进裤包里，给老何布置工作。可能刘飞虎有火眼金睛，一下子就把老何的红包看穿了，里面就只有一百元。老何像被人脱光了衣服，满脸通红地站在那里。他很后悔，不该放一张百元大钞。该放两张五十元的，或者五张二十元的，或者十张十元的，那样，就会厚一点！刘飞虎对老何的变化一点也不清楚，让老何好好值班，等小李小张他们吃完酒席就过去换他。刘飞虎说完，忙他的事情去了，连老何的肩膀都来不及拍上一拍。刘飞虎有一个习惯，大凡有求于手下弟兄，说完事情，总要亲切友好地在那个人的肩膀上拍上几下。

老何对刘飞虎不在他肩膀上拍上几下很是生气。但老何从不把气撒在工作上，他不能因为自己有气就不好好工作。大队长每次开会都要反复告诫全体队员：今天不好好工作，明天就该你好好地去找工作。

老何不能没有工作。

老何看见了王三老汉和他牵着的牛。他想把眼睛睁得大大的，用了不少劲，才像蛤蟆那样圆圆地鼓起来。他毫不犹豫地跑上前，一边跑一边吆喝着，老何冲到王三老汉和牛的面前，坚决果敢地把他们拦住。如果老何把怨气撒在工作上，完全可以闭一闭眼皮，让王三老汉和牛，顺畅地走在县城的大街上。

老何要好好工作。

王三老汉说，老哥，有急事！让一下，行个方便。王三老汉不知道老何是决定他是否可以入城的城管干部。他把老何认为是和他争抢道路的一个老汉，还有一些火气。挤什么嘛，那么宽的街道，走不得你？王三老汉的火气和话语窝在心窝里，一点儿都没有表露。

老何上班已经有一些时间，尽管今天才单独执勤，工作程序见过无数次。像城管干部那样，腰挺得邦邦硬，把协管员的牌牌拿出来，在胸脯前来回用力地拍打着。老何说，老同志，看清楚了，执行公务！尽管老何比王三老汉矮了整整一个脑壳，照样理直气壮。

王三老汉对协管员的牌牌和城管人员的执法证有何区别，

一无所知。一看牌牌,清醒了,晓得遇上了管事情的干部。赶忙从口袋里摸烟,敬上,说好话,套近乎。然后谈许老哥,以及他牵着的牛扛着的犁。许老哥正躺在县人民医院的病床上,吊着一口气,就等着看这牛和犁啦!你是城里的大干部,行个好,迟了,就完了!

王三老汉的低三下四和满嘴脸的祈求,让老何十分受用。平时,随同大队的各位领导(老何面前,大队所有正式人员都是领导)执行公务(老何喜欢这个词,尽管他连执行公务的资格都没有)经常遇到这种情况。但是,那种眼色和巴结怎会送给他?一看就晓得他是临时的,说话不作数。只有发火的时候,才会冲着老何,相当于火力侦察,骂了,闹了,看看你城管队究竟是什么底数。老何不能有所表露,什么人用什么态度什么方式,得由城管干部定。老何只能让他们骂着,闹着,像耳朵聋了眼睛瞎了。拿获东西的时候,老何再次派上用场。他们冲老何喊,喂!老何,把那些东西拿回办公室,作证据用!这个时候,老何会勇往直前地去拿那些东西。如果没有后面那句掷地有声作证据使用的豪言壮语,老何和搬运工没有什么区别。有了后半句话,老何就有一些像城管队的干部了。东西哪能随便拿走?自然要骂要叫要跳,一些时候,还要发生抓扯和肢体接触。老何的脸上时不时地就要遗留一些伤痕和唾沫。老何没有怨言,忍受着。只要能按时领到工资然后把它交给婆娘,老何受得了。

王三老汉的“公关”让老何有些飘飘然,他差一点儿就点头同意，像那些城管干部，突然接到一个电话，脸色陡然间变换过来，挥挥手，对那个被拦下的人说，算了，算了，走吧！走吧！老何是一个有觉悟的人，一个尽心尽职的人，尽管陶醉片刻，很快就清醒过来。

老何立场坚定地对王三老汉说，不行！

紧接着，老何滔滔不绝地向王三老汉宣传做好城市管理的重要性必要性，创建卫生城市是每一个公民应尽的责任和义务，老同志，你完全有必要配合我们做好工作。老何问，创建卫生城市这样的大事情难道没听说？说明我们的工作有死角有必要进一步加强！得好好地向你宣传宣传！老何说这些话的时候连自己都很吃惊。平时，他在那些城管干部面前，连说话都吞吞吐吐前言不搭后语。偏偏今天，王三老汉面前，突然间，流畅起来。他自己都不相信那些话是从自己嘴巴里吐出来的。想了很久，想起了，那些话，是大喇叭里播放的。一搞宣传，一有记者，大喇叭就响起来。耳濡目染，不知不觉，对那些宣传讲话，竟能倒背如流，连口气，也和领导八九不离十。

老何的宣传王三老汉一点反应都没有，他脑壳里只有躺在医院里等着要看牛和犁的许老哥。王三老汉不厌其烦地向老何谈牛谈犁，谈医院里躺在病床上只有一口气的许老哥，谈田野越来越少，工厂越来越多。开始，王三老汉还谈得口水横飞，慢慢地，就口干舌燥。

田野，牛，医院，老何一点也不陌生，但他不被王三老汉迷失方向。老何说，老同志，到底你是城管执法者还是我是城管执法者？老何的话很拗口，他坚持着，从嘴里拗出来。他自己也不明白，像城管执法者这些只有大队长才有资格说的字眼，今天，在这个老汉面前，想都没想就说出来了，一点也不觉得难为情和别扭。

王三老汉对老何的话半点都不怀疑。

王三老汉从核桃壳一样的脸庞里挤出笑脸，点头哈腰，说，老哥，当然你是城管执法者哟！

王三老汉讨好着巴结着，把烟点上火，一脸恳求，眼睛里全是渴望，说，尝尝，歇歇！别累坏了身体！

老何怎抽管理对象的烟？当前，如此严重的情况需要处理，怎会歇？老实说，要是那些城管干部在，谁会给老何敬烟？谁会过问老何的身体累不累坏？

老何虎着脸，非常严肃地说，这里没有老哥，只有同志！老何纠正着，把距离与王三老汉拉得远远的。

王三老汉马上改口道，同志！脸上的笑容堆得更多，却像一只不争气的老母鸡，拼命地想从屁股里冒出一只蛋来讨主人的欢心，费了不少劲，就是把蛋拉不出来。

王三老汉说完同志不知道该说什么，顿了片刻，在说了一大堆讨好的话以后他又继续说他的牛和犁。尽管嗓子已经冒烟，一些时候，嘴巴张了好几下，还没能把话说出来。他继续请求道，城管同志行行好，救人一命，是救苦救难的观音菩萨，我回去就给您烧高香，永远不忘您同志的大恩大德！王三老汉像朝拜观音菩萨那样认认真真地向老何行大礼。

回去！老何暴喝着。要不是吼得快，王三老汉就给他鞠躬致敬了。王三老汉的身体像他扛着的那张犁一样弓在那里。老何不管王三老汉的身体如何弯曲，他用身体果断地阻止着就要往前去的王三老汉和牛。

不能再让这个老汉胡搅蛮缠下去！

老何比王三老汉矮一个脑壳，和牛比较起来，更是小得可怜。但老何是城管人员，底气足足的，腰杆硬邦邦的，无形中，就比王三老汉高大许多。见老何那架势，王三老汉继续弓着腰，哀求道，同志！求你了！迟了，连话都说不上了！王三老汉鞠躬未成，改用双手向老何接连不断地作揖。作揖的同时，王三老汉仍然不忘向老何不厌其烦地谈他的牛和犁，谈那个在医院里就要离开这个世界的许老哥，他离开这个世界前的最后心愿就是要看看这头牛和这张犁。王三老汉的嘴巴机械地开合着，声音盘旋在喉咙里，远远跟不上嘴的节奏。

老何不是菩萨，哪里是几个揖就让他改变原则？不能和这个老汉这样缠下去，也不想听这个大白天说鬼话的龙门阵，人快死了，就等着看你肩上的这张犁和你牵着的这头牛？有这样的人和事情？

够了！老何再次暴喝着。三下五除二就要扯下王三老汉的遮羞布。

回去！不要耍阴谋诡计了！谁信？老何义正词严地喝道。

揭开阴谋诡计后的老何哈哈大笑。

很久很久没有这样酣畅淋漓地笑过了。

不信？打电话问嘛！王三老汉又急又气，不知道如何才能让这个城管干部相信。他只有把晓得的情况，像端起米缸子，哗啦啦，把白花花的大米全倒出来。人家儿子在省城工作，才打的电话。哪个撒谎会说他老子要死？你会？王三老汉拿出手机，笨拙地寻找起刚才打过来的号码，要老何查验。

老何怎会查验？你不会随便找个号码打过去？想糊弄？差得远！老何自己都不知道怎啦，今天怎突然变了，变得越来越像城管干部像执法者了。老何高大起来威严起来，身体里像有数不清的气体，充斥着，膨胀着，左冲右撞着。老何迅猛地绾起衣袖，伸出有力的双手。他准备把王三老汉和牛立马带走。这里不是田边土角，是县城，是城管大队执法的地方。

刚好这个时候，老常忍无可忍，叉开后腿，"唰唰唰"地撒出一把大尿，接着，又"啪啪啪"地拉出一堆大屎。老常还害怕老何没有看见，将蹄子有力地跺上几下，像要提醒老何。

这还得了！

罚款！

王三老汉态度很好，道歉道，同志，我马上给你整干净。他东看西瞅，想找一个垃圾桶，把老常拉的屎往垃圾桶里送，抹整干净，不是什么事情都没有了。王三老汉撩起衣袖，蹲下身子，认认真真地把老常拉出的屎抓起来。幸喜老常青草吃得少，拉的屎结实，一坨一坨的，便于王三老汉抓捡。王三老汉抓起一坨一坨的牛屎，东张西望，他没看见垃圾桶。

老何知道垃圾桶在哪里。往常，把路面上那些废弃物丢进垃圾桶就是他的活儿。他怎会告诉王三老汉垃圾桶在哪里？四周围了不少看热闹的人。老何完全把自己当着真正的城管执法者了。

老何要执法。

老何道，你以为把牛屎整干净了就了事啦？整得干净？啊？老何的手指像一根强有力的指挥棒，指着戳着老常拉出来正在四处奔跑的尿水。

你总不会喊我把那泡牛尿给你舔干吧？王三老汉也有了不少火气，要不是你拦倒起，老常会把屎尿拉在这里。他是畜生，难道你城管干部都和他一般见识？这些话，王三老汉憋在心里，没说出来。

要是平时，那些城管干部在这里，老何听了王三老汉的话断不会愤怒。但今天不同，城管大队只有老何一个人，他就是城管队，他要勇敢地履行城管队的职责，哪能容忍王三老汉如此嚣张如此野蛮。况且，还是光天化日众目睽睽之下。老何挺胸，收腹，反剪着手，目光往天空上射，冷笑道，怎啦，就要你舔干净！舔嘛！你舔嘛！老何理直气壮，大义凛然。

放你妈的屁！王三老汉暴吼着。还是城管队的，人话都不会说。王三老汉脸红筋涨，血往脑顶上冲，人要死了还不准见，有这样的道理和干部？与此同时，王三老汉手中的那坨牛屎，像一颗愤怒的手榴弹，奋不顾身地向老何冲杀过去。

老何怎会让王三老汉的"手榴弹"袭击自己，一闪身，就躲过了。倒是那坨牛屎，飞过人群，引来不少慌乱，最后，在街道上，砸出不少五花八门的图案。

王三老汉发起横，吼叫道，老常，我们走！指挥着老常，像战场上冲锋陷阵的勇士。老子才不信，敢把老子关起来！王三老汉吼着叫着，给自己壮胆。

敢乱来！老何暴吼着，蹦跳着。他实在没料到这个老汉会来硬的，并且还袭击自己。要是往日，老何早退缩了，但今天他一身都是底气和胆量。他一下子窜到王三老汉面前，像一堵坚不可摧的墙，挡住试图要冲过去的王三老汉和牛。

火气冲天的王三老汉向老常发出冲锋命令，老常，给老子冲！

老常像蓄势待发的兵士，迈开四蹄向前冲。

老何自然不会让牛向他冲过来，也不会让它跑掉。老何闪过身，去抓扯王三老汉手中的牛鼻绳。老何死死地抓住牛鼻绳，像那些见义勇为的英雄。老何吼叫着，跑！老子让你跑！老何不解气，手脚并用，踢打老常。

老常怎会让陌生人抓扯它踢打它，愤怒起来，稀里哗啦地舞动起两只大角，一个劲地向老何冲去，似乎要把老何往地缝缝里挤。老何哪里见过这种架势，让牛角一顶，不成血窟窿了？早怯了，全没了刚才还鼓得足足的豪气，丢了牛绳不住地往后退，颤颤惊惊地吼叫道，你，你们，要造反！嘴上虽不示弱，声音已比先前矮了好多，断断续续颤抖不断。

王三老汉也惊叫起来，他也没料到老常会造反，暴吼着，制止道，老常，停下！快给老子停下！狗日的要干啥子！王三老汉只需要老常吓唬吓唬老何，放了他们就行。真要弄出事端，如何得了？众目睽睽之下，老常也想出点风头，幸喜王三老汉招呼快，像表演杂技，两只大角刚要触到老何，突然停止攻击。动作干净果断，一气呵成，一下子定格在那里。

老何踉踉跄跄，站立不稳，倒下去，摔得四脚朝天。汗水湿透了全身，他痛苦地闭上眼睛，两只大牛角凶神恶煞地冲杀过来，怎受得了？牛的咆哮大吼，早把尿给吓出来。

人群哄笑着，比看演出还过瘾。

老常确实没有触到老何。

王三老汉吆喝着牛，一副胜利的样子，雄赳赳地去医院。

老何躺在冰凉的水泥地上很快清醒过来。尽管一点儿皮肉之伤都没有，但怎能容忍这样的事情发生，丢的是城管队的人。他窸窸窣窣地掏出手机，满含委屈地向大队长报告。刘飞虎正张罗着搬家的方方面面，沉浸在喜悦的气氛中。他一听，怒火中烧，老何摔在大街上可以不管，吓尿了裤子也可以不管，但早不发生，晚不发生，偏僻在自己搬家的时候找上门来，不是故意找他刘飞虎的岔子吗！刘飞虎一边听汇报，一边指挥那些正在为他张罗的城管队员，集合！出发！去把那个老汉和牛抓回来！刘飞虎对手下，也包括老何，吼叫着，翻天啦！老子才不信！刘飞虎把搬家的大事摔给老婆，对老何命令道：赶快拦住！老子马上到，一个老头，一头牛，翻得了天?!

有了大队长的坚强后盾，老何顾不得惊吓，翻身而起，像鼓足马力的机器人，追上王三老汉。老何喊叫着，站住！站住！

老何扑向王三老汉，紧紧地抱住，说，看你还敢跑！

刘飞虎带着队伍紧急赶来。

城管人员庄严地扛着摄像机，忙不迭地取下脖子上的照相机，不同方位不同角度地把王三老汉和老常照得仔仔细细。

王三老汉和牛被带到城管队的办公室。

房地产商准备的十台推土机，一台也没派上用场。

突然间，像从地下冒出来，玉田村数百村民一下子出现在施工现场。县城指挥部研究有工作预案，要公安人员早早拉起警戒线，闲杂人员一律不得进入。县公安局布置了五十名公安人员，他们还没有来得及把警戒线从警车上拿下来，玉田村的男女老少像约好了似的，一股劲地拥向施工现场。公安人员吆喝着，制止着，阻挡着，但哪成？他们巧妙地躲过，有的爬上推土机，坐到引擎盖上，有的坐在铲刀上，悠闲地晃荡着手脚，还有的，三五成群地围着一包瓜子，叽里呱啦地坐在土地上，说一些陈芝麻烂谷子的事情，说着说着，一阵一阵的笑声此起彼伏。有的妇女，干脆在推土机上不紧不慢地织起毛衣。上了年纪的老人，坐在自带的竹凳木凳上面，有一搭无一搭地抽着旱烟。石娃那样的年轻人，自然是人群中说话最多，吼叫得最厉害的。

房地产商最先知道情况，马上给常务副县长打电话：为什么不抓人？公安是干什么的？

常务副县长比房地产商冷静得多，他让办公室找了一台桑塔纳，这个时候，自然不能用自己的坐骑，他让办公室主任陪着，悄悄来到现场，远远地，坐在桑塔纳里，看现场。办公室主任在旁边建言，得把事情压下去，不然，要翻天！

常务副县长什么都没说，回县政府召开会议。有关人员说了一通后，常务副县长发言了，他说，造成事情的原因今天姑且不谈，常务副县长定性为事情而不是事件，现在关键是要拿出解决问题的办法。常务副县长点到公安局长，像这种事情，公安局可不可以采取一些必要的措施？他没把话说透，必要的措施当然就是指抓那么三两个挑头为首的人员。不是没有抓过，以前遇到这种事情，一抓就灵。常务副县长认为这是一招撒手锏。

公安局长兼着副县长，虽然没在县政府办公，但和常务副县长一个级别。他说了一大通维护社会稳定的重要性必要性后，话锋一转，谈到最近公安系统对使用警力要求非常慎重，不能老是把人民警察推到矛盾冲突的最前沿。公安局长对刚才镇党委书记发言时提出抓人很不满意，现在常务副县长再次说了，不好明着反对。他继续说，其实关键是要做耐心细致的群众工作，只要镇党委镇政府把工作做通了，事情就好办了。公安局长把责任往镇上压。镇党委书记自然要躲要闪，插话抱怨道，工作怎做，现在连支部书记的手机都打不通，一定要撤了他的职。常务副县长打断说，不要扯远了，现在关键是解决问题。公安局长接着说，公安局按县委县政府的指示办，会议结束后，我们马上给县委县政府送一个请示，只要领导一声令下，我们马上抓人。公安局长的话软中带硬，常务副县长哪里能够拍板，赶紧走出去，找一个没有人的角落给县委书记打电话，报告抓人的事情。

县委书记在电话里明显不高兴，说道，不要什么事情都请示嘛！胡扯，给县委县政府打什么请示？积极稳妥地处理好嘛！你的能力，我是完全放心的！

常务副县长听了书记的话才晓得自己犯了常识性错误。前几天，省市考察组才到县上考察了书记提拔副市长的事，这个时候，书记怎愿弄出事端？所谓积极，就是按时完成交地的任务；所谓稳妥，就是不要弄出事端，至少不能弄出影响书记提拔的事端。必要时，缓上一段时间，就是开罪房地产商，也不能影响书记的提拔高升。

常务副县长赶紧否定抓人方案，他决定亲自到群众中做工作。书记就要当副市长了，县长很有可能接书记，他一直都在追求县长那个岗位，当务之急，得按书记所说，让书记再一次认为他是能办成事情的人。

常务副县长走到成群结队的人群中才知道没有下令抓人是多么正确。那么多人，要多少公安才抓得过来？一旦冲突起来，什么后果，他不敢想。常务副县长很快知道了镇政府欠钱的事情，他把书记镇长拉到没有人的地方，恶狠狠地训他们，说，我恨不得建议县委免了你们！书记镇长慌起来，常务副县长的建议还是很有分量。常务副县长要求他们，把钱给了！书记镇长哭丧着脸，说，确实想给，但是，哪来钱啊？常务副县长管着财政，镇上的家底，清楚，他在心里叹着气，自己对自己说，为了书记的大好前程，为了县长能守信履约，实在不行，县财政借钱，也得把钱给了。

就在这时，常务副县长抓到了解决问题的契机。

应该好好感谢石娃。

石娃在人群中大吵大叫，他刚刚知道自己的爹被城管抓来关起了。石娃大骂当官的都不是好东西。要那些和他一起来的小伙子，跟他一起去城管局救人。

常务副县长对石娃骂当官的一点也不恼，径直走过去，询问道：有这样的事情？不急，慢慢说！

爹的被抓让石娃突然间忘记了阻工的大事。像抓住了救命的绳子，石娃滔滔不绝地说起他的爹和牛。尽管石娃对王三老汉和他的牛有簸箕多的不满，但爹被抓毕竟比阻工重要。王三老汉用城管队的电话给石娃打电话。他已经低头认罪，要石娃赶快拿钱把他取出来。王三老汉在电话里头催促，说，迟了，那边人就死了。他的焦急通过电话传过来，告诉石娃，要钱，就给他们！

这时，常务副县长勇敢地向石娃向围住他的人群亮出身份。他用洪钟般的声音告诉群众，刚才这位小兄弟说的话如果属实，我们马上纠正！常务副县长话锋一转，高声宣讲道，乡亲们，相信政府！相信我，借款的事情，我要求镇政府，一周之内还你们！不要阻工了，大家请回吧！

石娃他们说，凭什么相信你！

常务副县长说，我是常务副县长，我代表政府！不等石娃再说话，一把拉过他，说，走！小兄弟，先解决你爹的事情，怎么样，看我说话算不算话！常务副县长拉着石娃的手不松开，径直往人群外走。

玉田村的群众哪里见过这样的架势，狗日的王三老汉真是积德，县大老爷亲自去救他。常务副县长和石娃后面竟跟来不少的人。就连那些坐在推土机上的人，也跳下来，加入了常务副县长的队伍。

房地产商的推土机轰隆隆地响起。

王三老汉和他的牛被常务副县长亲自从城管大队救出来。常务副县长大发雷霆，要求严肃处理，这是严重损害群众利益的事情，是对群众没有感情的问题。常务副县长握着王三老汉的手，久久没有松开，亲切地说，老同志，受苦啦！我代表县政府向你赔礼道歉了。说完，常务副县长恭恭敬敬地站在王三老汉面前，鞠躬。

常务副县长亲自护送着王三老汉和他的牛去县医院。他们身后，跟着不少人，其中不少是玉田村那些阻工的群众。

常务副县长亲自给县医院院长打电话。院长站在医院门口迎接着王三老汉和他的牛。

可惜迟了。

许老哥死了。

老常不懂这些，可能时间到了，它站在医院门口，先是高高地扬起尾巴，哗啦啦地撒出一把大尿，紧接着，岔开双腿，拉出一大堆粪便来。气得保安暴跳着跑过来，臭骂不止。老常不懂保安的臭骂，不理保安的踢打，只是"哞哞"地大叫着。

常务副县长的指示很快落实。对人民群众没有感情的老何当天就被清理出城管队。隔了两个月，大队长刘飞虎的一个远房亲戚，顶了他的岗位。

过了一周，玉田村的群众并没有拿到欠款。当初来石娃家开会的一些人来找石娃，要他领着大家去找常务副县长，常务副县长是在大庭广众之下拍了胸脯的，怎说话不算话呢？

石娃高矮不去，说，他是我们家的救命恩人呢！